法国大革命物语 3

国王出逃

［日］佐藤贤一 著　　赵明哲 译

上海译文出版社

目录

第六卷　教会分裂危机

第七卷　国王出逃

＊主要人物＊

米拉波　普罗旺斯贵族。第三等级代表议员。一七九一年四月病故，享年四十二岁

罗伯斯庇尔　律师。第三等级代表议员

塔列朗　欧坦主教。第一等级代表议员

拉斐德　由美国返法的开明派贵族。第二等级代表议员

路易十六　法国国王

玛丽·安托瓦内特　法国王后

布瓦热兰　普罗旺斯地区艾克斯总主教。第一等级代表议员

德穆兰　记者。律师

马拉　自称作家、发明家。本职为医生

丹东　市民活动家。律师

露西尔·迪普莱西　富豪名门之女。德穆兰的恋人

佩蒂翁　律师、记者。第三等级代表议员

蒙特莫兰　外交大臣

格雷戈瓦牧师　昂贝尔梅尼主任司祭。第一等级代表议员

莫里牧师　极右派第一等级代表议员

帕斯芒　圣叙尔皮斯教堂主任司祭

费尔森　瑞典贵族

迪波尔　第二等级代表议员。 三头派草案负责人

拉梅特　第二等级代表议员。 三头派工作负责人

巴纳夫　第三等级代表议员。 三头派辩论负责人

拉斐德　由美国返法的开明派贵族。 第二等级代表议员

布耶　将军。 东部方面军司令官

普罗旺斯伯爵　路易十六之弟

伊丽莎白　路易十六之妹

穆斯捷　路易十六的侍从。 前近卫兵

瓦罗里　路易十六的侍从。 前近卫兵

马尔丹　路易十六的侍从。 前近卫兵

德鲁埃　圣默努尔德的驿站长

索斯　瓦雷纳的副镇长

埃斯特　瓦雷纳的法官

第六卷　教会分裂危机

J'emporte dans mon cœur le deuil
de la monarchie, dont les débris vont
devenir la proie des factieux.

"我会将其放在心里，

与王权同赴冥途。

留给诸派的不过是其残骸。"

（米拉波的遗言 1791 年 4 月 2 日）

1

过于任性

站在演讲台上的是罗伯斯庇尔。

——他一定对自己的高昂的音调兴奋不已。

米拉波在心里挖苦着他，嘴角不禁微微上扬。这位老朋友紧绷全身，身体前倾，就快要脚尖踮地。他无比愤慨，绝对不能容忍如此不讲道理之事。市民不应该作为少数的例外，更不用说市民本没有什么积极公民、消极公民之分，本来都是平等的社会成员。

“无论何人都应该能够拿起武器，这也是大家平等的一大证据。给加入国民卫队设置限制条件令人无法接受。”

罗伯斯庇尔指出今天即一七九〇年十二月五日讨论的主题。

制宪委员拉博·圣艾蒂安在一开场的审议中提出关于《人权宣言》第十二条以及第十三条提及的“国家军事力量”的构成，应该着手在法律条文中具体化。论点立刻聚焦到加入国民卫队的资格问题上。

众所周知，以拉斐德为司令的国民卫队是民兵组织，主要成员为富裕的资产阶级。十二月五日在议会进行的讨论要从宪法角度规定加入条件，只允许积极公民加入，而不允许消极公民新近加入。

——革命正在接近尾声。

这是在议会占多数派的资产阶级的共识。不再需要偏离常轨的起义、暴动，应置于优先考虑的是社会的秩序与安定。

对于理性的资产阶级来说，假如为了实现社会稳定需要出动武力，那么就利用法律将这一职责委任于纳税的积极公民。说老实话，积极公民不会把武器交与鲁莽、暴力的贫民。巴士底狱已然解体消亡，便无此必要，否则反而更加危险。

也很少有议员反对此提议。资产阶级稳健派占据的议会里，反对的声音下场是被无视。

即便如此也坚决发声，硬要登上讲台，倒显得掉价了。演讲里无用的挖苦、极端的高亢充斥着自暴自弃的氛围。

——来了，技高一筹了嘛。

米拉波一方面甚为钦佩。那天傍晚罗伯斯庇尔讲话沉着，周身透着自信。

有赞同的声音，有拍手的声音，听众的态度大多是善意的。罗伯斯庇尔搞好现场气氛，正处于最佳状态。没错，没错。众人可能看破了从市民手中收走武器本身隐藏着暴政的意图。我们当然不能向人民横加暴政，而是要觉察到暴政的端倪，坚决抵制其肆虐。

“不，不单单是抵制。我们必须要提前发现其中的不正当性，在事态恶化前直指要害。”

将这作为自己的使命而备受鼓舞、脸上闪耀着强烈的自豪感的，不限于罗伯斯庇尔。

不容忍暴政，必将其一网打尽！早早扑灭萌芽！演讲台上下气势高涨，对此的立场没有很大的差距。多数人立场一致，既无冷淡的漠视，亦无充斥露骨敌意的反对。

原来如此，那并非议会，而是雅各宾俱乐部集会的场地。

——罗伯斯庇尔活跃其中。

反观议会现场，罗伯斯庇尔遭到无视。被嘲笑，被喝倒彩，他只有含着泪离开演讲台。但他不会因此放弃发言，总想着能翻盘。他在雅各宾俱乐部里指出的问题也是为了翻盘的其中一个步骤。

——哎呀，太任性了。

米拉波无法不批评他的另一面。什么工作也不做，单凭吐露真理解决不了问题。不读懂趋势、时局，光重复着理想愿景，什么都办不成。如果眼前是灰色，虽不是纯粹的白色，也不该不顾一切地反对。

毕竟米拉波看不惯浪费时间之举。不能放任他这样毫无紧张感，不断地重复同一个问题，认为时间好像没有尽头似的。

——你已经犯了傲慢之罪，罗伯斯庇尔。

米拉波的身体渐渐难过起来。在众人面前尽可能表现得无病无灾，这一点越来越不容易做到了。

不，若是身体内部的不适、疼痛，甚或痛苦，还能通过精神力量抑制不外露。可怕的疾病近来不客气地钻出体内。不光右耳下的瘤子变大，左眼也开始流脓，最后混合成血汗。最近不出两小时，围着的领带便红了。

——能撑到何时？

越来越感到不安。自己可能不知道什么时候就死了吧？有时无意间这样喃喃自语。不，我还能出来做工作，转念一想，多多少少还有些时间吧。但很清楚，时间已经不够了。虽然不确定还剩下多少时间，但留给自己的时间毫无疑问很少了。

——遗憾啊。

米拉波举起木槌咚咚敲击，演讲者惊讶地看过来。

“有什么疑问请尽管提出。”

罗伯斯庇尔说道。雅各宾俱乐部讨论时，米拉波的确等在演讲台的后面，作为主持者，他理应有劝告的权限。

“法案已经通过决议了。”

米拉波忠告道。罗伯斯庇尔阁下，在雅各宾俱乐部再翻出来，我认为这并非建设性的讨论。

“并非建设性的讨论，这是你米拉波作为市民的个人见解没错吧。这样的话请让我说一句，我不认同。讨论已足够有建设性了，更何况这是必须要做的。放弃的话，法国社会只会离理想中的愿景越来越远……”

“所以，我说了，这项发言已经在国民议会通过表决了。作为国民代表的议员通过多数投票决定，已经成为国民意志。应该遵从决议而不是任意贬损，这是我的忠告。”

“这又是彼此见解的不同之处。”

罗伯斯庇尔一改在议会的模样，变得自信满满，更加强势起来。多数表决不一定是民主的。何况如今的议会不一定代表国民的意志。我一直认为宪法发布后应进行议员改选，但我还是无法赞同市民米拉波的说法。这才是雅各宾俱乐部的使命，与议会已经通过表决无关，应该予以追究到底。

“这是我们雅各宾俱乐部成员的做法。”

“可我也是一名成员。”

“只要交了会费，任何人都能成为成员。可是，市民米拉波你的话，只是形式上的成员。一七八九年俱乐部对吧，你在巴黎皇家宫殿的时间不是更长吗？以雄辩家著称的这位尊敬的市民，我从未见识过您在此演说。”

“我承认。罗伯斯庇尔阁下，如你所说，我确实只是形式上的成员。但这已成为过去，接下来将会不同。我也考虑参加讨论。”

“那么，你是想改变雅各宾俱乐部的规矩吗？你有要求改变的权利吗？非常抱歉，市民米拉波，你不应该实际出席讨论，为俱乐部作出贡献后而提出要求吗？”

“罗伯斯庇尔，你太失礼了。”

大声一喝的不是米拉波。

2

未竟之事

声音从外围传过来。罗伯斯庇尔责备地环视四周，但难以知晓是何人大喝。不过小小雅各宾俱乐部罢了，却仍有超过百人聚集在此。

罗伯斯庇尔缩紧肩头。没办法，好，我懂了。可能我的说法确有不周。市民米拉波，我向你道歉。

“那差不多回到演讲……”

“我说过了，到此为止。”

“我不愿受制于主持者……”

“不仅仅是主持者。”

声音再次响起。罗伯斯庇尔，你可能不愿承认，他已经是我们的代表了。

“市民米拉波已是雅各宾俱乐部的代表。”

那是十一月三十日的决定。过去这是罗伯斯庇尔的位置，他可能不愿意承认，此次改选自己以落选告终。

事情是有来由的。十月五日罗伯斯庇尔升任凡尔赛郡法官。虽然尚未辞去议员一职，但增加了赴任地的工作，有时不得不缺席议会。再兼任雅各宾俱乐部的代表越来越力有不逮。

结果，以压倒性多数选出的代表是以雄辩家著称的大名鼎鼎的里克蒂·米拉波议员。

米拉波强撑着衰弱的身体，从主持席站起身。这样的话，我明白了。在琢磨国民意志之前，我们先来确认雅各宾俱乐部的意志如何？

“支持我的，请。”

米拉波一说，台下成员接连站起身举手支持。除了罗伯斯庇尔一派，可以说全体成员起立表明态度支持代表。

“竟然连拉梅特都……”

一边的罗伯斯庇尔目瞪口呆。也就是说连位列三巨头的迪波尔也倒戈了　巴纳大，难道你也　你不是憎恨米拉波么

米拉波加强了与左派的联系。雅各宾俱乐部不只是革新激进主义者的天下。多数人开始重新思考对策，之前的办法行不通了。

“不，我不承认。我不承认。”

要中断我的演讲，悉听尊便。但这无法封住我的嘴。正义是无法埋葬的。罗伯斯庇尔大声嚷嚷着拿出一只大皮包。请你们读一下，读一下。这是我总结的文章，题目是《关于国民卫队编制的考察》。在凡尔赛也分发过，我也有信心会有一定的反响和效果。

“请你们读一下。各位，请读一下。”

罗伯斯庇尔开始分发小册子。竞相伸手索要的同伴们拿完后，包里还剩余不少。他又找到没有拿的人强行分发，但最后这个矮小的男子只是坚持要让人读一下就好。

——那是行不通的。

说到底根本无法实现。米拉波还是无法赞同罗伯斯庇尔的做法。

事实上，若是心智正常的人这个时候也颇感无力。是啊，没有议会占多数的资产阶级的支持，便无法与蛮横霸道的拉斐德对决。多么可悲可叹啊，一般在这种情况下会改变自己的想法。不仅仅满足于内部人士的讨论，而是想将其纳入议会，以期产生社会影响——若作此打算，就必须当机立断，抛弃好恶，全力支持米拉波。

——这对我来说再好不过了。

雅各宾俱乐部代表这个职位不坏。大臣也好，县长、市长也好，凡是和公职沾边的都难缠。求之，叫嚷“你这是贪图野心、贪图私欲”的声音不绝于耳。作为一名议员反倒能按照自己的意志工作，但工作的范围还是有限的。

——必须要站稳。

看样子当雅各宾俱乐部的代表不坏。米拉波心里想着“不错不错”，身体却像填满痛苦的袋子一般，不能不强忍支撑着。

——接下来，还有未竟之事。

出了圣奥诺雷路，已经是夜里十一点多了。市中心的话，这个时间街上还灯火通明。比起黑灯瞎火，更加受不了的是十二月的严寒。头脑里有一种恐惧感挥之不去，害怕自己虚弱的身体因寒冷僵直再也动弹不了。

米拉波全身狠狠打了个哆嗦，而后向前走去。提着灯的随从走在前面，目的地是杜伊勒里宫。沿着圣奥诺雷路向东，右转进入圣文森路。一直走直到尽头，有大铁门阻拦去路，无法走进前方的沙地。

过了晚上十一点，议事厅里没有议员，也不可能去马厩附属的休息室办事。朝反方向左转，黑暗里巨大的阴影即宫殿主建筑。

走到前院的铁门前，侍卫队员摆出要检查的样子。但随后领路的随从稍稍提起行灯，让对方在橙色的光线中窥到有痘痕的脸。绝不会认错为其他人，原来是那位。士兵毫不迟疑地让开路。

——认出我来了吧。

既然是米拉波议员，那就不能阻拦了。不管他是有事要找杜伊勒里宫哪位人物，没有人敢轻慢，士兵们的判断是对的。皇家虽然并不是心甘情愿地从圣克卢返回巴黎，但米拉波今晚来访并不是来慰问的。

这样看米拉波应该属于试图恢复旧制度的保皇派，联手雅各宾俱乐部只不过是闹得沸沸扬扬的权宜之计。和皇家联络仅通过信件，没有大问题的话是不见面的。

——皇家的秘密顾问……吗?

虽然不是公职，而是不为外界所知的秘密职位，但能够自由活动这点颇为吸引现在的米拉波。

不引人注目。不到最终决胜的瞬间，米拉波不想为身份所累。既是如此，米拉波本不该特地造访杜伊勒里宫。事实上也正是这样，米拉波一边接受一名名侍卫的行礼，一边径直穿过了宫殿。

宫殿里悄无声息。国王就寝后，夜晚的杜伊勒里宫便被黑暗占领。宫廷仪式不过是形式，与不夜城般的凡尔赛宫相比有天壤之别。王宫缩减经费，不要说枝形吊灯，就连蜡烛也一根没有。住的人没办法，多半只能睡觉。

——得了。得了。

我不是有事前来杜伊勒里宫。只是向南穿过此地，能抄近路到塞纳河左岸。要是不抄近路，必须绕过邻接河岸的卢浮宫。

——那太麻烦了。

从皇家桥渡河，目的地在学院路上。还有士兵把守，这回没被拦下。也没人带路，好在没有迷路之虞。穿过几个房间，到了尽头一间烛火摇曳的房间。米拉波手背在墙上敲了敲，然后说：

“蒙特莫兰阁下，您还在工作吗？”

随从接到指令，退下到旁边的房间等候。在此期间，一位晃着衣袖的贵族迎面赶来。啊，是米拉波伯爵。啊，已经十一点多了。我已恭候多时。

“今晚找您来，十分感谢您能赴约。”

“哪里，不敢怠慢外交大臣阁下的召见。”

米拉波回应道。蒙特莫兰这位国王内阁成员，正是今天深夜会谈的对象。

阿曼 · 马克 · 德 · 蒙特莫兰 · 圣 · 特鲁姆伯爵今年四十五岁，正值当打之年。历任马德里大使、布列塔尼驻军司令官，一七八七年入阁担任外交大臣。

虽然他地位较米拉波高，但年龄上是同辈。可近距离接触来看，蒙特莫兰看上去上了年纪。虽不像米拉波身体虚弱，但感受不到其活力，如同干枯的观叶植物一般。

蒙特莫兰给人一种无所适从的印象，这可能和他慌慌张张的浮躁态度不无关系。并非在自家，而是在外交大臣的办公室迎接客人，本来应当稳坐如泰山、威风凛凛。可眼前的蒙特莫兰反倒好像被欢迎的客人。其表现得相当迷茫，仿佛没有指示就不知道该坐到哪里。“嗯，啊，好，如何是好。啊，啊，请先入座。米拉波伯爵请那边，哦不，还是这边的长椅比较好吧。”

米拉波在长椅上落座，心道，蒙特莫兰是有点心中没底吗？他是靠着内克尔派的名头入阁的，没底也是理所应当。

作为财政大臣的内克尔事实上是首席大臣，他离职去了瑞士，内阁重组不可避免。十月二十六日，拉鲁塞伏伯爵自行辞去海军大臣一职。仍表现出留任想法的内阁大臣们也扛不住乔治·雅克·丹东的攻势。

丹东这个人被称作“粗野米拉波”，这先不谈，他有意无意地成为了大众运动的头领。他的诉求是内阁总辞职，内克尔的辞职并不能解决问题。

十一月十日，他再次组织起巴黎群众开展大规模抗议集会。在他那具有压迫力的声音回响下，尚皮翁·德·西塞、拉图迪潘、圣普里耶等内阁成员相继辞职。唯独剩下外交大臣蒙特莫兰，所以米拉波把他毫无底气的样子理解为同僚相继辞职引发的不安。

3

第一人

——您作为元老，现在身处首席大臣之位，可……

也是最后的内克尔派成员，米拉波心中划过一丝想法。蒙特莫兰如今仍能留任，看来和内克尔的关系并不亲密。但一旦出席内阁会议，也没法腾开手脚。

——假如新的内阁成员全部都是拉斐德的人……

拉斐德毫不掩饰地推举出国防大臣迪珀泰伊、法务大臣迪波尔·迪泰特、财政大臣德·莱萨尔，希望凭借此举扭转南锡事件造成的影响，但这般强行只会起反效果。

——所有人的眼里都充满焦虑。

那位“两个世界的英雄”其实忧虑不已。以七月的全国联盟庆典为界，之后普遍认为拉斐德热降温。没有大众的支持，流失了资产阶级支持，拉斐德在议会、政府陷入孤立，最终只有下台的份吧。

按照这个逻辑来看，内阁会议应该不会太好过。拉斐德派大臣想必心理承受压力，内克尔派面对的是去留的不安，不知道什么时候会突然被免职或被放逐。但正在这个关头米拉波伸出橄榄枝。是啊，是啊，必须首先告诉对方。

“蒙特莫兰阁下的工作看来受到国王陛下的肯定。”

“啊，鄙人的动向……啊不，能受到阁下的肯定那是相当光荣的。啊不，鄙人万万不敢冒犯于您。”

“怎么会冒犯到我呢，外交大臣阁下。”

一番言语，米拉波忍不住暗自冷笑。是啊，没有冒犯到我。毕竟是我在幕后为这位外交大臣协调外交事务。暂且没出什么大纰漏，法国没有丧失明显的权益。虽然工作上没那么出色，他本人也如此承认，但路易十六对这位蒙特莫兰伯爵没什么坏印象，这是毫无疑问的。

——其他的就不一样了。

新任阁僚受到反对，只因是拉斐德的推荐而没办法阻止。但这也不过是拉斐德的一意孤行。

拉斐德不再掩饰其把国家当作私有财产的真面目。连迟钝的路易十六都感到伤心，可以说他们已经毫无顾忌了。

“那么，今晚找我来……”

米拉波改变话题，蒙特莫兰又慌张起来。是啊，是啊。抱歉失礼了。您这么忙，我却占用您宝贵时间，确实是有要事相谈。

“首先我要向您致谢。”

“阁下，致谢是指？”

“我能够留任内阁大臣，您出了不少力。”

“哪里哪里，虽然有一点杂音，但我只是对报纸说了些实话。蒙特莫兰伯爵要是辞职的话太可惜了，这也只是我的个人见解罢了。”

其实我对卡米尔·德穆兰灌输了这番言论。如果能让这位轻信之辈相信，可不单单是能在《法兰西和布拉班特革命报》上刊登拥护蒙特莫兰的言论那么简单。科德利埃的丹东是德穆兰的亲密伙伴，只要报纸被带回科德利埃，事情传进丹东的耳朵，就能在要求内阁总辞职的声音中创造例外。丹东在指挥气势冲天的抗议集会时，也就自然会手下留情。

“因此啊，也不是什么需要特别出力的事。”

米拉波一笑带过。但是对面的蒙特莫兰不受影响，反倒表情更加复杂。

“阁下，怎么？”

“能够留任我感到非常光荣。虽然心情上很高兴，但在我国正面临前所未有的困难之际，大任委任于我，深感责任重大。我不免有些狼狈。”

米拉波深深叹气，皱起眉头。他这样做是要掩饰心中的窃喜。果然上钩了，蒙特莫兰。独独把他留任是正确的。他心中当然会不安。

“我知道自己这么说有些难为情……”

这样的话蒙特莫兰势必要寻找后盾。拉斐德认为他碍事，即便并非如此，拉斐德的天下已经开始动摇，所以剩下的选择并不多。

“我能够做什么，请您尽管吩咐。”

米拉波继续说，这时蒙特莫兰动了。他急切地向前伸出手。

蒙特莫兰握住米拉波的手，激动地上下摇摆。米拉波伯爵，您能这么说……米拉波伯爵，您能这么说……

“太好了。鄙人好似在孤军奋战的战场上得到了千万援军。”

“夸张啦。”

“不夸张，请您指示。鄙人一定根据伯爵的指示行动。”

“哎呀哎呀，大臣阁下。我也不过一介普通议员而已。”

“怎么会！”

“虽然大家曾给我戴上头号雄辩家的高帽，但要说头衔……”

“您是我国首屈一指的人物。”

“哦？”

“是的，米拉波伯爵是法兰西王国的第一人。”

多么中听的话。不善言辞的拉斐德派可不会如此。最后的内克尔派形象栩栩如生。米拉波虽然在心中冷笑，但内心并非完全抗拒。

既是能够自由地主宰议会的雄辩家，又是能够随意操控舆论的雅各宾派代表，还身为直通王室的秘密顾问，若与此同时能够通过首席大臣操控内阁会议，便是事实上的宰相了。称作法兰西王国的第一人倒也名副其实。

——如此这般了啊。

如此这般。米拉波努力掩饰自己的低语，胸口却大幅度地颤动。我成为现代英雄，具备主宰新生法国的命运这般了得的能力了嘛。不，还不能掉以轻心。还差最后一步，我需要自我节制。即便如此，现在只差一步就能了结拉斐德，我米拉波的天下即将到来。不负责任的美国一边倒风气把法国搞得乌烟瘴气，还来得及用我相信的方式去实现国家的革新。

——我做得到吗？

激动得上下起伏的胸口感受到一阵剧痛。我做得到吗？虽然取得了一点点成绩，我的身体还能撑多久呢，多少再支撑一会吧。

米拉波强忍住如同正在嘲笑自己的阵痛，继续说，我明白了，我明白了，蒙特莫兰阁下。

“我一定会协助您的。哪怕我的力量微不足道，我也要为了法兰西在所不辞。还有一事……”

米拉波从怀中掏出一本小册子。这是我最近思考写下的文章。我们是共同斗争的伙伴，如果您能一览拙作那就再好不过了。这是一份副本，请您收下，不需要返还。

蒙特莫兰收下小册子。表示会拜读。

“我看看，题目是《法兰西现状及平衡大众自由与国王权威之对策的概要》啊。”

我读，我马上就读。我一定一字一句仔细拜读。米拉波瞥了一眼被重新合上的小册子，便起身离开了。黑暗的外交部里，侍从提着一盏灯在前面领路，米拉波不禁想，蒙特莫兰你可一定要读，千万别就那么丢在一旁。

——那是行不通的。

根本无法实现。就在几小时前他评价罗伯斯庇尔的话语反倒刺痛了自己。派不上任何用场，那堆纸无论如何也不行。那只有委以他人这一个办法了。如若壮志未酬，哪怕存有一丝希望，在托付他人之前我绝不能死。

——我的人生，真是悲惨啊。

这样的死法万念俱空。只能强逼自己乐观下去，我米拉波一定会坚持到倒下那一刻为止。

4

国王的批准

“笃信王”。

这个称号是历史传承悠久的法兰西国王的别称，路易十六相当看重。

据称早在五世纪，法兰克王克罗维击退其他日耳曼蛮族，率领族人皈依基督教。法兰克人迎来前所未有的繁荣。

——就这样“笃信王”称号开始通行。

历经墨洛温王朝、加洛林王朝，法兰克王国分裂为东西两部分。虽有国王加冕称帝，但东法兰克王国最终被德意志王国取代。西法兰克一脉的法兰西王国才是正统，拥有继承“笃信王”的资格。墨洛温王朝进行祝圣之时，教会涂抹之天使圣油传入香槟地区大主教都市兰斯。正因为法兰西王国包括其中，所以国王能够获此殊荣。

“欧坦主教应该比朕更熟悉此番始末吧。”塔列朗听到路易十六提到自己，当下一慌，不清楚为何自己被盯上。正想着如何应答，王继续说道：这应该不只是朕独自一人关心的吧。此事关系到你家族的名誉。

“兰斯可是你叔父的教区？”

“禀告陛下，是的。”

叔父亚历山大·安热莉克·德·塔列朗-佩里戈尔的确占据着法兰西最

具权威的教职——兰斯大主教。他更是位列红衣主教，是宗教界数得上的要人。说是这么说。

塔列朗不禁苦笑。亚历山大 · 安热莉克叔父也不是长子，只是很不情愿地进入宗教界。没有办法，至少得混出个头。

歌颂神圣的圣油也并非出于强烈的使命感。当然也包括我那小气的叔父。为了减少成本，他肯定弄了便宜的差油滥竽充数。

“这项神圣的传统决不能断送在朕这一代。”

路易十六抬高声调说。似是发现跟对方说了也白说，路易十六移开了看着塔列朗的目光。塔列朗松了一口气，但他又不得不对国王一通前言不搭后语的冗长发言默不作声。说起来朕也是在兰斯经过戴冠、涂油祝圣加冕的法兰西国王，和其他国王没有分别，时刻谨记身为“笃信王”。

“是的，是的，万一扭曲了传统，无颜向列祖列宗交代。朕一想到这就倍感踟蹰。”

往常醉眼惺忪的法兰西王褐色的瞳眸中燃起从未有过的怒火。这番充满热情的演讲看来发自内心。声音听上去像是遭受欺负的孩子在抗议似的。如果拿孩子来比喻的话，听上去倒让人想起身陷老师说教无法脱身的可怜男学生。

被众人围在中间的路易十六实际上是孤军奋战。挤在杜伊勒里宫的人无一不是肥胖不堪，让整个空间感觉更狭小。平常身体基本不运动，反倒有学识的嘴动得比较频繁。聚在一起便吵得不可开交的便是那些大主教、主教等高级教士。

塔列朗身在众人之中，却并不想被他们当作同类，不由萌生退意。对于路易十六也不免敬佩起来。

事实上他想褒奖国王。陛下，您真是擅长说谎。把高级教士都给糊弄过去了。

体形肥满的队列隐忍着不满继续说。

“禀告陛下，您的决断不但没有使笃信王的称号蒙羞，反而更加增加其光辉色彩。”

“朕也是如此想的。”

“的确如此，陛下有此同感，我等皆受到拯救。”

“不，应该怎么说呢，虽然同感之处的确不少，但也不意味着完全理解。心中还留有一丝不安，不免会迟疑。此时此地署名会不会操之过急，要是错了，那就会永远钉在历史的耻辱柱之上。”

路易十六说的“署名”指的是批准法案的署名。即上面写着些基督教徒、虔诚之类奇怪话语等的与圣职者民事基本法相关的法案。十一月二十七日议会通过了强制宣誓法案，署名是为了尽快使其成为国法。

“法兰西王国所有的圣职者必须依据作为宪法一部分的《教士公民组织法》进行宣誓。若拒绝宣誓，则处以免职之罚。”

议会通过决议花了近一个月。时间也逼近一七九〇年末，已经十二月二十六日。

如同米拉波担忧的那样，国王批准手续进展缓慢。虽然路易十六并非头脑聪明、能言善辩、随机应变，但他源自迟缓的耐性能算得上唯一的可取之处，在这发挥了作用。

即便是口吐莲花、巧言善辩的圣职者也为之皱眉。但正因如此，大主教、主教们都没有放弃。

“那么请问陛下，您心心念念最想清除的一丝不安是什么？是合理化教区合并吗？还是不习惯教士选举？要么是供养形式？”

路易十六像被宠坏的孩子拼命摇头。啊，你听好，朕说过好多次。不是对个别条文感到不安，议会已经针对此进行过充分讨论。我完全信任议会，不要抓着细枝末节吹毛求疵。朕不放心的是更大的问题。

“归根结底，是目前还没有得到来自罗马的祝福。教皇陛下反对的，法兰西王却批准，这有可能有损‘笃信王’之名。”

国王的话就连塔列朗也不能赞同。毫无廉耻地坦然说出这样的话，塔列朗这下对国王产生的是怜悯之情。一般自己不应该对此稍显不好意思吗？在自己的王国里实施的法律，自己不下决断，全部交给别人决定。

——不负责任啊。

这是国王应有的态度吗？就是因此革命才烽烟四起。虽然面上不能表现出来，但塔列朗内心深处有一部分对此又不是不能理解。啊，在路易十六看来，这大概很平常。

“可以不管罗马教皇陛下的意见吗？”

朕不能，至今为止还没有出现如此不知廉耻的法兰西国王。塔列朗听完心中的怒火就要爆发出来。

——这是，真不行。

表面文章好歹有个度。千年之前的历史不得而知，但至少路易十六直系先祖，波旁王朝开世之祖亨利四世不是众所周知的新教徒吗？他不正是领导宗教改革的急先锋，不正是不顾罗马教皇的权威的新教徒的首领吗？

这样才在法兰西王室要绝后之时继承了王族的血脉。但顾及反对派的抵抗潮流，没有改变“笃信王”称号。为了抚平众怒，亨利四世厚颜无耻地祭出绝招，彻底皈依天主教。

——这便是伟大的法兰西王所为。

塔列朗费了不少力气才止住满面笑容。什么“笃信王”呀，绝不是证明信仰虔诚，反倒说明没有一丝一毫的道德感。单纯出于政治上的小聪明，即与教会结合同盟，利用神明。讽刺的是历史上便是这么过来的，一边干着卑劣勾当，一边号称“笃信王”。

“………”

塔列朗努力绷住文弱的面孔，现在不是傻呵呵笑的时候。历代法兰西王便是这样巧妙地利用神明。

自亨利四世的伟大表演以后，历史上很罕见有法兰西王反对罗马教皇了。并非教皇字字珠玑便要惟命是从，并非出自对教士们的尊重，而仅仅是恬不知耻地利用他们。

——路易十六是在打这个主意吗？

善男敬畏神明，这是米拉波的判断。但眼前反反复复强调“罗马、罗马”，又该怎么看呢？

塔列朗不禁在心中讥讽，要是出于专一不二信仰的话，路易十六不就是圣人了吗？这绝不可能，对一个愚钝的人来说，最好的办法就是学着祖宗的绝技，继续利用神明。

——这叫什么事啊。

另一方面因为侍奉神明的佩里戈尔家族不行，做不到利用神明。塔列朗心中暗暗想道。正因为为人过于正直，不相信就是不相信，装不出相信。正因为胆小怕事，不敢明确否认神的存在。没有办法，只能毫无二心地相信神明，最终投降于法兰西王。

——危险，危险。

又被骗了。塔列朗不引人耳目地拭去额头上的汗珠。路易十六才不信神。更准确地说，这个时代没人信神。每个人只是利用而已，全在自己的算计中。不看清本质，满足于蔑视，说不定会导致自我的溃败。

——只要稍加警觉的话……

这是一种策略。塔列朗从之前的胸闷转而乐观起来。因为不是出于信仰，只是靠大脑算计。得失判断为否定时，说不定也有可能推翻之前的答案。

实际上，路易十六也减少了应答之语。

"陛下，这样理解不知可否？罗马方面没有传来祝福之语，这一事实反而是祝福的证明。"

"此话怎讲？"

"说是祝福，可能有些言过其实。但是，一定程度上可以理解为'不反对'。想及目前的严重事态，罗马教廷应该不能坐视不理。如果他们认为法兰西王国的《教士公民组织法》是反基督教的，那相当于捅了马蜂窝，会引起轩然大波。教皇肯定会立刻派遣特使来到巴黎，这也不是那也不是地牢骚一通。"

路易十六听得出神，这些话使他缓和下来。不愧是艾克斯大主教布瓦热兰，副业当过家庭教师，口吐莲花，自如得像是对付难缠的孩子似的。

5

说服

“总之，《教士公民组织法》不是需要陛下忧虑的大问题。”

“可是，布瓦热兰阁下，罗马方面难掩不满，该如何是好……”

“那位脾气难以捉摸的大人可曾有过不唠唠叨叨的时候？但都没成大气候，不可能对外宣称开除教籍。所以这意味着，那位大人还有静观时变的闲暇。这和异端邪说、新教运动什么的不一样，也不是反基督教的暴举。罗马教皇非常清楚这一点，非常清楚。”

“但是……”

“在下理解陛下担忧的万一之紧急情况。下令开展新的事物总归会感到不安，正是需要教皇陛下祝福的时候。想到这我也不免心生怒气。这时候教皇还在静观事态发展。大概还认为法兰西新法可以之后再议，换句话说这是在消极怠工。”

路易十六原本紧张的表情才舒缓一点，渐露笑意。布瓦热兰一直步步紧逼，此刻大约是生出了一点从容，突然离开本题。

“眼下我国没有法兰西教会会议之类的最高顾问机构。”

一瞬之间他看向这边。塔列朗点头称赞，但内心并不愉快。啊，我明白，我明白，现在正在说服路易十六的关头。还不是可以大意的时候，还没有完全进入你的手掌心。

塔列朗点头也是敦促其完成任务的信号。布瓦热兰当然不会忘记自己的工作。哎呀，如果有法兰西教会会议那就好了，不然只有教皇陛下来完成这项职责。

“陛下所言甚是，有了罗马的祝福就减少一个担心。事实上，有此担心的不只陛下您一人。”

“意思是……”

“其他的当事人，是的，便是法兰西的教士。”

“是这样的吗？”

“眼前的形势瞬息万变，面对议会提出的新架构，我们这些被选为教士代表获得议席的人，也是好不容易才跟上形势。不，即便不是议员，哪怕是高级教士，也很可能会命人向自己汇报如今巴黎所议之事项，自行琢磨理解。可是，法兰西各地忙于教务无暇他顾的基层神父们，则大多不清楚发生了什么。”

他们当然会感到不安。布瓦热兰总结后，路易十六才露出一副恍然大悟的表情。

自己不是一个人，不该一个人被责怪，大家都一样。明白过来后多少减缓了被逼入绝境的感受。不存在正面交锋，其实双方是站在同一立场上的，得到这一暗示后孤军奋斗的担忧感一下烟消云散了。啊，眼下这个情况，陛下已经进了布瓦热兰的手掌心了。

——不愧是布瓦热兰阁下。

塔列朗感慨。不愧是米拉波认可的人。软硬兼施巧妙地操纵会话，在对方不曾察觉之时就将对手收入囊中。

“是的，我们已经有点穷途末路了。再这样下去可会让教会分裂啊。”

“教会分裂，这种事怎么会……”

“不，不，陛下。强制教士向宪法宣誓，其中肯定有拒绝的教士。这样下去，法兰西教会便会分裂为宣誓派和拒宣誓派。”

“所以朕才不想批准强制执行宣誓的法案……”

“可以说这是陛下贤明之判断。可是看看现在的法兰西，现在的巴黎。”

布瓦热兰悲悯地皱紧眉头。是的，陛下不批准，强制宣誓法案遭到废弃的话，又会引起抗议集会。情绪激动的群众集会说不准会引发武力暴动。可能引发袭击教会，对神父强加私刑等一系列后果。

“因为这必定要依靠陛下的力量。”

“说朕的力量。朕还有什么可做的。国王之权被那新议会夺取。民众的暴力之前，朕甚感无力……”

“先一步阻止教会分裂便可。因此，请陛下批准强制宣誓法案。”

“但是强行批准那样的法案，教士反对的声音会不绝于耳。”

“若有陛下的背书则完全不同。”

“但朕并非罗马教皇。不能给予祝福。只能站在法兰西国王的立场……”

“不，并不单是法兰西国王。还是‘笃信王’。”

“……”

“正如陛下所言，法兰西国王至高无上的地位自古就伴随着神的荣光。受神祝福的路易十六认同的话，就能一下消除教士们的不安感。神赋予陛下迈入新时代的勇气。”

布瓦热兰在这刹住。路易十六有点招架不住。嘀嘀咕咕地说着什么，但听起来都只不过是借口。

“但这样就不把罗马教皇放在眼里……”

“我会继续做教皇方面的工作。有可能新设立法兰西教会会议，作为新的圣界的最高决策机构。”

“是吗？那这样的话……不，但是……”

已经无处可逃。路易十六心里清楚，但又迟迟下不了决心。这样说……总算是……能让教士安下心来……可朕的担忧依然无法解决……

布瓦热兰当然不会允许路易十六找借口逃跑。

“不揣冒昧，陛下。陛下所指的万一之事态，万一法兰西发生教会分裂，那时岂不是有损陛下‘笃信王’之称号。”

“……”

“首先要避免教会分裂。如能成功，那教皇方面的祝福便如探囊取物一般。应该可以说，就算教皇再怎么善变，也不会来搅乱已然事态平息的法兰西，故意挑起教会分裂。”

“说的也是……”

“事已至此，陛下要给议会一个准话。”

布瓦热兰这时突然提高声调。一改此前摆事实讲道理的姿态，这下有点威胁的意思。是的，事关重大。陛下总不能说是忘了吧？哪怕被再三催促批准法案，哪怕要接受这气恼却又无奈的结果，可陛下早已在三天前的议会上公开承诺过了。

“批准十一月二十七日的强制宣誓法案，是已有准备的事。眼下已经批准通过《教士公民组织法》，没有理由拒绝补充法案。这是陛下的金口玉言。”

“那时候……”

路易十六说了一半，吞下后半句。看透再继续抵抗也没有用，他不再多费口舌，反而深深叹气。

“明白了，啊，明白了。”

国王走向窗边的书桌。肥胖的身体挡住了视线，只听笔尖在纸上沙沙作响。

不久听到穿法袍的众人发出痛苦的哽咽声，接着听到手拍打的声响。法案经过署名批准了。

——到底让步了。

塔列朗不屑一顾。不过如此。因得失而屈服。哪怕信仰同一个神，若非真实执拗的信仰，是没法坚持到最后的。

前来说服的高级教士们在桌子旁沸腾起来。扒开人群钻出来的是一脸严肃的路易十六。虽说答应签名，但无法否认失败者的屈辱感。他明白自己只有接受，更加心烦意乱了。

国王擦过在一旁观察的塔列朗的衣袖，往里面的房间走去。数名亲信让在一边，盯着国王矮胖的背影。身材高大的贵族表现出同感的神情，迎接路易十六。

撒有白粉的假发和近似银色的金色眉毛。这样的浅金色倒不多见。纯种的法兰西人里也有金发，但因为有拉丁血统，不至于这么浅。

是外国人吗，塔列朗猜测。这么想来倒确实听说凡尔赛有一个来自同盟国瑞典的人。

——名字应该是费尔森伯爵。

刹那间胸中扑通扑通直跳。

塔列朗对第六感其实有种神秘的自信。这时某种不可知的冲动驱使他向前走。不把右腿不方便放在心上似的，不知为何心情极为迫切。

听见路易十六的声音。是啊，到底签署了法案。已经有点后悔了。

“做这种国王，还不如去当梅斯的王。”

塔列朗听到这句话时停下脚步。用手指捏起落在脚下的线头，便原路返回。反而加入本来厌恶的教士一众，装作什么事都没发生。

自不必说，塔列朗此时必然是在暗自思考。那究竟是什么意思？不想做这种国王，想做梅斯的王。

梅斯市位于法兰西东北，是地处洛林的边境城镇。

——难道在计划逃亡国外？

一瞬间战栗袭来，塔列朗马上露出自嘲的笑容。这多虑了。

不，贵族中有的选择逃亡，这样的想法倒也未必不会出现在法兰西国王的脑海中。毕竟，要说法国之外，有国王之弟阿图瓦伯爵出逃后恣意而行的反革命运动。连路易十六的大舅子奥地利皇帝，似乎也可能会支持反革命运动。

即便如此，路易十六至今仍在观望。首先出逃并不容易，路易十六有着让人称赞的执拗，但到了大胆行动的时候压根就是个窝囊废。再加上宫廷保密顾问官绝对不会准许此事。法兰西国王逃亡绝不会发生。

6

兴高采烈

“这下也得让米拉波伯爵大吃一惊。”

布瓦热兰现在心情正好。

离开路易十六的房间时心情还有点兴奋。等到了杜伊勒里宫，进入只有高级教士的议会教会委员室时已恢复平静，整个人客客气气。要问为何，十二月二十三日议会答辩上，正是米拉波伯爵敦促了陛下公开承诺批准法案。教士众人不知详情，但听说米拉波伯爵单方面递交了行动计划。这是说服陛下的一大要因。

“真不敢当。本来陛下强硬地拒绝强制宣誓，却一下子调转方向，倾向于批准了。趁着这个势头，陛下在三天前的议会上公开承诺了，若非已经既成事实，路易十六陛下这般执拗，刚才差点让他逃了。”

布瓦热兰边笑边弹着手上的纸夹。红色的厚纸里收着路易十六签署的文件。总算大功告成。有了它就不怕了。

“顺利，一切都会顺利的。”

兴奋之情难于言表。相当有成就感吧。布瓦热兰比往常话多了些。对此塔列朗感到些许不愉快。

——至少有点不舒服。

此时没理由感到不舒服。

最重要的是工作大获成功。说服路易十六少不了普罗旺斯的艾克斯总主教的功劳。在搭档的劝说下，自己与布瓦热兰会面，冰释前嫌，以谦卑的态度请求其帮助。现在携手努力、共同奋斗、平等相待，实现了强制宣誓法案的批准。

没有什么感到窘迫的缘由。本来应该兴高采烈、欢声笑语，不输布瓦热兰。至少也应该长舒一口气，有完成工作的满足感。怎么说我才是带头的。我是这样定位自己，努力到今天的。

——却透不过气。

连自己都无法解释。面对这样难受到几近束缚的现实，塔列朗越来越气恼。到底是怎么回事，我堂堂夏尔·莫里斯·德·塔列朗-佩里戈尔，竟偶尔露出卑躬屈膝的笑容，为何非要变得如此弱小？！

"……"

塔列朗终于明白过来。无法抑制心中的不满本身，或许是完成工作的成就感、满足感、安心感的反面。正如至今为止我不断告诫自己的那样。

"忍耐，忍耐。"

现在正是忍耐的时候。没拿到路易十六签署的文件前，不论发生什么都得忍耐。

如今目的达到，我就没有压抑自己的理由了。可为何我现在仍在继续忍耐？为何现在我非得和其他高级教士站在一起，迎合兴高采烈的艾克斯总主教？

塔列朗越琢磨越生气。这完全无法解释。是因为坚持忍耐使我染上了卑躬屈膝的恶习吗？还是习惯了一面对布瓦热兰就屈辱地缩小自我？

——要是这样的话得尽早矫正回来。

塔列朗想。身边的高级教士继续调笑，不是的，虽然米拉波伯爵发挥了影响力，但布瓦热兰主教的劝说却是关键一招。

“在场的各位都认为主教是法兰西圣界的领导者，追随您是正确的选择，我们现在感到十分自豪。”

“哪里哪里，没那么夸张……”

“说的是事实。幸亏布瓦热兰阁下，您救了法兰西教会。教会差一点到了毁灭的境地啊。”

“说的也对。虽然看上去不是什么大问题，在陛下御前轻松收拾了局面，实际上却是凶险万分。可说是到了走投无路的状态啊，法兰西教会是被逼到了毁灭、分裂的关口。”

“回想起来不禁背后一凉。好歹摆脱了困境。之后再向罗马发起总攻……”

“不，罗马怎么说都没关系。现在要看的是法兰西内部……”

塔列朗突然发觉所有人看向自己，甚至感受到一种杀气。当然，他也不是不明白原因。因为被议会拒绝后，自己一度放弃成立法兰西教会会议。不，是因为自己辩解说情况并非如此，还会继续朝着成立的方向努力，却还没有成形的方案可以拿给他们看。

“好了，好了，各位同僚，还不能操之过急。”

布瓦热兰再次居中调解。操之过急不一定会有好结果。众所周知，执拗不次于路易十六的议会不好对付。议会并不乐见出现能与自己平起平坐的国家权力的最高机构，他们不会轻易放弃这些主张。从政局来看，拉斐德侯爵现在的权势一手遮天。目前比较妥当的看法是，在米拉波伯爵上台前都无法可想。

“是啊，不管欧坦主教阁下再怎么积极争取，没办法也是没办法。”

如此看来操之过急只会妨碍工作。布瓦热兰好像在为这边辩解。

政局的分析没有错。托故于此，说明了塔列朗没有消极怠工，反而在为法兰西教会会议的成立日夜奋斗：一心扑在上面，参与法案起草，时不我待地找到议长调整动议日程，更是动用大贵族中熟识的关系与各派别议员沟通。

——更没理由非议我。

哪里还有人怒目相对，众人即便夸奖、慰问、感谢，也丝毫不奇怪。没什么可愧疚的。布瓦热兰为自己辩护是理所当然的，这点上塔列朗很有信心。虽然，内心对此也有怒气的。

——这不一副监护人做派吗?

塔列朗这时才意识到，自己不高兴的原因在于，布瓦热兰时而叱责时而保护自己，不知不觉间他已经摆出高高在上的姿态。原来是这样，应该是搞错了。原来是这样，助长了此举。说起来，为过去的错误道歉，我相当于是低头了。

仅仅是和解吗？如果一定要拜托对方帮忙的话，不低下头是不行的。所以布瓦热兰才一步步蹬鼻子上脸，把我当成男仆一样对待，全然一副主人做派。

——正因如此我才郁郁不快。

全员看着塔列朗，但他一直保持沉默。可以报告一下关于设立法兰西教会会议进展情况，正好趁此机会除去高级教士们的反感。至少能得到布瓦热兰主教的赞赏之辞。不过，我讨厌这样去讨好。

——我并非仆人。

出身高贵的自己干不出来。即便沦落天涯也不愿接受。塔列朗不想压抑自己。说得好听是忍耐、自制，但反过来说也等同于自我贬损。

——我还是做不到。

塔列朗流露出不悦的神情，这下他不再掩饰。至少在你们这伙人面前不必谦恭。你们这些家伙不过是算计得失的小人而已，和路易十六毫无二致，最后都会屈服。

——我不同。

我塔列朗具备绝对虔诚的信仰。信仰不是一句空话。我对自身的价值有着绝对的自信，毫不动摇。我不会输，绝不会。

塔列朗一边心中默念，一边站起身。众人有点吃惊，不知道他要干什么。但又觉得都是一伙的，因而带着点轻视的意味。周遭没有躁动，都默默观察着他。

“怎么了？欧坦主教阁下。”

布瓦热兰问道。塔列朗不作答，仍向前走。拖着不便的腿脚踉踉跄跄前行，伸手拿过红色的纸夹。对不起，主教，失礼了。让我确认一下文件。对的，这样就对了。路易十六确实签署好了。

“那么我便收下了。”

“欧坦主教阁下，这……”

“我说我收下了。正如您所说，有了它就不用害怕了。”

塔列朗一边说一边打开门。

门打开半边，在旁边房间待命的侍从上前。塔列朗腿脚不便，总是带着三个人，让他们在跟前方便服侍。这里面有一个巨汉保镖，有时令他驱散让人讨厌的家伙。因此没什么可怕的。

“各位，已经没有别的事了吧。”

“……”

“对了，法兰西教会会议。哈，那种东西，谁要设立来着？”

“你这家伙，一而再再而三……”

塔列朗没听完布瓦热兰的话，伸出舌头做着滑稽的表情，便跳着左脚离开了房间。

背后传来阵阵嘈杂的声音。肥胖的众人慌乱之下想要追赶出来，但保镖在外面堵住门。追上我那是无稽之谈。

——更何况想从上压制我。

塔列朗的笑声在石壁间回响。这下舒服了。我并不需要那些自认为是上级的人。教会算得上是个组织，本来主教这个职位，什么时候放弃我都无所谓。

冷静下来，还有点后悔。布瓦热兰应该勃然大怒了吧。教士又对我愤恨起来了。可我塔列朗现在不想去修复。管他呢。不是我坏。我忍耐至今，倒想要表扬一下自己。

——坏的是那些自以为是的家伙。

受点惩罚吧。缩紧肩膀的塔列朗没有朝后看。我相信自己不会输。因为路易十六签署的文件在我手上。强制宣誓法案顺利实施，所有教士都必须在八天内宣誓。如果不想被免职，除了宣誓没有别的办法。我赢了。这场胜利是无法动摇的。

7

圣叙尔皮斯教堂

教堂的钟声敲响，穿透寒冷的空气响彻四下。声音大得让人为之一惊，锐利无比。

——有点奇怪。

总感觉哪不对，有种莫名的焦躁感。罗伯斯庇尔抬头看高耸的钟楼。不协调的感觉没有消失，再如何凝视，在冬日的晴天里也找不到答案。

看了几秒后目光转回地面。映入眼帘的是压倒一切的威严石制建筑。形状稍显奇怪的钟楼左右排开。上下两层外侧墙壁装饰显赫，分布着整齐划一的石柱。教堂整体风格颇为古典。

威慑感如同通过巴士底狱正门时一般，它们正是旧制度的遗物。但在那之上孕育出了新生。

左右大门打开，一对男女从暗部走出。晴天迎接纯真无邪的二人。

“祝贺！祝贺！”

结婚仪式在巴黎左岸的圣叙尔皮斯教堂举行。

北面是圣日耳曼德佩修道院，南面是卢森堡宫，这座教堂隐没于市内的众多建筑之中，平时并不起眼。教堂的名字多少给人浪漫与乡愁的印象，也是紧邻著名的学生街拉丁区的缘故。

罗伯斯庇尔在这里度过了青年时代。毕业后马上回到阿拉斯，之后又很快适应了科德利埃区，留在了巴黎。现在还在这个自己学生时代熟悉的教堂里举行结婚仪式。

“祝贺！祝贺！”

在祝福声中，露西尔·迪普莱西正流着泪。哭花的脸庞在冬日阳光的照射下闪耀出柑橘色。过去的两年里，这种光芒越来越耀眼。身着纯白的嫁衣，真是位楚楚可怜的新娘。

——再不能称她为露西尔·迪普莱西。

卡米尔·德穆兰也欢天喜地。这是德穆兰一直梦寐以求的，他满脸幸福。

原来如此，不论如何努力也收不住脸上绽放的笑容。原来如此，他们的交往经过七年长跑开花结果。

“不放弃的卡米尔，从未丧失信心的露西尔，真是佩服你们。”

罗伯斯庇尔不禁发出感慨，众人分列两侧一同迎接新郎新娘。

“完美的仪式，太感动了。”

声音来自身后的热罗姆·佩蒂翁议员，同为雅各宾俱乐部的伙伴。

这位沙特尔辖区选出的第三等级代表，生于司法之家，是个热血青年。罗伯斯庇尔和他在政治思想上有颇多共鸣，长他两岁，年龄相近，平时对他颇有好感。佩蒂翁也搞报纸，因而结识德穆兰。

“别说还真是。”

罗伯斯庇尔也情不自禁地点头。仪式不错。

管风琴的音调让气氛庄重起来。露西尔挽着父亲的胳膊走向祭坛。

等待着的德穆兰向迪普莱西先生使劲点头后，接过露西尔的手。触及戴着白手套的指尖，一时间一对新人眼眶湿润，二人面对神跪下。

神父引导他们起誓，完成天主教千年传承下来的仪式。那也一定是女性在少女时代便梦寐以求的婚礼。

男人也不是没有意识到自己有一天会在教堂进行传承下来的仪式，每个人自然都会想象这幅画面。

“看看，败给他了。”

罗伯斯庇尔开玩笑说。是啊，被卡米尔抢了先。

旁边的佩蒂翁接着说，对啊，你也是路易大帝中学的，德穆兰是你的后辈。被他抢了先，你这个前辈还单着。道理你肯定懂，罗伯斯庇尔，可是啊……

“你看看德穆兰，已经三十岁了。结婚不算早了。”

“换句话说是我太晚啦。我还是卡米尔的前辈呢，到现在还无妻无子。我这家伙是不是有点怪？你是想这么说吧，佩蒂翁。”

“哈哈，可别胡搅蛮缠。三十岁了还一个人，就不要再管什么被抢先、乱了顺序，追究这些都没意义。这是我想说的。也不是什么来自已婚人士的忠告，不过啊，结婚没有什么可着急的，如果有意中人那另当别论。”

“我也同感。这和女人无关，我没考虑过结婚。可看着卡米尔，怎么都有点心痒。”

虽然感觉自己有点过头了，但罗伯斯庇尔想象着，如果自己遇见和露西尔一样完美的女人，也会巴不得马上结婚。

“说什么大话呢，罗伯斯庇尔老师。”

一个巨大的身影听见话音走了过来，先到的是臭臭的酒气，这人已经醉了大半。说的对，完全同意，要是有露西尔这样的女人，俺也马上结婚。看啊，那腰身，也丰满起来了。这不好像一下就成熟了。

醉汉邪淫地笑着。

新郎新娘的家人、亲戚一同走出圣叙尔皮斯教堂。迪普莱西家在中央地区，德穆兰家是地方的，虽然不同，但他们都出自官僚家庭，家世正派。

有些忘形的罗伯斯庇尔，也不由笑容满面。

“喂，丹东，你声音太大了。”

“什么？你说声音大？哼，管它呢。马克西米连，你也不管不顾地大喊，我也喜欢女人！长得老老实实，看着好像耿直，但其实相当好色。”

“丹东，我生气了。”

“好害怕，我好害怕。什么啊，我在称赞你啊。你不该高兴么。清廉之士，坚定的理想家，罗伯斯庇尔大先生难不成对那事儿不感兴趣？我一直很不安。要么还是个雏，要么就是耽于男色，大家都暗地里传你呢。”

“真，真，真是失礼啊！”

自己知道脸红了。越是意识到脸上火烧似的，颜色越红。较起真来反倒更要被大伙笑话。即便如此，罗伯斯庇尔仍不得不去应酬。好了，丹东。不论怎么看我不是奇怪的人。我没打算冒充唐璜，并非没有追求寻常婚姻的想法。原本我就是孤儿出身啊，比平常人更加想建立家庭。

“将来的某一天我也会结婚。但还不是现在。”

罗伯斯庇尔表明自己的态度，接着平静下心情，反而自信满满，不觉之间一扫刚才听到教堂钟声敲响时的不协调感。

说出来后，越来越觉得自己是正确的。

“是啊，现在还不是结婚的时候。”

8

个人的幸福

就个人的信条而言，罗伯斯庇尔不只明白现在不是考虑结婚的时候。对于他来说，从结婚、恋爱到游戏人生，包括积累钱财、飞黄腾达等欲望，都不在考虑之列，现在还不能追求个人的幸福。

自不必说，目前正处在革命时期。实现社会变革排在追求个人幸福之前。

——推迟考虑个人的幸福也没关系。

罗伯斯庇尔能如此决绝是有准备的。推迟考虑也没关系，再进一步说，是必须将其推迟。不实现社会的变革，个人幸福无从谈起。

如果真的存在个人的幸福，那种幸福也绝对是不正当的。社会风气不对，牺牲多数人，少数人独享幸福。若不加修正，那追求个人幸福只会使社会更加糟糕。

也许受到欺压的弱者应该去追求个人的幸福。无论再怎么贪婪，那种幸福从开始就是有上限的。能够活着已不容易。

他们没有多余的力量去改变社会。也根本不会有热情去考虑如何改变。

——我没打算强迫这人那人。

即使如此，对于具备变革意识的人或者至少看上去如此的人，要严格要求他们。若要蔑视利己主义者，罗伯斯庇尔不得不对自己加倍严格。我有能力使法兰西更好，也怀有应有的理想，我还得到了当选议员的机会。因此不用拘泥于女人。没空考虑结婚什么的。恋爱也显得不够严肃。

“现在有了伴侣反倒会妨碍我。”

“说起来，马克西米连，就连俺也有老婆哦。拖家带口就没资格参加革命了吗？我可不这么认为……”

丹东说到一半，开始大声咳嗽，中断了话题。咳，咳，那个啊，我说。

“对于你丹东，婚姻停留在纸面上，也不宠溺妻子，倒没关系。不用担心你被迷得鬼迷心窍，弃革命理想于不顾或是扭曲政治信条，倒是恐怕你偷情的对象太多没时间活动。”

马拉在后面强忍住笑。丹东被毒舌摆了一道，更加来了兴致。哈哈，这点没错，哈哈，只要志气尚存就没问题，玩女人也不过是解闷罢了。

“原来如此，不愧是让-保罗·马拉大先生，四十多了还独身一人。原来如此，原来如此，不在一棵树上吊死，可以随心所欲换来换去，这才是自由的证明。”

“丹东，别开玩笑。那些女人……”

“你说什么？马拉老师。”

“女性斗士是革命的同志。”

“噢？和同志们来了吗？”

“是真的同志。自由平等，保持友爱精神，没有人能要求享有独占我的不合理特权。”

“哈哈。这真是杰作。哈哈，大杰作。”

最后变成醉汉与毒舌之间的对垒。结果以爆笑收尾，罗伯斯庇尔感觉扑了个空。说实话是感到愤怒。此般艳笑漫谈，是想让我迸出义愤之词吗，感觉他们是让我演了一场滑稽戏。

“大家都明白你说的，罗伯斯庇尔。”

旁边的佩蒂翁小声说，不是为了讨你欢心，说实在的，丹东也好马拉也好，都懂的。

“因为大家都是革命人士。”

这么一说罗伯斯庇尔发现了。

议员、市民活动家、作家、报人，虽然各自观点不同，但聚集在圣叙尔皮斯教堂的都是革命人士。丹东、马拉、弗雷龙，还有佩蒂翁，不算新郎新娘的家人亲戚，这桩婚事可以算得上受到革命人士祝福的仪式。

令人信服的是新郎本人，卡米尔·德穆兰是一七八九年七月的英雄，他发行的报纸《法兰西和布拉班特革命报》左右了当时巴黎的舆论。他是一位典型的革命家。

“我担心。担心今后的德穆兰。不得已才勉强地开起玩笑。”

“这么说是，佩蒂翁……”

罗伯斯庇尔没领会其中含义，刚想质疑，佩蒂翁默默晃了晃下巴，他指的是迪普莱西一家。个个衣着得体，仪态也不坏，至少不用为明天的食物发愁。

“露西尔的嫁妆有十万里弗尔呢。”

佩蒂翁小声嘀咕。德穆兰也是有钱人了。

罗伯斯庇尔也理解了他要说的话。虽说是个财务局的官僚，但迪普莱西家其实是巴黎的大资产阶级。不仅拥有市内宅邸，还有郊外的土地和房屋。虽然身处公职，却每天计算着股票的分配、严格征收地租，是衣食无忧的有钱人。

德穆兰和露西尔结了婚，有了亲属关系。

——这么说还应该给卡米尔的婚事送上祝福吗?

罗伯斯庇尔不免心中疑问丛生。

当然，和资产阶级的女儿结婚不意味着马上有了资产阶级思想。可以无视这一点，仍旧做自己的革命家。可是，他和丹东、马拉不同，他不可能不去为露西尔考虑。

德穆兰肯定要在婚后生活上花费不少时间和精力。未来的变化，可能强到足以改变他自己的理想。至少，会让他没办法全身心地投入到革命中。

——革命家可以这样吗?

卡米尔会退出吗?就这样退出社会斗争?抑或变节投靠，认为革命到此为止?罗伯斯庇尔想着再次义愤填膺。不能开开玩笑马虎对付过去。他不禁闻到一丝背叛的气息，甚至感慨人性的卑劣。心中的怒火自然需要发泄之处。

——米拉波没来吗?

罗伯斯庇尔这下慌了，在前来祝福的人群中寻找。布里索·德·瓦鲁贝尔来了，他在刚才的仪式上担任见证人，要么就是来替补见证人的。米拉波还是没来。

罗伯斯庇尔感到意外，总觉得那个彪形大汉会来的。他最近和德穆兰关系不错。即便不是因为这样，这种炫耀私生活奢华的场合对于那个放浪形骸的落魄贵族来说也是再适合不过了。

“……”

全国三级会议拉开帷幕时，米拉波是无冕英雄。从煽动大众的语言魅力、震撼议会的答辩、千里眼般敏锐的洞察力，再到勤奋努力的行动力与纵横捭阖的政治能力，米拉波无人能敌，不愧为革命的主角。

罗伯斯庇尔也曾有一个时期追随米拉波，不次于布里索和德穆兰。坊间戏谑他为“米拉波的猴子”。

没什么可后悔的。只要米拉波是当之无愧的领导者，自己被称为猴子可谓求之不得。

——可他怎么就变节倒戈了……

米拉波变了，变得藐视革命理想，醉心追求个人的荣华富贵。我开始憎恨他。他已经成为革命的绊脚石，总有一天不得不打倒他。

思绪万千，情绪也跟着上来。但这感情没有冷却，他完全无法蔑视、忘却那个人。恐怕内心还残留些许念想，无法完全否定米拉波。

——为何会这样。

没有分道扬镳，只要还有共同的理念，隔绝的只是距离。所以总觉得有什么落在米拉波那里，某种不能忘却的重要东西。

——难不成我的想法有问题吗？

罗伯斯庇尔脑中划过疑问。难道米拉波、德穆兰的感觉才对吗？现在不应该追求个人的幸福，这种想法难道不正是不食人间烟火的最大证据吗？

“再这样下去，你迟早要毁灭。”

传来一阵骚动。不像刚才丹东、马拉吵吵嚷嚷那样的骚动，扯着嗓子叫喊的声音明显与刚才不同。

四周的空气紧张起来。集中精力仔细听，想弄清发生了什么，发现声音来自教堂外的小巷里。

“我去看看。”

罗伯斯庇尔对佩蒂翁说，便小跑过去。

身材小巧，隐藏起来并不费劲，他钻进教堂外墙的凹陷处观察情况。十几个人聚在侧廊的出口。

看装束打扮应该是这一带的居民。众人愤怒地围着身着教袍的教士。围困的正是刚才给德穆兰夫妇施圣礼的主任司祭，名字好像叫帕斯芒。

“我明白，我明白。既然我属于圣叙尔皮斯教堂，绝不会无视各位信徒的感受。一定会负责任地处理……”

“那就现在告诉我们。没那么难吧？神父，我想问的只有一件事。是向宪法宣誓还是不宣誓，仅仅如此，请您清楚地回答我。”

9

神父的回答

一听就明白是怎么回事了。

十二月二十六日法兰西国王路易十六签署强制宣誓法案。所有教士必须在法案签署后八天内对宪法宣誓，其实宣誓的对象只是其中的《教士公民组织法》。转年的一七九一年一月三日为截止日期，马上就要到了。

“这件事目前还在商讨之中。”

神父回答说，教区的人们自然对这种半吊子答案不买账。

“日子马上到了，不能再磨磨蹭蹭了。”

“话说回来，帕斯芒神父，有没有可能不宣誓呢？”

“怎么会。毕竟有国王的命令。”

“神学的中心巴黎大学也表示支持《教士公民组织法》了。”

“那就决定了。紧邻学生街拉丁区的圣叙尔皮斯教堂的司祭也没法反对大学的决定。”

人们连珠炮似的说着自作主张地决定了。司祭只能赔着笑脸说，明白，完全明白，可他们还在商讨之中。

“他们是谁？你是说还有所犹豫？”

“眼下罗马教皇陛下还没有传递祝福之音……”

“怎么意大利人还对巴黎的司祭说三道四的？”

“法兰西的主教们未必赞成。在下也有归属，必须得跟上级商量。”

满脸堆笑的脸上抽搐起来，帕斯芒神父想尽快结束对话，关起门来考虑今后的对策。

既然如此，要紧的是赔笑忍耐过去，帕斯芒神父不打算把事情闹大。可是他平静的表情为之一变。一个信徒推了教士肩膀，说了决定性的话。什么？你的上级？

“你这说的不就是俺们吗？比起上级更准确来说是主人吧？不管怎么说，你们这些教士是俺们这些法兰西国民交税养活的吧。要说商量，先听听俺们信徒怎么说吧！”

众人没注意到司祭脸上笑容消失了，要么是发现了却没当回事，其他的信徒一拥而上开始攻击。对，对，我们作为圣叙尔皮斯教区的信徒代表提出正式要求。

“帕斯芒神父，请向《教士公民组织法》宣誓。”

“……”

“不回答？你听不见吗？神父。”

“我当然听见了。我明白各位的要求，但还需要仔细琢磨，再……”

“还不慌不忙呢。帕斯芒神父，听好了。一月三日前不宣誓的话，四日你就不再是司祭了。你的职位将被剥夺，你也将被驱逐。”

“是啊。俺们是主人，说的就是这个意思。你听清楚俺们的话。”

“……”

“你那是什么态度。”

“你们闹好歹有点数！”

帕斯芒神父大声喊道。胡闹也得有限度。你们都认得在下，我是教区司祭，到今天为止一直引导着信徒亲近神。主持婚丧嫁娶、倾听教徒忏悔，在下一直在勤奋执行圣务。绝对不允许你们对在下恶语相向。

“喂，神父。话不是这么说的吧。”

信徒面对神父突然来势汹汹的架势稍稍后退。

到底是这里受尊敬的精神领袖。信徒们对神父谦虚谨慎，甚至不敢直视。突然被大声呵斥还是心惊胆战。

神父明白这里面的诀窍。这招今后也好用，不，必然更加好用。

“可是……”

罗伯斯庇尔想，盯着信徒就能让他们闭嘴，这种傲慢的态度不就是今日教士被攻击的原因之一吗？新的法兰西正在孕育，时至今日还妄想一成不变，真是任性啊，要是过了头的话，甚至算得上是反革命的愚蠢行径。

——要换了吹毛求疵的巴黎人的话……

想明白这些道理，会立马反击。喂，等一下，神父大人。你不容许，你怎么能对养活你的法兰西国民说这么无礼的话呢。

“怎能容许？”

“你凭什么这么说？”

“在下是神的信徒。你们基督教徒渴望沐浴神光的话，应该尊重我们，毕竟是我们引领众人走上圣途。”

“听啊，听啊，威胁我们吗？请出神来就有道理了吗？”

“对啊，就是，就是啊。请你告诉我们，神父，不尊重教士遭什么报应？”

“我没有威胁的意思……”

“没有的话就老老实实向宪法宣誓！”

“你们到底是为了什么？！”

“说了，不要耍法兰西国民。你不是神父大人吗？和俺们一样，吃饭拉屎的，对吧？拿出神来你就变得了不起了吗？不要瞧不起俺们！”

“没有看不起……”

“那就宣誓！”

“这是什么道理？”

“宪法是属于我们的！”

宪法代表法兰西国民的意志。悖逆宪法就是背叛法兰西国民。对宪法耍小动作就是欺骗法兰西国民。帕斯芒神父被逼得脸色铁青。

不好用，不像一直以来那样好使，神父被逼入绝境。这时，一位上了年纪的人作为信徒代表下了最后通牒。圣叙尔皮斯教区的信众们提出要求。

“帕斯芒神父，请你宣誓！”

“这，这……身为神的侍奉自有威严……不，不是把宪法不当回事……”

神父的气势弱下去，重复着半吊子的回答。暗处的罗伯斯庇尔哑然失笑。胜负早就注定，还有教士负隅顽抗。不，可能教士本身如同石头般冥顽不灵。他们绝不想让出权威。

——其实事情还有可喜的一面……

结婚仪式只能由教会的司祭主持。罗伯斯庇尔比刚才笑得更欢。帕斯芒神父可能要失去司祭的职位了。可是这样一个教士见证的仪式又该被如何看待？虽不能取消不算，可是这样真的得到神的祝福了吗？得到了祝福又如何呢？

——多么可笑啊。

而且很讽刺。罗伯斯庇尔嘀咕着转身返回，感觉自己的身体轻了不少。

把自己从痛苦的诘问中解放出来了。确信自己没有错。现在还不是追求个人幸福的时候。还不是感激教会、教士或是举办结婚仪式的时候。

10

新教士

格雷戈瓦牧师是坚定的立宪主义者。他是昂贝尔梅尼的主任司祭，同时也是南锡选区选举出的教士阶级议员代表。

关系到议员资格而前往凡尔赛，格雷戈瓦牧师想必很惊讶。全国三级会议召开，一开始针对议员资格审查闹得沸沸扬扬。后来分阶级讨论、投票，第三等级事实上被剥夺了发言权，因而公开抗议。

平民阶级的代表们宣布成立国民制宪议会。但只要第一等级教士代表、第二等级贵族代表不与他们一起讨论，国民制宪议会就不过是自称而已。于是瓦解第一等级的重任就落在了同情第三等级运动的格雷戈瓦牧师身上，由他作为教士代表中的领头人，尽力撮合两大特权阶级参与到国民制宪议会中。

塔列朗从那时开始与他共事。

同坐在议席上，塔列朗也不是没怀疑过格雷戈瓦牧师的真实意图，究竟有多少是真心的，还有什么别的企图？但随着教会财产国有化、《教士公民组织法》颁布实施等进展下来，这位司祭仍保持支持立场。

——那么，可以说宪法才是格雷戈瓦牧师的神。

塔列朗正因为看到他毫不动摇才会如此说。格雷戈瓦牧师欣然接受，于十二月二十七日向包括《教士公民组织法》在内的宪法进行宣誓。他是第一位宣誓的教士。

“我宣誓，在教区信徒的监督下忠诚于国民、忠诚于宪法、忠诚于国王。我宣誓坚守行使国民制宪会议制定、国王陛下签署的宪法赋予我的全部权力。”

宣誓词仿佛公职人员举行入职仪式时候说的话。今后不是为神、为教皇献身，更不是为法兰西主教，而是为法兰西人民奉献自我。法兰西宪法保护教士的权益，因此格雷戈瓦牧师毫不犹豫地宣誓。

这一瞬间，一位新的教士诞生了，一位立宪派司祭。

格雷戈瓦牧师不只是自己宣誓，还督促同辈同僚们宣誓，为全新的教会尽心尽力。

——可是啊……

之后没有如想象那样持续。塔列朗颇为不屑。

没办法把握全局。需要进行宣誓的人数，哪怕排除修道士，也足足超过五万人。而且发生在法兰西广袤的土地上，结果没那么容易上报到巴黎。不禁让人悲观。

单看现任主教，现任主教三百五十人，其中已宣誓的包括塔列朗在内仅仅七位。高级教士一般生活在巴黎或凡尔赛，所以能了解准确情况。同为议员的教士有四十四人，宣誓的不过四人，数字过于残酷。不用说，这四人中又是包括了塔列朗本人。

大多数主教等高级教士拒绝宣誓。司祭等低级教士接近一半拒绝宣誓。这就是现下预计不得不驱逐的人数。

——布瓦热兰这家伙。

不用特地去问，肯定是这位艾克斯大主教从中作梗。

他说不定传令法兰西各个教区，甚至直抵低级教士，命令他们拒绝宣誓。法兰西教会会议不成立则不得承认《教士公民组织法》。直到欧坦主教卑劣的两面派行径受到惩罚为止，不停止抵抗。

——可这也难以置信。

塔列朗心里想的是，好歹这也是国家的法律。《教士公民组织法》经过国王批准，已经成为要求强制宣誓的法案了。

反对法案会受到相应的惩处。早前公布拒绝宣誓的教士将失去教职。不只失去社会地位，还会剥夺其住处，连饭都吃不上的他们只能沦落街头。

——明明知道竟然还拒绝宣誓，怎么会有这么荒唐的事。

塔列朗不太相信。他们打算过持钵化缘的生活不成？

他嘲弄道，自己何尝不想结束。但是事实上总有教士拒绝宣誓。即便施加制裁还有顽固不改的。

——比如圣叙尔皮斯教会的主任司祭。

那个叫帕斯芒的神父公开表示拒绝宣誓。塔列朗的住宅离学院路很近，圣叙尔皮斯教堂的骚乱自然能传入耳朵。信徒被神父的决定激怒，开始攻击司祭馆。

他们纷纷拿起身边的棍棒、锤子等作为武器，还有人扛着国民卫队的枪，情势接近暴动。

塔列朗上马车时，发现众人给帕斯芒神父动用了私刑。神父被丢到下着雪的路上，半生不死。

“怎么样，明白了吗，你这臭神父！”

帕斯芒神父在骂声中支起上半身，用微弱的声音说，在下不能向宪法宣誓。

“你说什么！这家伙。”

越这么说只会越招致暴打。

——多么愚蠢。

塔列朗只能这么想。愚蠢，不考虑自身得失那就是愚蠢。话说回来，拒绝宣誓能得到什么呢？反过来说，宣誓了就算是玷污自己的名誉吗？

——要说本来也不是大人物。

塔列朗也明白自己如何嘲笑都没意义。再怎么折磨圣叙尔皮斯教堂的主任司祭，也没法打破目前的困局。

理所当然，议会对教士里拒绝宣誓的风潮感到担忧。一月二日，教会委员泰亚尔登台演说，要求教士按照强制宣誓法案履行义务。但克莱蒙主教博纳对此要求议会妥协。

“我宣誓，在教区信徒的监督下忠诚于国民、忠诚于宪法、忠诚于国王。我宣誓坚守行使国民制宪会议制定、国王陛下签署的宪法赋予我的全部权力。”

他希望在干巴巴的宣誓词里加一句“关乎灵魂之事项另当别论”。

虽然寥寥数语，却能够扩大解释的范围。若是采纳这个模棱两可的方案，很有可能就是变相达成妥协。

但议会实际上都是一帮打破砂锅问到底的人。这意思到底是宪法对于关乎灵魂之事项不好使，还是关乎灵魂之事项必须遵从罗马教皇的指示，或是要就关乎灵魂之事项设立与议会平级的机构？经过数次激烈混乱的讨论，提案最终被驳回。

议会在次日一月三日的审议中确定，宣誓期限到第二日凌晨一时为止。接下来的一月四日，教士议员纷纷来到会场再次表明拒绝宣誓。多么愚蠢啊！只懂强硬的议会，还有坚决反对的教士，全都是些无可救药的蠢货。

“不，那是真正的信仰。”

塔列朗不禁皱起眉头。说话声音大得像是要狠揍旁人的是莫里牧师，教士议员里的极右派。

11

基督教徒的意志

到了一月七日。议会开始后，教士们敲桌子、踢椅子，场面混乱。他们叫嚣着无论发生什么都不会屈服，不害怕任何惩罚。

“哪怕有生命危险，坚定信仰死得其所，这才是真正的教士。”

议长对此束手无策。但是坐在演讲台上又没法坐视不管。米拉波啊，帮帮我。

“身处教士第一梯队的那些人，都是些无知无能之辈。厚颜无耻地坐视不理，将明智的、教会里认真工作的人拒于圣域之外。他们宣称拒绝宣誓才是真信仰的象征，宣誓的都是用心不良的人。我们看看教士目前的处境，面对各地风起云涌的形势，他们感到畏惧，不免烦恼于没有与民众讲和的办法。因为他们不想失去教职？不不，并非缘于不敬的私心。哪怕自己遭到报复，至少要弥补基督教精神受到的损失？这是多大的谎言啊。只求自保，不利于自己的便看不见？如此厌恶自己的祖国吗？这么想做罗马的奴隶吗？”

演讲的观点一如既往的明确。然而演说期间，右侧的议席一直在窃窃私语。

沉默无法强求。演讲欠缺米拉波式的冲击力。脸色苍白，勉强站着身子装作没事，但无法掩饰急促的呼吸。白色的阔领带开始泛红，米拉波的病情到底加重了。

——偏偏在这个时候。

塔列朗感觉额头一阵凉意。寒冬里身体竟热乎乎的，额头寒冷是因为出了许多汗，自己用手拭去烦人的汗水。没办法了。这下完全失败了。不该惹怒布瓦热兰。不该那么急性子。再多忍耐一下就不会这样了。

——这样下去《教士公民组织法》要以失败告终了。

教会改革遭遇障碍。万民皆知领头的是欧坦主教塔列朗。如果失败就要沦为笑柄，给塔列朗-佩里戈尔之名平添耻辱。指望的米拉波偏偏身体不适，已万事皆休了。

议会上莫里牧师再度发言。知道了，知道了。知道你能一一加以反驳。意思是这样对吧。

“双方之间没有再让步的余地了。”

这样的话那么就退场吧。他大手一挥，下面一片拉椅子的声响。议员们纷纷站起身，全部是坐在右侧的议员。人数众多，有三十人，不，甚至有四十人。

塔列朗见到如此景象才怒火中烧。米拉波说的是。这些家伙凭什么坐在这。坐在议席上反对议会共同制定的法案，真是厚颜无耻！

——滚出去！滚出去！

这没有你们这些家伙的位置。议会里没有！法兰西也没有！拒绝向宪法宣誓，结果是教士们失去容身之地。不，正因为不该有容身之地，塔列朗才慌了。为何他们能如此无畏，说退场就退场？你们要退到哪里去？！

“等一下，你们去哪儿？等一下！”

塔列朗喊道，追出议席。他突然一动，右腿不便，差点摔倒。身体东倒西歪，丑态百出，平常笑笑就过去了，但是这次完全顾及不上，大喊：等一下，你们，等等。

“到底要去哪里？”

莫里牧师停下脚步，恬不知耻地回答。暂时回家，不，现在这样干脆从巴黎搬走得了。

“对，对，回到各自教区。”

“各自教区？哪儿还存在呢。拒绝宣誓的教士立刻解除教职。教区也剥夺去了！”

“剥夺？谁来？”

“向宪法宣誓的新教士。”

“哈哈，入教满五年就可以参加主任司祭选举，刚刚米拉波伯爵已经发出动议了。哈哈，五年就能当主任司祭，笑话，那才刚二十岁吧。”

“这……”

现在还没有掌握准确的数字，但有不少教区已经处于混乱。直截了当地说，司祭拒绝宣誓的教区，教务立刻陷入停滞状态。洗礼、结婚仪式都要延期，甚至葬礼也无法举办，法兰西会到处充满死的气息。

可以预想教士人数不足。因此根据《教士公民组织法》的精神，可以通过选举补足人数。必须要放宽参选资格条件。

“哈哈，不论如何，匆忙选出的新教士想必都受到十分的拥护吧。”

莫里牧师挖苦道。塔列朗恨得咬牙切齿，但他不能退却。你，你这家伙，不用偷换话题。

“总之，拒绝宣誓的教士受到免职，法律上是这么规定的吧？”

“法律规定。意思是制定法律的议会夺走了我们的教区。”

“法兰西国民选出代表成立议会。因此，拒绝宣誓的教士违反人民的意志……”

“只要不违反基督教徒的意志，一定会有容身之地。”

“……”

“我会接受你们的，善良的基督教徒。在下可以回到自己的教区。那里的居民仍奉我为教士，仍尊敬我。”

莫里牧师满面自信。是的，哪怕革命改变了法兰西的政治，天主教信仰仍然不变不朽。如此坚定的信徒在法兰西境内应该不难寻找。

听到此话的塔列朗怀疑自己听错了。愚蠢啊，这是法律定下的惩罚！教区的居民接受拒绝宣誓的教士等于帮凶。人们不会接受的。

“听说了吗？圣叙尔皮斯教堂发生的事。一个叫帕斯芒的主任司祭公开宣称拒绝宣誓，被当作反革命驱逐了。教区的信徒把他拉到街上，最后暴打一顿。”

“那发生在巴黎。”

莫里牧师看上去心意已决。首都里都是些激进派，那里确实没有拒绝宣誓教士的容身之所。但是革命的原则不一定与善良人民的一般想法重合。

“巴黎的常识可无法在法兰西全境通用啊。”

“但是革命不只在巴黎。”

“是吗？究竟是如此吗？”

面对如此大胆的反击，塔列朗竟说不出话来。

原来如此，我承认巴黎是有其特殊的地方。有开明派贵族，资产阶级里的有识之士，不只是停留在富裕阶层，甚至连生活困苦的平民、快要吃不上饭的失业者都具备极高的政治意识。人们争相阅读发行的数十种报纸，或是让其他人读给自己听，所有人心中燃烧着怒火。但那不过是巴黎的景象，地方上完全不同。

地方也并非不关心革命。议员不停地传回消息，雅各宾俱乐部也组织地方支部，都在努力传播革命思想。但也不过如此。充满巴黎的革命热情没那么容易传导到地方。

更不用说对大多数人来说革命只不过是巴黎的骚乱。富裕的农民因为能购入土地而热心地支持革命。但人们看到去年还属于修道院的葡萄园，到了见都没见过的富人手里，反而会反感。村里颇受欢迎的神父某一天突然遭到解职，被赶出教堂。民众看到如此景象当然会产生同情。

12

应感羞愧

塔列朗无话可说，茫然片刻。也就是说他们并不蠢，算清楚了得失。甚至把信徒们的感情也计算在内，即使因拒绝宣誓而遭到免职，但实际上不会遭到教区驱逐。看透了这一点才敢胡来。

不，胡来的次数多了，便被视作是一场运动，如此一来，这就成为一种了不起的政治主张了。只要没有落地终结，那教士们则无风餐露宿之虞。

但到那时，法兰西将存在宣誓教士与拒绝宣誓教士两种教士。他们之间甚至会演变出接受革命的立宪派新教士与否定宪法、拒绝革命的旧教士的区别。回归旧制度的反革命思潮将重新席卷整个法兰西。即便不到如此地步，现在已经情况危急。

——法兰西教会将不再是一体。

塔列朗凝视场中一道闪过去的光，在僧侣穿梭的议会里寻找普罗旺斯艾克斯总主教布瓦热兰的身影。

“教会会分裂的！”

塔列朗喊道，这才找到了布瓦热兰。他听到后回了一下头。果然如此，到底是圣界的领导者，现在仍然希望避免发生教会分裂。

“是啊，这下教会要分裂了。教士们分成宣誓派和拒宣誓派，马上教会就要分裂了。你们接受吗？”

塔列朗接着说。旁边献媚讨好的主教正在嘀嘀咕咕。更要紧的是停下脚步的布瓦热兰脸上露出苦恼之色。啊，我不能轻易放弃，我们作为教士有责任避免教会分裂。我们忍耐至今。

——这次也……

不，塔列朗不得不否定自己。他明白没办法再期望更多。

布瓦热兰的眼神里能看出一丝愤怒。还没有原谅，还没有原谅我。怒火没那么容易消解，天生的责任感也不起作用。

“教会，就分裂吧！”

莫里牧师继续说道。过激派欠考虑的言论让布瓦热兰为之一惊。但仅此而已。他没有教训惹是生非的家伙，重又迈步向前，离开了会场。

莫里牧师见此得意忘形。正是时候，宣誓派和拒宣誓派一起引发教会分裂吧！让神决定谁是谁非！不过也没必要那么夸张。

“看看基督教徒。不，用你们喜欢的话说，让法兰西民众看看，让各教区的居民来判断就足够了。让他们来做选择，是欢迎旧教士还是新教士。”

“……”

“你也快点回欧坦看看如何。”

“你说什么？”

“你也算是主教。再加上对宪法宣誓了，是叫立宪派主教吧。总之是不得了的主教，请回欧坦看看吧。”

莫里牧师最后脸上露出讽刺的笑容。是啊，不去弄清楚吗？看看到底谁会被暴打？

塔列朗确实是靠着家族的人脉当上主教的，被称为不良神父、法兰西教会的污点、教区的可耻分子。他在欧坦的口碑不是很好。

“开什么玩笑！”

塔列朗突然向前伸手，想要抓莫里牧师的衣领。但右脚不好，没能向前迈出，反而摔了一大跤。

塔列朗倒在人们腿脚的阴影下，听到头上传来的大笑。笑声一波又一波地传来，越来越感到沉重不堪。但正因如此才咬牙奋起，两手撑住地板。

——怎能让尔等耻笑。

谁敢笑话我。夏尔·莫里斯·德·塔列朗-佩里戈尔——天选之子，谁敢瞧不起我。无论如何也要给你们这些不敬的家伙颜色看看。塔列朗手脚使劲，却没那么容易站起来。

——这家伙。

塔列朗愤恨得泪水快要夺目而出。被这不便的腿脚拖累才继承此位。参不成军，不情愿地当了教士。已是倍感耻辱，自己想借此机会报复教会，可被脚拖累，连惩戒眼前这衣冠禽兽都不得。

——喂，你倒是做点什么啊！

米拉波，你倒是做点什么！心中呐喊，可他却不曾离开远处的讲台。恐怕正在咳嗽。要么就是下台阶都难，站起来已经费尽力气。偏偏这个时候你米拉波身体不好。

“那么就开始教会分裂吧。”

高昂的话语响彻会场。塔列朗感觉到另外一个身影突然靠近。他还躺在地上，所以身影是在自己头上没错。但感觉近在咫尺，此人身型并不魁梧。

塔列朗抬头一看，系成蝴蝶形的洁白的阔领带最先映入眼帘。

——你，是罗伯斯庇尔……

以激进派著称的左派议员。说起话来和莫里牧师一样毫无顾忌。是啊，就让教会分裂吧。宣誓派与拒宣誓派决出个胜负。这样就能像莫里牧师所说的，弄清楚谁是谁非。

“宣誓派毫无疑问将取得胜利，我有这个自信，也有说这话的根据。这也是我的出发点。”

罗伯斯庇尔的话如同街头传教似的。他继续说。那还是我在阿拉斯街头做律师时开始的。有一位年轻人受到教士指控其犯盗窃罪，他被当成嫌疑人，我为他辩护。最终调查中弄清楚了。

“神父想要勾引这个年轻人的妹妹。他制止了神父的禽兽行径，便遭到报复。”

决不允许发生这样的事。罗伯斯庇尔已经踮起脚尖，不知道因为兴奋还是想显得自己高大一些。捏造盗窃罪名，如此虚伪之人。凭着教士的声望就能做出如此不堪之事吗？经历如此荒谬之事后我得到痛苦的领悟。在这样的法兰西土地上没人能幸福。为了改变，赌上性命也在所不惜。

“我因此立志要成为议员。”

真是老掉牙的故事，塔列朗暗自发笑。

他此时感到万分羞愧。忘记了不方便的脚，想要揪住那人，最后摔了一跤。这都没什么。只是罗伯斯庇尔这头大得不成比例的人，我不想与之为伍。嘲笑声变本加厉，对我而言不是什么合算的事。

塔列朗心里这么想着，却嘴角微微露出笑容。罗伯斯庇尔啊，以后看清楚情况之时，我也会好好利用你的。

重新审视这个来自阿拉斯的小个子。塔列朗独有的第六感——一种特殊的嗅觉告诉他："他好歹是同伴"这类理由太陈腐了，不能受此操纵，也不能把他当作吵吵闹闹的小人物继续无视下去。

13

祝圣

修长的手指正在摆弄小小的手枪。

胡桃木手柄、闪闪发光的黄铜枪筒一分为二，一次可以打两发子弹。

但是枪很小，巴掌大小，人称“口袋手枪”。虽然会卡壳，但只要稍加注意，藏入怀中能够带到任何地方。

——真像个玩具。

塔列朗想道。枪身饰以螺钿，称得上是工艺品。感叹同时不禁怀疑，这有用吗？真的能杀人吗？

——别说杀人了，能击中目标吗？

听说枪身越长越容易击准目标。按这个标准来看，眼前的手枪不用指望。枪身甚至比食指还短，不禁令人怀疑能瞄准吗。塔列朗越想越停不下对自己的冷嘲热讽。

装填在枪身里包着纸的弹药没有小拇指大。弹药越小即火药越少。即便偶然击中也没有太大的杀伤力。要是目标穿的外套多少厚些，甚至连擦伤都难说。塔列朗的调侃停不下来，越来越止不住笑。

——和别的无关，这是我自己的事。

拿着这样一把枪我打算干什么呢。防身够用吗，还是单单威胁一下故弄玄虚呢。内心惶恐不安，这并不是我的本意，但不得不承认这是事实。

塔列朗笑得脸歪眼斜，如同醉汉一般。自己的确惶恐不安。甚至在便笺上胡乱写了几张遗书，托付给弗拉奥伯爵夫人。

弗拉奥夫人是他多年来的情人。对出于政治野心而新结交的爱人斯塔尔夫人，则什么也没有托付。写下遗书此举恰好证明了自己没有任何算计。只是认定了走投无路，沉醉于自身的悲剧之中。这一刻的心境与其说是自暴自弃，倒不如说更接近于决意自杀。

——用这把手枪……

能杀死自己吗？想到这，减轻了自嘲的情绪。原来如此，自杀啊。还有这个用处。用枪对着自己不用担心会打偏。如此近的距离也没必要担心火药威力不足。一颗小小的弹丸杀伤力足矣。越想越觉得这把枪就是为了自杀制造出来的。

——造得越小越好。

塔列朗甚至有些佩服。手掌大小的手枪很容易地能反转过来，不用担心卡住。放进嘴里，只要扣动扳机，一下子弹穿透脑袋……

“啊，主教，不要！”

声音回响，十万火急赶到身旁的是巴比伦主教迪·布勒。不要这样，欧坦主教。自我了结什么也解决不了。

塔列朗收起手枪，巴比伦主教眼眶浸润。塔列朗吃惊于他当真的神情。有什么可慌张的。谁要自我了结。原来是在担心我。

——你是说我要自杀？

这回塔列朗忍不住笑出声。怎么会有如此可笑之事。我要自杀，这绝不可能。像我这样惜命的人不在少数。

有理由误解我的意思。虽然没想要自杀，但写下遗书倒是事实。不仅如此，在巴比伦主教看来，我都把手枪含到嘴里了。

想来对方当了真也不奇怪，搞错了也很正常，没办法的事。啊，对了，倒不如利用一把眼下的状况。

塔列朗忍住笑。正好可以演一场戏。塔列朗作出一脸阴郁的表情。不，不，巴比伦主教请不要阻止我。我放弃自杀也改变不了不得不死这个残酷的事实。

“有人要杀我。”

“……”

“‘要是这么做就杀了你’，巴比伦主教你那儿不是也收到了这样的恐吓信吗？”

巴比伦主教抱起头，强忍住呜咽。脸上仿佛抱着必死的决心，这下伸开双手说，欧坦主教，我刚才已经说过了。

“现如今老实呆在家里。不要外出。更不要去暗杀者有机会行凶的地方。”

“就是说，我要不顾国家赋予的使命。”

“我没那么说……”

“使命就是使命。必须有人站出来。”

虽然塔列朗坚持强硬的立场，但他也并非不懂现实的严峻。

——教会分裂，还是发生了。

日历翻到一七九一年二月二十四日。预想中最坏的情况变成了现实。

拒绝承认《教士公民组织法》、拒绝向宪法宣誓的教士不在少数。

以包括巴黎在内的法兰西岛地区为中心，包括皮卡第、贝里、勃艮第、普罗旺斯、加斯科涅等地区在内，宣誓派好歹占多数。但在阿尔萨斯、洛林、布列塔尼、普图瓦、安茹、缅因、鲁埃格等地区，拒宣誓派占主流。

这样下去，到剥夺拒宣誓派教职、俸禄之前，他们还能作为事实上的教士留在各教区。居民一下没了神父会相当困扰。没有神父执掌教务，各区宗教生活无法展开。信徒们不得不接受拒宣誓派，这是当下的现实。

虽然议会对利用现实情况继续占着位置的家伙感到不痛快，但办法只有加速选派新教士。派出继任者执掌圣务，那么拒宣誓派便失去容身之所。

——话虽如此，可是……

二月二日选出九位立宪主教。司祭也将陆续被选出，但到了各教区，一大半教区认为立宪派教士是冒牌货。

“不忠于主却向宪法宣誓的神父没有用。教会里要敬神奉主，要听法律的话该去法院。”

这是众人的辩解。

不接受宣誓派，即便接受，拒宣誓派仍然存在。一个地方存在两个教会的情况也不罕见。

教会分裂的事态更加复杂。自称任同一个职位的两位教士开始争吵——我才有资格在这个教堂里举行圣餐仪式，你这家伙没资格。丈夫去宣誓派教会，妻子却参加拒宣誓派的集会。这下又开始争吵，丈夫怒斥妻子这样会受到天谴的，妻子则回应你只重外表、毫无虔诚可言。

家庭的闹剧这样还没完，危机可能继而发展成国家内乱。不能小看宗教。

——教会分裂真可怕啊。

议会当然没有放任事态发展，必须想办法纠正立宪派教士是冒牌货这种看法。要按照所有信徒认可的步骤将教士派到教区。在这一判断的指引下，推进教会改革的斗士们被赋予了十分困难的使命。

“那只能我们为他们举行祝圣仪式。”

塔列朗继续说。“他们”指的是前几天选举选出的新主教——艾克斯丕和马诺二人。但按道理讲包括所有由人民选出的立宪派教士。

单单向宪法宣誓还不够，需要通过不多见的仪式为之增添神秘色彩，议会决定在派出主教前举行祝圣仪式。

——这多么滑稽。

塔列朗最初听到这个消息时呆若木鸡。这不是图省事么，耍小聪明。但嘲笑的对象不光是议员。能断言这样可行的人也包括在内，都蠢得可以。

塔列朗感同身受。也不见得是蔑视祝圣。对于激发宗教情感，通过祝圣、圣秩、圣礼添加神性、圣性、神秘性的骗人手法出乎意料得重要。

恐怕那些根本不信主的高级教士们不肯舍弃这些仪式。塔列朗马上回过神来，对象是无知愚昧的平民信徒的话，这说不定很有效果。失败了也没什么损失，不过是抱着试试看的想法吧。而且那些家伙也没打算认真做过。

“可是，这种带有侮辱性的轻佻态度会不会触怒拒宣誓派？”

巴比伦主教说完没有退下。是啊，这里是立宪派的阵地，在巴黎不太容易感受到，但到了地方气氛为之一变。传出立宪派主教接受祝圣的消息就能激起众怒了。

塔列朗坦然回答。这点不用说我也知道的。

“所以我收到恐吓信，说是若进行祝圣要杀了我。宗教里有些疯狂的信徒。我也认真考虑过，这可能不会止步于威胁或玩笑。哪怕是为杀鸡儆猴，或许真会有人秘密从地方来到巴黎，窥探暗杀的机会。”

“这样的话……”

“既然是这样我也不会放弃。巴比伦阁下。若我不去完成这项使命，下次我们说不定会在议会上被暗杀……”

塔列朗好像忽然想起什么事一样不再言语。当然这不过是他的演技，他也并非没有后悔这有点过头了。可是巴比伦主教好像被他骗住了。面对他故意制造出的紧迫气氛，没能马上回话。

在议会上被暗杀这当然是夸张了。但仅有一点清楚的事实，那就是对方也不会再轻易让步。

前天二月二十二日的议会上强行决议，只要是法兰西人的主教，他们执行的祝圣全都有效。无论如何要将立宪派的新教士派到教区的决定被强制推行下去了，没有任何妥协、没有任何更改。

14

立誓报复

巴比伦主教只剩下绝望的叹息。为何是我这个小小的教士呢?

“我等都是新手，而且不过是名义上的主教。”

“要这么说的话，我就是没有主教位置的主教。是啊，我已经不是欧坦主教了。”

塔列朗辞去了主教一职，这是事实。写信通知了法兰西国王和欧坦郡公所，没有通知罗马教皇厅。总之，他已经在一月二十日做出了决断。

本来担任圣职就不是心甘情愿的。可需要钱，做欧坦主教每年可拿总额一万八千里弗尔的俸禄。现在不再需要这些钱了。

去年开始的行政改革使得人事焕然一新。塔列朗得益于此，成为塞纳县评议员。年收入按照对方提出的金额，大概在一万八千里弗尔。

——还要什么欧坦主教。

对于一般的教士而言这个决断不同寻常。塔列朗头也不回地抛弃令人艳羡的主教之位。一般做法应该是接受塞纳县评议员职位，并继续兼任主教。

——可那不就是旧制度嘛。

塔列朗吹嘘道，他一点也不后悔。超越常识大胆的决断让他的自尊心高扬。

他这样做不仅告别了自己痛恨的身份，最后还狠狠地侮辱了它。即使不再是欧坦主教，我还是我，没有任何改变。主教的身份和我塔列朗-佩里戈尔的名字比起来一文不值。

“但主教还是主教。”

塔列朗说，在主教同僚眼前不得不继续演戏。是啊，巴比伦阁下也明白主的永恒性吧。虽辞去欧坦主教之职，可过去已经授予圣礼。神圣的圣礼永远保持其效果。

“真是太可笑了。”

是讽刺，还是真心话，塔列朗报以至少让对方不明所以的微笑站起身。从茫然失措、仿佛被抽走灵魂的巴比伦主教手中，拿回刚才被他夺走的手枪。枪口既不是对准对方也不是对准自己，仅仅放进兜里。

“走吧。巴比伦阁下。”

巴比伦主教迪 · 布勒肥胖的身躯与其他高级教士别无二致。塔列朗拍了拍他肥胖的肩膀，向前迈出自己不方便的右脚。总之，出发吧。不管因为什么自己被选出，眼下除了完成使命没有其他办法。

“还要去里德阁下那里，他是另一位被选出的主教。”

塔列朗利用手枪重复了自杀表演，又将一位害怕的同僚拉进统一战线。三人按照计划，前往位于圣奥诺雷路上的福音派教堂。

教堂位于巴黎市内，距离很近，但还是乘坐马车前往。不仅仅因为塔列朗腿脚不便。脸色铁青的两位同僚一同坐在马车里，国民卫队的士兵守卫在前后左右。

气氛严肃却不像是去执行圣务。塔列朗不禁思索，我也不是不能理解巴比伦主教和里德主教二人的不情愿。像桑斯大主教、奥尔良主教、维维耶主教那样早已位列高级教士之人都宣誓忠于宪法，某种意义上他们是很有勇气的，但面对这个困难的选择，他们还是犹豫不决。不过，正是因为那些家伙逃了，巴比伦主教、里德主教这样新任主教才能有一席之地。

——更何况，还有我。

自己是宪法宣誓主教，也是一系列宗教改革的主谋，遭到驱逐也很正常。但是塔列朗本来就对讲道理没有兴趣。什么立场、情理、责任，他全都无视之存在。

也有其他人退出。自己也辞任了欧坦主教。为了避免再卷入什么麻烦事，也有充分的理由拒绝主持祝圣。

——可我接受了。

塔列朗不知道祝圣仪式会有多少效果，但他明白肯定会遭人嫉恨，却还是接受了这项光是损失的使命。可以说是他自己主动接受的，而不是被逼迫的。

——我想要做。

不如说是不想逃避。像你这样行为不端的主教竟敢主持祝圣，当心遭天谴。你就是造成法兰西教会分裂的罪魁祸首。面对这类威胁，不得不抱着必死的决心。但是再怎么恐惧，最为讨厌的便是逃跑。

——有胆你们便试试看。

塔列朗示威似的。要杀便杀！你们这些下等人，要取我夏尔·莫里斯·德·塔列朗-佩里戈尔的命便放马过来。

塔列朗认为自己不会那么容易死掉，不会遭到鼠辈袭击死得不明所以。

当然这没有根据。仅仅是单纯地相信如此。仅仅是出于自己存在价值强烈的自负。并非由于相信自己是不死之身，或对自己体力有过高的估计，自己不会忘记身体上的不自由以及遭到袭击也无法还手的劣等感。说不定会被干掉。没有还手之力，不得不在悔恨中结束自己的生命。

——因此对我来说也是孤注一掷。

我夏尔·莫里斯·德·塔列朗-佩里戈尔有何价值？塔列朗心中激起一阵好奇。如果没有自己所相信的价值，死了倒也一了百了。遭人控制苟延残喘还不如死。《教士公民组织法》也会如同朝露一样消失。一系列的教会改革也会恢复原状。更不用说进入全面战争，教会分裂已经没有妥协的余地。出路只有一个，胜出还是失败毁灭。

——可是，我胜出活下去的时候……

好了，你们这些家伙，给我记住了。一定让你们后悔威胁我。不，在那之前反抗我、困扰我、嘲笑我的，都会让你们后悔。塔列朗立誓报复的对象不用说，谁也不例外。

——要存在例外的话，也只有天上的神明。

塔列朗一瞥车窗外无数的刀剑便下车了。国民卫队其他的队伍已经在圣奥诺雷路上等待，福音派教堂前戒备森严。但这里是建筑物排列杂乱的大都会巴黎。

有无数能够藏身的地方，能够支上狙击枪而不被发现。塔列朗边走向教堂，边环顾左右。啊，来啊。

——别犹豫，朝我来吧！

塔列朗进入教堂，在司祭馆更衣。身穿长白衣、胴衣、法衣、圣带等，白色的布料上饰有金丝，手持主教杖，头戴主教冠。执掌仪式必须以完美的祭服出现。

“话说回来，祝圣应该怎么做？”

教堂里光线昏暗，塔列朗问周围。

没有回答，众人皆面露诧异，保持着生硬的沉默，烛台上的火焰燃烧着。不仅艾克斯丕、马诺等新任主教眼神游离，甚至连执行仪式的巴比伦主教、里德主教都没有要回答的意思。

是没有听懂问题吗？塔列朗又重复了一次。我说的是祝圣的做法。方法啦、顺序，还有需要的圣具。

“没人知道祝圣的方法吗？”

“应该要用到圣油吧……”

里德主教小声回答。塔列朗愤然。啊，圣油吗？叔叔那里有的，不可能从兰斯取来。不是有吗？那个油壶。

“气氛营造得很好。话说这个圣油应该怎么用？”

“欧坦阁下，您应该……”

“我怎么会知道。”

“……”

“怎么？各位，要委托给别人吗？”

“……”

“好吧，那么就差不多做做吧。”

祭坛前摆好了需用的物品。总该能完成祝圣仪式吧。本来就是诳人的，程序上哪怕有点差错也没什么关系。只要是出色主教亲手执行的就行。

“可能会有些凉，那么，要开始了。”

塔列朗一边说一边将圣油洒在两位新任主教身上。轻巧的手法使得圣油如同雨滴般洒落，连自己都觉得敷衍了事。

不可饶恕。立宪派也不会允许这种亵渎神明、马马虎虎的态度。塔列朗自己也不得不联想，如果这时教堂内潜伏着拒宣誓派的刺客，毫无疑问他肯定已经怒发冲冠。

此处有国民卫队严密守卫，不用担心会被外人看到，但恐怕哪个人不注意大嘴巴说出去。巴比伦主教担心地责备道。欧坦主教，欧坦主教。

“恶意的挑衅会被歪曲意思的。”

“巴比伦阁下，那不是歪曲。”

“……”

“我喜欢挑衅。”

“这……”

巴比伦主教还想说什么似的，有点受了打击站不稳脚的样子。虽然不是跟他一样无精打采，但塔列朗在刹那间也感觉心脏像是被抓住一样，忐忑了一下。

传来了枪声。是刺客吗？暗杀吗？这些话语突然在众人脑海里划过，教堂里的空气如同冻结一般。但是经过数秒的寂静，明白过来不是那么一回事。

事实上没有子弹飞来，也并没有杀红了眼的家伙持刀突袭。教堂内一片静谧，但不同的是圣奥诺雷路沿路笼罩在更响的如同山鸣般的声响之中。

“是杜伊勒里宫那边。”

国民卫队的一名士兵前来报告。巴黎的群众涌向那里，拥挤得进退不能。

这一点用不着听汇报，打开门，外面的骚动听得清清楚楚。王族不能胡来！王族是小看《教士公民组织法》吗！抛弃法兰西人民，打算做罗马的走狗吗！

要理解这些愤怒的语言，塔列朗马上想到了一件事，放下油壶，突然变得无精打采。

甚至连颓废虚弱的力气都没有了。没法认真做了。真是愚蠢啊。

“真这样做了……那些老奶奶。”

塔列朗脱下主教冠。它太重了，太沉重了。只要老奶奶们靠得住，即便装模作样戴冠也无所谓。

15

两位公主

阿黛拉伊德公主和维克图瓦公主是先王路易十五的女儿。

公主一般作为政治联姻的棋子，但两位公主颇得父亲溺爱，没有嫁到外国，一直在法国生活。

对于路易十六来说，先父的妹妹即自己的姑母。

虽然是非常非常近的亲戚，但最近她们的轻率举动挑动了议会和人民的神经，威胁到侄子的立场。

二月十九日，阿黛拉伊德公主和维克图瓦公主从巴黎近郊的贝尔维尤城出发。好多辆行李堆积如山的马车使人联想这是正式的旅行，情况颇为夸张。

随从侍女随行，没有什么秘密的意图。她们向外界表示打算去罗马，请熟悉当地情况的路易·德·纳博那·拉拉伯爵做向导。

“开什么玩笑！”

罗伯斯庇尔勃然大怒。至今回想起来仍然对公主的做法感到愤怒。

第一，旅行目的地不能是罗马。那里是教皇厅的所在地。教皇庇护六世是革命的敌人，不光不赞成法兰西的《教士公民组织法》，而且拒绝承认《人权宣言》。他是旧制度的化身。

——可以说是造成法兰西教会分裂的导火索之一。

虽然路易十六批准了法案，但众多教士以教皇反对为由抵制《教士公民组织法》，拒绝履行宣誓义务。

先不说议会的意向，作为国王政府当下最紧要的是减少拒绝宣誓教士的人数。法兰西教士必须要统一，在众人为之努力的当口，两位公主仍然前往罗马。

公主们无论发生什么都想在永恒之都庆祝三月的圣周。只有走向庄严的圣彼得大教堂，才让人觉得会得到祝福。与这比起来，她们甚至觉得法兰西越来越得势的立宪派教士做什么都乏味无趣。

——王族是打算否定立宪派吗？

两位公主至少没有否定拒宣誓派。

在罗马接受圣餐，一般是从教皇厅下的教士即旧式教士手里领受圣体。

或许会有人提出不应该讨论外国教士，但公主们是从原大使红衣主教贝尔尼斯手上领受圣体的，他公然宣布抵制宪法刚刚遭到免职。这就不能不加以重视。

——即便是反复无常的路易十五的女儿也不至于……

应该明白事理的。这样做不仅是嘲讽《教士公民组织法》，而且相当于抹杀路易十六的批准。尽管愤怒归愤怒，罗伯斯庇尔对于因循守旧的老奶奶们做出的愚蠢行为，恐怕也就是一笑而过。

之所以不能轻易罢休，正是因为阿黛拉伊德公主和维克图瓦公主是王族。这些人以阿图瓦伯爵为首，经常不讲道理对着干。

——可以允许王族到国外去吗？

必须要警惕公主的反复无常。

已经有许多贵族出逃成功。两位公主如果与阿图瓦伯爵汇合，壮大了逃亡群体，便会壮大反对革命的势力。甚至可能在外国组建军队反击法兰西。

据传孔代亲王在沃尔姆斯着手组建军队，法兰西人民得知阿黛拉伊德公主和维克图瓦公主的出游的消息颇为担忧。

不仅立宪派教士应该立即行动，国民卫队也是。当公主一行行进到塞纳-马恩省的卢万河畔莫雷时，该市大门紧闭。当地的国民卫队询问议会后暂时不允许他们通过此处，除非得到正式的许可。

——这是理所当然的。

罗伯斯庇尔发泄道。这连问都不用问，必须当场把头脑错乱的老奶奶们带回来。在此之前，她们可以在贝尔维尤城自由行动，今后必须把她们关在杜伊勒里宫里，和路易十六一家在一起。

——可是……

二月二十一日，议会收到卢万河畔莫雷的询问后开始讨论此事。经过一整天的讨论，得出的结论是不应该妨碍阿黛拉伊德公主和维克图瓦公主的旅行。不论目的地是罗马，还是都灵或者是维也纳，自由旅行本身并不违法。

卢万河畔莫雷的国民卫队放走了公主一行。国民议会的理想是依据宪法公平公正地治理法兰西，而不是出于人治。没办法，这是革命的原则。

虽然如此，讲这些道理的议员顶多是有识的资产阶级们。世间全凭心情判断正邪、立马行动的人不在少数。

巴黎的群众不会就这么算了。

接下来是企图策划国王出逃吧？其实公主已秘密将王太子带出去了。不，接下来策划出逃的执行者是国王的弟弟普罗旺斯亲王。这些真假难辨的流言广泛流传。非但如此，行动上也毫不犹豫。

二月二十二日，群众围住国王居住的杜伊勒里宫、普罗旺斯亲王居住的卢森堡宫，展开抗议集会。

“国王，带回家里的老奶奶们！”

“你是不是也想逃离巴黎啊！”

“陛下如果没有离开巴黎的打算，请做一个宣言怎么样！”

杜伊勒里宫的集会也给议会带来了压力。在做什么呢！这不是讲法律装装样子就能解决的事吧。不只罗伯斯庇尔一人感受到催促之意。

二十二日，雅各宾俱乐部里也进行了讨论，希望议会能够拿出宣言，王族没有得到法兰西人民的同意不可出国。

二十三日，议会里，制宪委员勒沙普里安迫于舆论，宣布应该尽早讨论流亡的权利、王族的权利、摄政权的制定等课题。

二十四日一早，两位公主在科多尔省的城市再次被当局制止，留在当地。消息传到巴黎，很明显，她们招致的不仅是巴黎市民的反感。

群众一下包围了杜伊勒里宫，甚至冲入庭园占据此地。拉斐德将军害怕事态扩大便采取了行动，命令国民卫队布置大炮。严肃的氛围中，议会再次进行讨论，这回必须得带她们回来了。雅各宾派的议员们急了。

“怎么搞的！”

“让他做议长不就好了。”

坐在议席上的佩蒂翁一边小声说，一边动动下巴示意讲台。会场和平常没什么不同，但总觉得讲台有点变小了。

——因为讲台上站的人块头大。

难不成是因为比之前更丑了，使得他更加有冲击力？罗伯斯庇尔想。眼角上堆着污物，脖子上大瘤流脓，脸色苍白。病情已经发展到无法瞒人的地步了。男中音却能回响会场，辩论家的风采尚存无疑。不仅如此，还具有神灵附体般的说服力

“赋予他们吧！把流亡的自由赋予他们吧！这才是公正、不朽的法则。相反，王国则变为牢狱。”

米拉波登场。已经到了二月二十八日，议会从二十四日开始逐渐白热化，已成席卷之势。佩蒂翁嘀咕让米拉波做议长好了。自己作为议长，掌握议事进程，却不曾发言。

16

称霸

事实上，米拉波自一月二十九日开始的两周里担任第四十四任国民议会议长，同时就任雅各宾俱乐部代表。迟来得让人意外的议长首秀，同时宣示着他政治界霸主的地位。

——米拉波称霸。

二月十六日卸任后恢复普通议员身份，但和其他担任过议长的人不同，更添加了色彩。米拉波不仅仅是雅各宾俱乐部、国民议会的领头人，更一下跃升为法兰西的领导者。

在一系列的行政改革中，有传言称巴黎省的监察局长的职位已成为他的囊中物。该职位同时具备对国民卫队的监督权，这样就能够压制司令官拉斐德。能够压倒一直担任要职的政敌，毫无疑问米拉波政权坚如磐石。

——这样继续下去的话……

罗伯斯庇尔在雅各宾俱乐部里都称得上是极左派，与米拉波不对付。在罗伯斯庇尔看来，这样的氛围是毋庸置疑的。话虽如此，这位大个子辩论家却并没有那样继续下去，反而一个接一个破坏起了雅各宾俱乐部的动议。

“真是荒唐。米拉波本是雅各宾俱乐部的领路人，不应当理解我们的意见吗？王族没有法兰西人民的许可不能出国，这不是我们一部分人过激的看法。这是雅各宾俱乐部一致的观点。应该说特别积极的人正是与米拉波结盟的三头派。可他不但不支持我们，还进行攻击……”

佩蒂翁咕哝着，越来越接近愤恨。让他做议长好了，他只要不发言就有利于我们。罗伯斯庇尔也明白佩蒂翁的意思。米拉波出来后，形势变得不利了。

“新上任的议长是三头派的迪波尔，是我们雅各宾俱乐部的人。肯定会在议事上有利于我们。”

罗伯斯庇尔说完便感觉不愉快。其实他并不期待迪波尔掌舵，也并不期待雅各宾俱乐部的反击。无论是什么样的期待都无法感到宽慰。因为米拉波一直赢。

二十四日，米拉波一开始以接受巴纳夫建议的姿态登场。

也就是说，即使是暂定的措施也没关系，如今要先全面禁止王族的行动。没错，两位公主的妄为让人遗憾。市民有市民自己的立场，紧紧围绕在国王周围，王族此时离开法兰西的举动在道义上是不容的。

“但是，阿黛拉伊德公主和维克图瓦公主的旅行并不违法。更重要的是没有现行法律可以制裁她们。虽然万分悲恸，但只要法兰西以理性的法治国家自立，那么便没有制止公主旅行的强制措施。”

会场哗然，米拉波拥护了二月二十一日议会的决定，他在力保巴黎的人们反复组织抗议集会要求撤销的决定！

“不，有法律规定！人民的安全必须优先保障，这是国家不成文的法律。”

与拉梅特兄弟有联系的一位爱国派议员古尔东反驳道。但米拉波露出一丝冷笑，毫无困难地轻易取胜。

“我不认为公主们在外多露宿三四天会妨碍人民的安全。”

“可全欧洲都大为吃惊。两位老年妇女出行前往罗马接受圣餐仪式，而不是在巴黎。这点事竟然在国民议会认真讨论，诸国知道后都非常惊讶，甚至捧腹大笑。”

在右派如此这般的奚落嘲笑中，二十四日的议事结束了，决定命令当局立即释放两位公主。可以说左派完全失败了。

二十五日，雅各宾俱乐部转换方向，提出关于公职就任者住处的法案。制宪委员勒沙普里安从前向议会提交过该法案，但一直被搁置。雅各宾派改变战术，拿出这个法案重新讨论内容。

“法案内容如下。就任公职者还有国王应该居住在议会附近。国王到王国内其他区域等地时，在此不得不与议会隔开距离的情况下，没有议会的许可，国王的法定继承人不可随意行动。继承人未成年的话，其母亲或成年的近亲王族，亦不可随意行动。”

法案实质上等同于监禁国王。在此基础上还提出了禁止逃亡的法案。拜雅议员谈及国王到外国的情况，主张如无议会许可不应该离开法兰西。

米拉波再次击退了此类意图，拿出基本人权说事，整个会场上的人呆若木鸡。所有的人有权自由行动，按照自己的方式出生、生活、死亡。

“王族也是人。既然是人那就有人权。”

罗伯斯庇尔听完没有木然，而是心情被弄得直上直下。

王族也有人权。贵族也有人权。观点虽然理所当然，但怒气冲冲时反而忘记了。违反革命精神、威胁人民安全、分裂祖国，在得出结论后忘记了对方也是人，既然是人，那么就有相应的权利。

——所以啊。

米拉波要从头到尾坚持正义吗？罗伯斯庇尔扪心自问而说不出话。一系列的发言再次激起了反米拉波的风潮。

各家报纸纷纷连篇累牍发出诘难，甚至那个仰米拉波鼻息的德穆兰也写道“有损雅各宾的价值”。实际上雅各宾俱乐部不光对其越发反感，甚至拥护米拉波的一帮人也开始坐不住了。

——多么荒唐的一步。

哪怕在头脑不算灵活的罗伯斯庇尔来看，这也是明显失策。因为米拉波被选举为雅各宾俱乐部的代表，也担任过国民制宪会议议长，不光受群众欢迎，人气更进一步上涨。

坚持下去就好。到了这一步没必要借题发挥。只要小心不犯错，就能建立起法兰西第一人的地位。流放拉斐德，成就自我的野心。

——可，为什么？

一开始罗伯斯庇尔认为，这可能是为了国王和王族，因为过去米拉波的政见里透露出一丝保王党的味道。热心地活动是不是想要回归旧制度、拥护国王权力？

但是如此假设，那就没办法说明所有事。

第一，这次是关于国王姑母。不负责任的流言另当别论，现实中国王并不可能流亡。第二，米拉波本人并不站在革命的反面，本来对于流亡贵族没有帮助之意。他并不欢迎国王流亡，反而是路易十六留在国内才有利于他之前想要在内阁占有一席之地的野心。

——所以，无法解释。

米拉波这样的政治家不太可能失手至此。他不明白何利何损吗？疑惑的罗伯斯庇尔才会想到米拉波想要的是坚持正义，心中不免为之感动。对啊，任何人都有人权。国王也好，王族也好，都有人权。只要承认人权，便不能制定损害它的法律。不论面对什么情况，道理如何接近真理，也都不能无视人权！

“说起人权，应该追溯到卢梭。如《社会契约论》所写：‘只有紧急情况下才可以禁止流亡’。”

议员梅林不气馁，开口说。

议会从二十八日开始，终于到了审议《流亡者法令》的时候。没有法律的话那就制定法律。不是为了暂时达成目的而基于现有法案修修补补，直接堂堂正正制定新法。雅各宾俱乐部带着被米拉波摆了一道的悔恨祭出后手。

但是制宪委员勒沙普里安在二十八日审议一开始，就先按照米拉波的说法，定下了一个基调：承认虽然有必要讨论流亡问题，但制定法律禁止流亡有悖《人权宣言》，要求大家谨慎讨论。

左派紧咬不放，从一开始，会场热度就迅速升高。

“谈到基本人权，甚至搬出《人权宣言》。宣言里提倡的种种权利当然在国家和平安稳时不容置喙，应该最大程度地执行。但在骚乱的时代、危险的时代里，有时必须诉诸暴力措施，需要拿起刀剑，需要流血。”

穆古埃议员说。接着卢贝尔议员大胆比喻。

“流亡者如同逃兵一样，不是吗？放弃为祖国而战的叛徒没有人权也罢。”

平原派夹在左派、右派愤怒的辩论之间，会场渐渐失控，议长迪波尔也无法控制。是非无法抉择之时，能够询问意见的对象，自然再次指向了米拉波。

17

《流亡者法令》

那天米拉波的开场白引用他给腓特烈·威廉二世的信。

“赋予他们吧！把流亡的自由赋予他们吧！这才是公正、不朽的法则。相反，王国则变为牢狱。同束缚于土地的农奴不同。如今人民不是领主的私有物，而是基于神圣现实、具有感情的崇高生命。”

米拉波说到这低下头。

“不，我原以为这封信只需要寄给腓特烈国王。没有想到竟要在当下革命的法兰西复述这段话。”

停顿之后他抬起头，再次开始演说，声音洪亮如钟，双眼闪烁光芒。刹那间罗伯斯庇尔为之一颤，缩紧了脖子。

“《流亡者法令》，多么野蛮的一部法律。而且，还是一部无法执行的法律。因为对象是市民。不是农奴、领民、佃农，针对的是被赋予自由的市民。不可能将他们束缚于帝国！”

古代雅典的法律以无情、森严得名，甚至可以称得上“用血写成的”。米拉波将其搬出，加强了不合理的印象，之后转动身躯面对议席左侧。

他恐怕无法分辨坐席上谁是谁，大概估计就在那一块区域。即便如此，罗伯斯庇尔还是把身体缩得更紧了，想让自己不起眼一些，因为他持的是极左的立场。虽然他相信自己观点的正当性，但还是产生了小小的疑问。讲台上的大个子不加容忍地揭穿这一点。

“说是骚乱的时代，说是危机的时代，说是现在是突发情况或是战时，人们可能会创造各种词汇。有人说此时此刻是特殊时期，正因为面临这样的时局才需要这样的法律。毫无疑问，这都是独裁者的说辞。”

罗伯斯庇尔喘不上气来，几乎无法呼吸。竟然说出独裁，怎么可能有这种打算……出发点不是束缚公民，针对的只是反动贵族和王族……当然了，贵族、王族也有人权，但是有些情况下

无论怎么在心中解释，也无法减轻这番沉闷。因为所有的话语都只是借口。口头上说是高举理想、无私地为之奋斗，实际上却百般找借口偷偷逃避，罗伯斯庇尔越发感觉到这样的自己是多么卑鄙。

米拉波继续说。独裁者热衷的托辞无非是社会稳定，这是众人皆知的事实。巴黎也曾遭军队包围。我们的公民反抗，甚至攻陷巴士底狱。那时国王政府也曾反复重复：没有办法，因为世道中落，这是维持和平需要的武力。国王政府固执地重复着，时而无视法律、忘却人权的宝贵，践踏诸多原理准则。这一切都是独裁者的行径。

“即便如此，至今还有人用‘当下亟需’这个托辞。不可否认时局到了应该采取强硬手段的地步。但这是为政者的工作。为政者应该根据自己的责任下决断，这里指的是超越法规的措施。可独裁者之流总感觉愧疚，因为明白负不起责任，所以提前通过制定法律为自己背书。但是，不应该忘记，维持治安和遵守法律完全是两回事。前者是包含政治判断的临机应变。相对的，后者是万民应该遵守的绝对价值，所以它是没有例外的不变

公理。”

确实如此。《流亡者法令》成立的话，其适用对象不可能仅局限于贵族、王族。一旦作为公理发挥效力，最后甚至会对人民露出毒牙，那就没人能够阻止了。罗伯斯庇尔已经完全迷惑了。如果这样的话，我的政治活动岂不是……任其发展下去，我的理想岂不是……

“说起来我站在这里，是作为救世主给予你们启示。警告你们这样下去会有面临异端审判的危险。首先要摆脱建立独裁者制度的污名。”

米拉波开始总结演说。国民议会应当考虑的是，制定任何限制流亡的法律，都将有悖于宪法的诸项原则。在这样的前提下，这等立法计划的审议是无法顺利进行的，应该就在本日宣布为废案。

“自不必说，我是下定决心后发言的。公主们的罗马之行不得人心，甚至出现国王陛下逃亡国外的传言，大众对此非常担忧。把为了平息事态而提出的《流亡者法令》变成废案，我保证这会牺牲我在民众间一直以来的声望。”

议会里响起一阵笑声。气氛一旦缓和下来，就趁人不备猛地将他们拉到自己这边。这也是米拉波式的辩论技巧。

来吧，罗伯斯庇尔准备好了。洗耳恭听即将到来的不可错过的实话。唔，民众间的声望确实很重要。它不是脆弱的芦苇，有时是改变社会的强大力量。

“哪怕失去这些力量，我也想堂堂正正如栎树一般扎下根，在法兰西打下理性与自由的根基。”

反对破坏根基的《流亡者法令》。我发誓，绝不允许！米拉波结束演讲走下台。

罗伯斯庇尔终于大吐一口气，但还没恢复说话的力气。坐在相邻座位的极左同伴也是一样，好像胸口被这位平常讨厌的堕落政客的话刺中了似的。

既然如此，再听听周围。雅各宾俱乐部的伙伴占据的左侧议席中，距罗伯斯庇尔稍远处靠近中间的区域吵了起来。他们应该听到了米拉波的演讲，可演讲结束了，他们又恢复到了演讲前的吵闹。

——怎么回事

罗伯斯庇尔无法理解这番光景。不，我不是说要为米拉波的演讲喝彩。如果有反对意见的话应该大声说出来。虽然自己有主张、主义，却陷入迷惑无法自拔，因而说不出话来。他认为自己应该感到羞耻。

要发声。喝倒彩吵闹是个办法。罗伯斯庇尔感到不舒服，甚至可以说是不愉快。自己从雅各宾俱乐部发起的吵闹中感到某种轻佻。

——米拉波所谓的，希望被民众拥戴吗?

若是抨击这位议会首屈一指的雄辩家，雅各宾俱乐部应该能提高声望。原因在于，正如米拉波自己承认的，王室不负责任的做法确实引得群情激愤。顺着这个趋势，《流亡者法令》应该是众望所归。

可是话说回来，议员按照自己的良知判断是另一回事。再借用米拉波的话，那非得如同扎根大地的栎树一般。

——这声望并非脆弱的芦苇，恰恰相反……

有人举手请求议长批准发言，那人是雅各宾俱乐部的成员，也是三头派的同志，议员韦尼耶。嗯……我提议推迟法案审议。

“宪法与《流亡者法令》是否真的没有和解的方法？不该直接将其当作废案，应交由制宪委员会再次研究讨论。”

响起一阵掌声。之前一直吵闹的一方马上形成了某种秩序。仔细一看，连资产阶级中间派议员都鼓起掌来。推迟审议虽然不是他们所乐见的，但总算超出预期。

——私底下打过招呼了吗？

三头派又在私下运作了吗？不为贯彻自己的主张、主义，而是优先搞政治活动……先前看来是在和米拉波合作，如今他们已经摆脱劣势，今天又在盘算着得到别的利益……

罗伯斯庇尔咬紧牙关，但还是不能发声。他还在迷惑之中，还无法释然发起行动。

到底还是米拉波毫不迷惑。

“不行，不行！必须立即废案！”

“如此强硬……我们也不是不考虑米拉波议员的意见。但不着急下结论，继续审议为好……”

“我已经说了，已经没有考虑的余地了。必须立即废案！”

“难道不正是你米拉波在议会里搞独裁吗？”

“什么！”

米拉波睥睨众人，眼神如狮子般锐利。可是雅各宾俱乐部众人认为自己占大多数，也不退步。对啊，自作自受。对啊，你这么威胁我们、要我们通过提议，骂你独裁者也不奇怪。

“下来！下来！暴君米拉波。”

“暴君，真正的暴君！什么自由，什么人权，说得好像煞有介事，不过是站在王族一边吧！”

“不仅如此，还企图复辟旧制度，觊觎大臣之位！你就是名副其实的暴君，你的野心是要称霸法兰西！”

谩骂声不绝于耳。米拉波独自承受，但脸色已经变得苍白无力。眼角染红，如今快要站不稳了。

他果然病得很重。看上去健康无恙源于令人惊叹的精神力量。可是这边仗着人多势众群起而攻之。对手如果是凶残的狮子怎么做都不为过。自己没有出手阻止，罗伯斯庇尔因而感到自己做了卑鄙的事。

但米拉波没有倒下，反而缩起肩膀想糊弄过去。他请求坐在议长席的迪波尔进行仲裁。请再给我一次登台的机会。我想请喝倒彩的回忆一下。

“请不要忘记，我米拉波一生都在与专制主义作斗争。现在我豁出性命为的是彻底战胜它……”

“既然如此，你应该不允许王族逃亡！”

“如果允许的话，会招致外国专制君主的军队入侵！”

“对啊，不能让他们同先前流亡的贵族们汇合。都灵、罗马、维也纳，有多少阴谋正在策划。你不可能不清楚此事吧！”

“住嘴，你们这伙东西！”

米拉波大喝一声。空气仿佛也为之震动。狮子的咆哮威力不减当年，风雨无阻。

会场被压制，几秒内保持静默。但仅此而已。

引起反感是不可避免的。在罗伯斯庇尔看来，“这伙东西”的说法也过于蛮横了。仿佛是抓住了习惯小偷小摸的盗窃团伙似的，要不然就是像讲台上的教师呵斥下面吵闹的学生。

“这种说法不太合适吧。我们堂堂议员，是通过正经选举的国民代表……”

“住嘴，那三十个人！”

米拉波再次蛮横地狂喝一声。并不是数过了人头，恐怕是在暗示过去的“三十人委员会”。这个团体前身被称为爱国派，时至今日，领导者是迪波尔、拉梅特、巴纳夫，即所谓的三头派。

真的是好眼力。米拉波也已经发觉了暗潮涌动。

18

阴暗面

米拉波不禁想，这么做就过头了吧。越想越气愤，矛头对准的是阿黛拉伊德和维克图瓦两位公主。

——失算了。

两位老妇人生于王室，天性自由，但没想到做出如此愚蠢的举动。众人不愿看到的事情，却发展到这个地步，议会打算制定《流亡者法令》。本不该有事的后院失火，这下还得奔走灭火。

——我又添了余外的工作。

不只耗费精力，这还让米拉波付出巨大牺牲。真是的，太气人了。为了阻止《流亡者法令》，好不容易驯服的雅各宾俱乐部可能离心离德。若自己失去的民意为之所得所用，恐成自己的劲敌。

——无耻之徒！

米拉波对于一系列议会活动没有感到后悔。哪怕做出牺牲，也是必须要做的。但要说有后悔的地方，若能更为巧妙一些地推进就好了。尤其是自己用词粗暴起来，招致不少没有必要的怨恨。

实际上身体情况十分糟糕。能够走路、挺起腰杆站直已经花费了大多精力，再要留意如何遣词造句已然不可控制。会议结束还有阵阵呕吐感袭来。他强忍住吐意，心想，这回也真是没办法。

——即便如此，雅各宾俱乐部是真可惜。

要重新赢得民众的欢迎，绝不能与他们为敌。米拉波告诫自己要反省，现在还不是休息的时候。今天出的纰漏必须今天修补。他赶往举行集会的雅各宾修道院，为自己在会场上的不礼貌道歉，必须要笼络住众人。

会谈本该不难。拿出《人权宣言》，讴歌自由，攻击专制主义。哪怕仅仅停留在口头上，对于厌弃观念取胜的左派而言，也会立即激起一层浪。

正是两位公主的愚蠢之举造成群情激愤，根本无法平心静气地讨论。但如果在雅各宾俱乐部这样内部的集会上促膝交谈，本应该能够得到相应的理解。即使无法得到全面的理解，也可以消除不必要的反感。

——总感觉有些蹊跷。

果然十分蹊跷。二月二十八日当晚，米拉波最先去了艾吉永公爵的住处。他本来就邀请了米拉波共进晚餐，米拉波也打算拜托他帮忙调停与雅各宾俱乐部的关系。

既然发生纠纷要达成和解，有人居中调停显然会更加顺利。自己也是末流贵族，和艾吉永公爵是老相识了。同为议员一起活动了两年。

公爵是开明派贵族的一员，也是热情的雅各宾俱乐部会员。所以带着期待拜访，想要求助于他，但是到了门口发现邀请已经取消了。

管家虽然说明了原因，但米拉波不听。听了也白搭。真实的理由很明显。虽说关系密切，但艾吉永公爵与迪波尔是刎颈之交。迪波尔担任议长一职，同时也是自己刚刚攻击过的三头派中的一员。既然如此，不难理解为何艾吉永公爵完全忘记了与米拉波之间的表面友谊。

——这样的话，我要被杀掉了吧。

走在夜路上会遭到刺客袭击吧。那么在那一天到来以前，我这疾病缠身的躯体还能坚持住么？米拉波一边嘲讽着自己，一边尽量不发出声响地推动雅各宾修道院的铁栅栏门。

——我明白形势不利。

但还是无法放弃逆转之机。不，即使不会那么容易办到，哪怕单单在雅各宾俱乐部露个面也是必须的。逃避的话一切都完了，就会被当作存在恶意的证明。不畏惧，和平常一样谈笑风生才能有转机。反过来，一旦产生隔阂就会越来越难说话。如同不管火灾，火会越烧越旺。米拉波边如此说服自己，边打开图书馆的大门。

一股热气扑面而来，和往常一样，里面正在激烈辩论。数不清的人坐在一起，这晚也挤进了数百名会员。但众人全都注视着演讲台，没人注意到入口有人。与米拉波四目相对的是站在讲台上的迪波尔。

迪波尔黑色的粗眉扭到了一起。他停止了演说，打手势引起场内人们的注意。各位，请看入口。威胁自由的人可能就在我们不远处。真可悲，但不得不承认他就在我们身边这一事实。

“最危险的人就在这里，摧毁我们希望的那个人。”

由于他在议会里担任议长，很少能够发言。或许是为了一扫郁愤，迪波尔亦是不假辞色。不，更不可原谅的可能性是，他多半是由于议会上的对峙而心生怨恨之流。

亚历山大·德·拉梅特的端正容颜仿佛有血统证明的狗，他接着迪波尔的话狂吠。

“公民米拉波，我们不是三十人。我们一百五十人在这里团结一致，绝不零敲碎打。国民议会里也有一百五十名雅各宾议员。一百五十人一个不落，全都知道你的不诚信。”

之后发出的叫骂声，也是超过百人个个出声，什么也听不清楚。

本来就是一众乌合之众，并没有听的意义。领导者向右指便向右，向左指便向左，不过如此。现在三头派还站在我米拉波一边的话，你们这些家伙还不得仿佛拜谒圣人般抬头看我。

——见风使舵也太快了吧。

风向转变得太激烈。指的不是只能对上惟命是从的可怜之辈，而是赢得很高声望、在议会里占有一席之地的三头派。

——不过话说回来，也是。

米拉波仅仅嘲讽似的笑。之前在议会现场就发现了，这伙人会毫不犹豫是有原因的。再怎么因《流亡者法令》作废而不满，也不至于转而发起如此极端的攻势。的确可能心怀不满，或许担忧今后的发展，但三头派以此为借口就显得太轻率鲁莽了。

——这回是和拉斐德结盟了吗?

米拉波还在暗中与那位英雄斗争，当然也掌握了拉斐德的活动有愈加频繁之势。

米拉波在民众当中有很高的声望，受到雅各宾俱乐部的支持坐上国民制宪会议议长之位，在议会里无人能停止他的言论。如此之人如果利用巴黎省的人事登上能够监督自己职权的职位的话……如此一想，拉斐德自然不能轻视片刻。

因此，米拉波很清楚拉斐德企图影响雅各宾俱乐部的动向。可是对于三头派一下便接受并与之结盟的行为，还是不免心生疑惑。

——出乎意料地没有节操啊。

米拉波这回忍住笑。说这些漂亮话，可做起事来一副政客做派。先同我米拉波结盟，再换成拉斐德，总之要紧的只是保住你们的地位。

不，还不单单是自保。可能你们会辩解说这也是实现理想的权宜之计。但是，总是如此行事，你们要迷失自我的!

没关系吗？这样下去。

米拉波反而担心起来。看了一眼，发现德穆兰也挤进了会场。他没有说话，只是泪眼婆娑地望着自己。

罗伯斯庇尔也在。也沉默不言，但眼神中流露出愤怒。但米拉波明白他愤怒的矛头不是指向自己。而是想要提问的心情。

——不管如何，这家伙是有希望的。

比起三头派等耍小聪明的无用之人要更有希望。米拉波狠狠吐出一口气便转身离去，不打算对报于己身的恶意进行反击。打了个告辞的手势，只留下一句话。

“在我遭陶片放逐之前，我与你们这些公民同在。”

米拉波离开雅各宾修道院。身处二月的寒夜之中，不禁打了个冷颤。想来自己并非放弃和解。但今天做什么都是无用功。总会有携手应对的机会。哈！非常简单的道理。只要把拉斐德赶下台，对方肯定会凑过来。

——而且今天已经累了。

今天也累了。寒气侵入，头上冷得不得了。油腻的汗水冻成一团黏在脸上。竖起衣领，可再怎么拉高衣领都无法停下颤抖。脖子上戴的围巾已经被血水和瘤子渗出的脓浸透。

强打精神撑起发出悲鸣的身体，但这快要倒下的躯体已是强弩之末。我也并不傻，不会空耗性命。实际上并非自己找茬硬来。可以的话，我也想慢慢休养。

——可是这世道太多荒唐事了。

这人那人全都胡来！刚要开始愤慨，米拉波又苦笑着逃避了。对啊，只有笑才能激励自己。这一点是自由的，因为有民主主义嘛，所以也没办法。

万事如愿又会无聊。将违命不从变为唯命是从才有趣。以此为行动准则、不惜采取一切行动的米拉波，面对连续出现不可预测的情况，也颇感为难。

身体状况也不好，本来放弃也不奇怪。此时，唯有继续坚持不放弃这一种想法。

——再给我一点时间……

这正是关键时刻，马上就要结束了。马车在铁栅栏门外的圣奥诺雷路上等待。米拉波目不斜视走向马车。总之，想早一刻坐上座椅。再坚持一下，再坚持一下。

身体再如何痛苦，咂舌的力气还是有的。

——刺客吗？

背后感觉有人冲上来。要被抓住了吧？已经预见自己有被暗杀的危险，米拉波用手上的东西格挡，先潜入了圣奥诺雷路的暗处。这一举动奏效了。从背后袭击的险恶之徒顺利地被其他人抓住。

米拉波懒得回头看。只下令处理好便想坐上马车。但不弄清刺客的底细也无法决定如何处置。糟了糟了，又来工作了。叹了一口气，米拉波往回走。

“是我。米拉波伯爵。”

背后的人影申诉似的说道。伯爵，是我，费尔森。

“瑞典的少爷吗？”

对方并非不认识的人，也不是想加害于自己的人。看来没什么大事。米拉波便走向马车，对背后命令一声。

“上来，费尔森。”

19

密谋

在马车内坐好后，米拉波终于缓过劲来。比外面暖和，还有喜欢的盖膝毯。一边暖和起来，一边伸直腿放松下来。但总觉得空间狭小。一旁的费尔森出生于瑞典，个子高大。

米拉波又咂了一下嘴，然后说，可把我吓了一跳。

“说吧，什么事？”

“国王陛下已经下定决心逃到国外。”

“是谁帮陛下下决心的？”

“我是这么听说的……计划已进入准备阶段……”

逃亡的计划似乎主要靠费尔森、拉伯特、布勒特伊三人，在宫廷内悄悄行事。米拉波也并非不知晓他们的动向，但暂且让他们自主计划，时不时地加以煽动。不必费力便多了一个选项，自己也没参与其中，舍弃了也不可惜，所以对增加选项当然表示热烈欢迎。

根据费尔森的报告，基本定下来出逃路线是越过洛林国境线。仅求助驻留王军司令布耶将军。

米拉波也把事情弄清楚了。布耶是拉斐德的堂兄弟。拉斐德这位国民卫队司令从布耶那里得知了国王要出逃的消息。政敌为了把我赶下台，打算密谋国王出逃，故而更加紧张起来，所以拉斐德才有意无意地加速影响议会。

但是米拉波并没有协助国王出逃的想法。

“费尔森，那不会也是你们要……”

“你指的是万塞讷吗？”

“不，万塞讷的事我知道。”

米拉波露出无畏的笑容。万塞讷指的是二月二十八日发生的震动社会的事件

对王族产生的不满高涨，巴黎又流传起不安的传言。据说从杜伊勒里宫到东方郊外的万塞讷城之间的地下有一条长约一里格（约四公里）的秘密通道，路易十六及王族可以通过它出逃巴黎。

圣安托万郊区的人们群情激愤。容易激动的地区马上发生暴动。走，一起去万塞讷！攻占老早以前查理五世时建造的城堡，就像攻占巴士底狱那样！

喊话纠集群众的是经营啤酒酿造的巴黎大资产阶级桑泰尔，他也是攻占巴士底狱的一名英雄。就连拉斐德也慌张起来了。

为了劝说他们返回巴黎，不得不镇压不必要的骚乱事件，拉斐德将军率领国民卫队出动。事实上桑泰尔是米拉波在背后支持的人，打算在革新巴黎省人事时提拔他做新的国民卫队司令。

政敌当然也察觉了这边的动向。听闻桑泰尔的名字时，拉斐德想必提心吊胆。

“那时我在议会里也迎来关键时刻，也想把烦人的家伙赶到巴黎城

外。听说他从万塞讷回来时脸色都变了。”

“那伯爵指的是杜伊勒里宫事件吗？”

米拉波点点头。拉斐德前往万塞讷，巴黎空了几小时。不知是有预谋的还是仅仅出于偶然，三百名贵族聚集在杜伊勒里宫门前的广场上。

——可并不清楚他们想做什么。

嘴上说的是“我们前来是为了保护国王”，但曾有过民众席卷凡尔赛的先例，绝不容许再发生趁机侵入国王住处的行为。鉴于他们提出了近日来因公主前往罗马一事引起的骚乱，看起来像是危机感越来越严重的忠义人士。但这是无奈的愚蠢之举。

返回的拉斐德迫使他们解除武装，随身匕首另当别论，有人轻松答应，有人不肯答应。不管如何，世人看到了这番景象，到了傍晚，这件事被取名“匕首骑士团事件”，告一段落。巴黎确实发生了这样一件事。

拉斐德想必吓得发抖了吧。米拉波隔岸观火，但发生此等意外也不免心里不安稳。必须搞清楚是谁在幕后推动。这也是费尔森你们的勾当吗？

“是被王后催促了吗？是她说国王决心已定，要马上行动吗？”

“不是的，和那没关系。显然所有王室成员都很焦急，但退一步讲，再怎么样也不至于做出如此鲁莽、愚蠢之事。是的，是有识之士自发的行为。”

“真的吗？”

“真的。我们真的没有参与。证据就是我们另有计划。正如我刚才说的，计划是寻求洛林国境的布耶将军……”

米拉波径直伸出粗壮的胳膊，抓住对方的前襟。将他拉到自己跟前，露出凶相低声说，听好了，小白脸。

“知道为什么我要阻止《流亡者法令》吗？”

“米拉波伯爵，我再次重申那和我们无关。而且法兰西国王路易十六的逃亡和公主们的旅行本来就是两回事。无论有没有《流亡者法令》，都是不被允许的。决心实施的话必须尽可能秘密行事。王族必须乔装打扮，趁夜色掩人耳目，悄悄从宫殿出逃……”

“那又如何？”

“我不太明白您的意思……”

“我的意思是，不应该偷偷逃跑。”

“……”

“法兰西国王路易十六若要离开巴黎，不必忌惮任何人，必须大白天按照出行仪仗行事。如果某人有禁止的权利，说某某法律禁止国王出行，为了能够在这种情况下占足理，就不能通过《流亡者法令》。不论是拉斐德还是巴伊，要让他们都不好出手阻止。”

总之，要让国民卫队也无法出手阻止，让巴黎的群众也不得妨碍。换言之，在人们乐于协助王室出逃之前，路易十六不应该走出宫殿。费尔森听到米拉波如此肯定的话语，越发疑惑了。不，不可能，你说的情况永远不可能发生。反对不是显然易见吗？人们不可能放王室逃走的。

米拉波抓住对方的话柄予以回击。

“刚才我应该已经申明不应该做出逃走的举动。”

“可是……”

“不要偷偷逃走。法兰西国王要决然出走。”

“这，能做到吗？”

“只要法兰西不是独裁者控制的国家的话。”

“虽然您这么说，可是米拉波伯爵，如今的法兰西已然……”

“如今的法兰西仍然有很大可能。说如今的法兰西没有可能，只能说明手段太过拙劣。”

“……”

“能办到的。我来亲手策划……”

米拉波一语未竟。更像是后面的话卡在喉咙里说不出来了。嗓子一阵剧痛，伴随着一股东西上涌的感觉。

“咳……咳　　”

他自己也知道喷出了沫状物。但紧接着，车窗外昏暗的景色也不见了。伯爵，你怎么了？米拉波伯爵，振作些！他光听见费尔森的声音，自己大概翻白眼了吧。

“喂，医生！医生快来！”

他倒在车内的椅子上。巴黎的石板路是多么坑坑洼洼，无力的身体不停地上下颠簸。对于昏厥的身体来说不是那么愉快的事，米拉波在失去意识前最后想到。

20

死之床

塔列朗阁下到。管家报告来者何人。晕乎乎的脑海里冒出一句自言自语的话：是了，塔列朗是会来的。

——因为那家伙是教士。

米拉波想都没想接着说，对了，你还是个神父，至少能举行临终圣礼。即使没什么值得一提的事，你有这个资格，会来也不足为奇。

——因为，我已经躺在死之床上了。

一七九一年四月一日。米拉波庞大的身躯陷在被褥里，不吵闹、不叹息，已经看破一切。

——早晚的事。

已经坚持到现在。病情严重，已经不可治愈。米拉波正是接受了这一现实，才能微笑着迎接来访的朋友。

“话说回来，你这老大动静的，是怎么回事呀？”

塔列朗是这么认为的。他拿过床边的椅子，脸上神情不同于往常，显得特别老实。

米拉波不免感觉奇怪。怎么了，塔列朗？怎么一副道德家模样，今天看起来好像一个教士。心情逐渐好起来，想出声说话了。啊，医生不准我多说话。可又有什么关系呢？

“说是说话不利于病情，但对我好像不是这样。至今为止我都是与朋友们快乐相处过来的。正因如此我才能愉快地赴死。”

“可你不要开心过头了。”

米拉波也明白损友的忠告。病人越觉得自己不需要躺着休息，房间里就会变得越热闹。屋子里塞满了人，对于腿脚不便的塔列朗来说，光是靠近床便是件难事。

——而且还闹哄哄的。

听闻米拉波病重的消息，绍塞-昂坦街上前来探病的客人络绎不绝。

议员们不分左派、右派、中立派，全都来了。

还在闹矛盾的雅各宾俱乐部也不例外。拉梅特老兄似乎闹了别扭，换了演讲台上的好对手巴纳夫前来探望。对此，米拉波都感动了。

探望的客人络绎不绝，巴黎市政厅、巴黎各街区、巴黎省的代表，还有贵族、作家等相熟的朋友。米拉波甚至连感动得掉泪的空当都没有。

——但匆匆交换数语便离开，留到最后的家伙是……

塔列朗所说的开心过头正是如此。这些人穿着颜色各异，连房间都被装点得雍容华贵。

情人把这里挤得水泄不通。连米拉波都不记得的一夜风流的女人也包括在内，来探望后就不离开了。

她们共享着与同一个男人之间的回忆，仿佛一种伙伴关系。数日间，女人们没有吵架、和气相处。反倒是米拉波感觉不自在，但当自己疼爱的九岁庶子卢卡·德·蒙蒂尼跟着母亲来探望时，米拉波倒满心欢喜。

要说血缘关系，姐姐迪·赛扬夫人、外甥迪·赛扬伯爵、外甥女阿拉贡夫人不用说，连一直疏远的母亲老米拉波侯爵夫人都来访了。

米拉波没有拒绝老母亲的探望。他同父亲老侯爵直到最后也没能和解，但同样疏远的母亲没有父亲那么固执己见，而且还是对方主动来的。明明他对此毫不在意，但对方似乎下决心趁他还活着时达成和解。

“讽刺的是，挤在我这里的只有女人孩子。”

米拉波说着，用眼神暗示塔列朗，后者也看向窗那边点点头。是啊，刚才在门前停马车时费了好一番劲。

不仅屋内闹哄哄的，巴黎的人们挤到绍塞-昂坦街上，将米拉波的住处围得水泄不通。

当然，众人不是要袭击米拉波，或以某种罪名惩戒他，而是担忧议会首屈一指的雄辩家、国政的领头人的安危。

——虽然如此，若病重垂危的是拉斐德，这些人也会这样吧。

人云亦云、没有定见，另一方面情真意切、行动极端。这就是典型的大众。米拉波想，和女人孩子一个样。

没有打算不理睬。倒不如说必须与女人孩子为伴。但如果被男性轻视、完全无视的话，这又是件憾事。

——王室……

王室并非全然不关心这位宫廷秘密顾问的健康。拉马克伯爵来过了。梅西·达尔让托伯爵也派使者来探望过。但是，说回王室成员，将署名加密后送来信的，依旧是法兰西王后玛丽·安托瓦内特。

——法兰西国王路易十六……

躺在死之床上的米拉波心情不是那么明朗。塔列朗似乎捕捉到了他的状态，向前一步。

“米拉波，你好好休养吧。”

“你是在担心我？那作为神父，你要不要听我的临终忏悔？”

“这我没干过。”

“是嘛。原来如此，是这样啊。”

米拉波听了笑笑，沉默了几秒。他再次开口时，让人感觉已不再强打精神。

“能让我和塔列朗主教二人单独谈谈吗？”

米拉波大声说。塔列朗发觉他喘着粗气，往日的男中音也失去了色彩。

热心的访客和看护人都勉强听见了他的话。

“我们必须要谈谈外交事务。要好好修理一下英国首相皮特那家伙。具体细节属于国家机密。”

不等他说下去，众人已退到旁边的房间。但他还继续说，这是米拉波的坚持。不，多傻啊。费这番口舌。

“塔列朗啊，你再担心我也没用了。”

米拉波说。

“治不好了吗？”

面对塔列朗的疑问，米拉波只能上下动弹枕上的头。治不好了，很难隐瞒下去。现在我能这样说话，全靠着鸦片缓解疼痛。

“从二月末以来就这样了。那时昏倒过一次，心里也有了数。”

更加精确的日子是二月二十八日。白天在议会反对《流亡者法令》，晚上与雅各宾俱乐部的一伙人发生纠纷。宫廷方面的费尔森伯爵来访，最后米拉波回程路上在马车上昏倒了。

慢性发热、几分钟一次的腹痛，病魔缠身，连站立都十分困难。这是整天硬来后的报应。

万幸的是，事情发生在马车里，而且在绍塞-昂坦街附近。回到住处后不久，医生也赶来了，因而保住一命。但数日在生死界上徘徊，差一点就落入黄泉了。恢复意识时，米拉波已经看清了。

“下次不能再硬来了，我自己也异常清楚地明白这一点。”

塔列朗眨眨眼。等一下，你说二月末？

21

最后的工作

“那不是一个月前的事了吗？”

“是的。”

“米拉波，你为什么不休息呢？还继续去议会。你这不是胡来么。”

塔列朗的声音有些不自然。事实是米拉波知道自己时日不多，却还日夜操劳。只能说是缘于神的反复无常这个站不住脚的理由，他才幸运地挺过来，在三月三日再次登上演讲台。

塔列朗继续说，声音仍有些奇怪。

“二月末病情恶化，已经有了死去的觉悟，你怎么还有闲情向议会建议制定贫困老人的养老金制度呢？别管那些老家伙，你自己说不定比他们还走得早。你应该在医生的监护下静养。”

“我也并非光管老年人养老金。”

“摄政法的审议吗？不是无可奈何才介入的吗？”

三月二十二日，那次审议是就制定宪法的议题，对图勒议员提出的问题进行回应。但讨论一开始，便成了拔河比赛。如果国王死去且王位继承人未成年的话，就必须设立摄政之位。在届时应采取血统原理还是法定原理的问题上，议会分成两派。

这也是非常具体的政治议题，决定了路易十六死去时由谁代理行使执行权。

采用法定原理，即议会有权决定由谁摄政，那么届时便可随意选择胜任者，例如拉斐德、巴伊，乃至塔列朗。但如果采用旧有的血统原理，摄政之位自动由王室成员担任。不仅如此，能够优先掌握权力的就是未成年国王的母亲。

塔列朗耸耸肩膀。那个奥地利女人一直讨人厌。

“可是玛丽·安托瓦内特能否成为摄政，这不是一个法律问题，而是政治实力的问题。哪怕采用法定原理，如果有能够支持王后摄政的政治家，那助她上位也不在话下……”

“就要没了，很快。”

米拉波答道。看着吃惊的塔列朗，他继续说。哈啊，“好好休养”，这是认为还有希望康复的人才会做的事。如果认定已是无药可救，那之后就只有尽量拖着、维持生命的份了。死亡都是不可避免，真是无趣。

“不能工作反倒让我遗憾。到了那时才是生不如死。”

“可米拉波你不只有工作吧。”

“你是指歌剧院的舞女吗？”

米拉波虽然虚弱不堪，但这次回之以苦笑。事实上三月二十五日晚，他将拉库仑和艾洛斯贝尔两位闪耀舞台的美人一起带到绍塞-昂坦街。“与两位美女共度春宵”，盟友布里索在报纸上以一种英雄传似的写法报道了三人共度一夜的经过。但此事却成为了新的丑闻。

“不道德的放浪贵族、不知廉耻的色情作家米拉波，事到如今他也放弃挽回昔日的污名了吧。”

“哈哈，今天过得如何？塔列朗，越来越像真正的神父了。”

“很遗憾，的确货真价实。”

“是嘛。可沉迷女色对我来说也是一项工作。”

“确实你受欢迎有人缘是一方面，但话说回来，勉强硬来而倒下，这听起来就像是天谴了。”

尽吃亏了。塔列朗要继续说下去也是理所当然。病情恶化到躺到这张死之床上是在二十六日，也就是行风流荒唐之事的第二天，恶化始于猛烈的腹痛。周末继续带着伙伴去阿让特伊玩乐，那儿有新到手的豪华城堡。世人混杂着嫉妒，对此大加批判。

“那有什么关系呢。我米拉波的声望还是少点为好。现在住处已经给围个水泄不通了。”

“好歹不能败坏自己的名声吧？”

“不，应该败坏一下。声望达到顶点死掉的话，被留下的法兰西多么凄凉啊。”

“可能吧。毕竟，即使那样的状态下，你还能在议会上逞威风。”

说的是三月二十七日的事。那天尽管是周日，但议会突然召集会议。趁着雄辩家离开，总有种趁人不备之感。米拉波从阿让特伊返回，一口饮尽托考依葡萄酒，硬是打起精神，米拉波站在了议会现场。

“我一直佩服你为朋友的付出。”

塔列朗继续说。二十七日的议题事关矿山开发权。议会从前分为两派，一派认为矿山属于国家，另一派认为矿山属于拥有其所在地土地所有权的地主。米拉波大声宣称所有权的神圣性，保护地主的权利。因为他要保护朋友拉马克伯爵位于加来近郊昂赞的一处煤矿的利权。

“最终你获胜了，议会承认地主的权利。可米拉波啊，哈哈，没想到你刚显示了自己的手腕，马上就遭到了恶评，你自己也没料到吧？”

米拉波再次苦笑。我说了，那也是工作之一。

二十七日晚，又如翻跟头一般折返阿让特伊，收拾好行李。二十八日再返回巴黎。这期间身体差到极点了。但回到绍塞-昂坦街尝试了中国式洗澡，也就是把全身浸泡在热水里的洗法，感觉身体轻快了不少。来了劲，又去了意大利歌剧院。

在那唱歌的女高音也是米拉波的情人。想着陶醉丁美声也不坏，到包厢后，才第一幕就开始哆嗦发抖。米拉波决定中途退席，但匆忙间没有安排马车。绍塞-昂坦街离此不远，他慢慢走回去。结果在玄关前晕倒吐血。

这次逞强似乎是最后一根稻草，米拉波躺到了死之床上。

他失去意识期间，似乎好多医生赶来。放血疗法、芥子泥疗法、发泡药疗法，用尽一切方法为他治疗，但都没有好转。每个医生的诊断各异，列举出肾炎、胃炎、肝炎、淋巴性心膜炎等各色症状。甚至有人说归根结底是梅毒末期。无论如何，能确定的是无药可救了。

“能做的都做了。”

米拉波做了总结。其实是这一个月恶化了。要考虑未来，还有想做的事，要保重身体——没有必要忍受这种让人恼火的想法了。

“刚才公证人也来了。请他做了遗嘱。没有什么贵重的可留下，不过安排好分给儿子、姐姐、外甥、外甥女、情人们、朋友们的纪念品，就已经写好几页。”

“最后只剩下一件事，就是见我塔列朗-佩里戈尔。对吧？”

塔列朗接着他的话继续说。米拉波心情复杂，是我叫他来的没错。到底是以自我为中心的人，认为自己受到特别待遇是理所当然。

“唔，拜托我为你装点人生的最后一程，这我也没办法无情拒绝。确实，其他的小人物撑不起场面。可是，米拉波，你莫不是连自己的死亡都要作为演出的舞台吧？”

“能做的已经非常有限了。”

米拉波懒得解释，继续说。止痛用的鸦片还能持续多久呢？

现在直起上半身，身体软绵绵的。自己都不确定指尖有没有用上力气，从枕边的桌上拿出一沓厚厚的纸递给塔列朗。

“我希望你在议会上读一下。”

“这是什么？”

“一方面是我对继承法的想法。审议才进行到一半嘛。我主张不论什么情况下都要坚持长子继承的原则。”

“原来如此。”

“再就是我的政治遗训。”

“读这些？好，我明白了。你这样有权势的人故去，想听你的遗训的议员不会少吧。由我提出的话应该很容易得到发表的机会。可是……”

“你是担心没人要听死人的话，对吗？塔列朗。”

“直说的话，是这样的。”

米拉波苦笑。他真的直接说了。到底是塔列朗，丝毫不考虑别人的感受。半带报复似的奚落了一句“你好歹也是个大贵族”。

“连生于名门的实力议员塔列朗-佩里戈尔来读都不行吗？”

“最近我的名声越来越不好了。”

塔列朗嘀咕完，痛苦地叹了口气。米拉波当然不是察觉不到理由。不用说，是因为教会改革的停滞。

还没有解决教会分裂的兆头。向宪法宣誓的教士也没有如想象的那样增多。不仅如此，罗马教皇庇护六世于三月十日发表书简，一改之前暧昧的态度，法兰西的不宣誓教士愈加强硬。

三月二十日书简送至巴黎，内容是对《教士公民组织法》的大加谴责。并且，明确表达了对“欧坦主教”的做法感到十分懊恼之意。

立宪主教的祝圣触动了罗马的逆鳞。不仅如此，议会也不改其强硬态度，通过决议，制作宣誓教士、不宣誓教士一览表，再次命令塔列朗为巴黎的立宪主教格贝尔举行祝圣仪式。

毫无廉耻的行径一次还不算完，不用说反对派暴怒。不仅是罗马教皇厅，法兰西国内的拒宣誓派也把塔列朗列为头号敌人，说不定已经在认真制订暗杀计划了。

“真的没办法了吗？”

“你指什么？塔列朗。”

“你的病。”

米拉波连叹气都嫌麻烦了。果真如此吗？少见地露出神父做派，是真的在担心我的健康吗？

“我这样死了的话，对你不利，你的意思是这样吗？”

“肯定的。失去了你，我究竟会如何呢。”

塔列朗没有羞于承认。米拉波一边叹气一边想。一副唯我独尊的大贵族模样，反倒没有什么廉耻之心。除了自己的价值之外，根本看不出别人的价值，故而也不觉得只考虑自己的想法是有问题的。明明只会做出少根筋的粗野举动，毫无解决问题的能力。看上去了不起似的四处指示，但既没有组织领导力，也不具备操纵大众的领袖气质，最终只有依赖他人的份。可是他强烈地意识到，唯有他自己才能帮得上我的忙，自己有这个价值，只要这个信念不动摇，那么他对自己的无能就绝不会感到羞愧。是啊，这个男人的身上是不存在矛盾的。

“可你不是说这是将死之人的床么？”

“什么？米拉波！”

“你这家伙至少也为别人想想啊！”

米拉波苦口相告，可对这份孽缘倒不气愤。只是哪怕自己心眼再好，该说的话还是要说。

22

忠告

“塔列朗，已经进退维谷了。”

米拉波面对睁大眼的老朋友点头示意。教会分裂越演越烈，一招不慎甚至可能招致百年混乱。如此下去，说不定会有人提出，要追究把事态搞成这样的责任。一旦出现这样的声音，矛头十有八九会指向塔列朗你。

“听好，塔列朗，我诚恳地劝你。接下来你最明智的选择就是不发表主张、不引人注目、一声不吭地离开，唯有挖空心思想方设法地被人淡忘。”

“哈哈，那么你的意思是没有米拉波，就没有我塔列朗的容身之处。我可以费尽心力参与制定公制法，调整法兰西各地乱糟糟的度量衡。我也在草拟划时代的国民教育制度。哈哈，像我这样一个有能耐的政治家，之后却必然会倒台，你是这个意思吧，米拉波。”

“是的。”

自己戏谑式的询问被抛在一边，塔列朗的眼神黯淡无光。但依他的本性不会就此接受。

正如米拉波已经看透的，损友再开口之前，已安定下了自己飘忽不定的眼神。塔列朗凝视着对方刚刚托付的一沓纸。啊，米拉波，你说这是政治遗训吧。

“你还活着的话，我总还有个依靠。”

“我已经时日不多，也没法亲耳聆听遗训了。但是假如我还能活下去，塔列朗，你就还有依靠。”

这番回答后，塔列朗低头稍稍思考。等他抬起头来，这次轮到米拉波惊讶了。

“路易十六正在策划逃亡吧？”

“……”

“我和布瓦热兰一起到杜伊勒里宫，逼迫国王签署法律，强制所有教士向宪法宣誓，那时发生了一件事。”

塔列朗说明原委。路易十六虽然签署了，但不是很情愿。费尔森也在场，也不知他是国王的亲信呢，还是如传言所说，这个瑞典人是王后的情人，总之国王走到费尔森那儿，很不高兴地抱怨。

“他说，做这种国王，还不如去当梅斯的王。”

“……”

“我虽然感觉是不是有流亡计划，但又觉得也不会马上实施，马上就忘了。因为呀，米拉波，要是没有你这个宫廷秘密顾问发号施令，路易十六不会行动的。不过……”

“我可什么都没做。”

“你做了。你在三月二十二日的议会上不是批判了国防大臣迪珀泰伊吗？一边威吓他这是打算放任奥地利进犯国境，另一边推动向东部国境增派兵力。这一举动不就是要增加布耶将军可调动的兵力嘛。”

一时间米拉波沉默了。他不得不小心选择话语，塔列朗的见解实在尖锐。

事实上，费尔森、拉伯特、布耶等亲近路易十六的人，眼下正在策划从东边国境逃往国外。当然，随他们去的话事情成功与否也不一定。但如今自己死期将至，想多少留一些援助，所以才有三月二十二日在议会上提出的议案。塔列朗看破了这一点。

“但那并不是我策划的。”

“这么说的话，米拉波，你也考虑过吧？路易十六流亡。”

米拉波点头。但不是流亡。我不会让堂堂法兰西国王偷偷逃走的。

“要做的话，就发动政变。”

“政变？”

“啊，是啊。请陛下白天堂堂正正出行，离开巴黎。不需要到国外，路易十六的目的地，我考虑过，诺曼底附近比较适合。”

“喂，这究竟是怎么回事？”

“计划请陛下在诺曼底建立临时政府，并高调宣布解散国民制宪议会，重新选举新的议员、组建新的议会。”

“……”

“当然了，为此必须要以现议会不称职为由将其除去。现议会没有掌舵国政的资格——必须要让法兰西国民认同这个道理。否则，巴黎本来也不可能允许国王离开。”

“虽然这么说，但无论如何主张，巴黎也不能认可此事的吧。不仅如此，过去攻占巴士底狱的势力这次大概会对准杜伊勒里宫。”

“如果还认为议会是正确的，那样的话嘛……”

“你认定议会已经不行了，决定要放弃议会，是有什么理由吗？”

“我有。”

“有的话就请……”

塔列朗像发现什么似的把话咽回去，大大张着嘴。米拉波躺在枕头上点头。

“是的。现议会的教会改革失败了，引发了教会分裂，使法兰西国民的生活陷入混乱，没有解决此事的办法。”

放任事态恶化、不积极采取行动的理论正是如此。布瓦热兰等教士团体希望设立法兰西教会会议，这项提议被议会否决了。事态恶化，把善后推给无能的塔列朗。这些污点都能作为让国民放弃议会的原因。

“最值得一提的是，在巴黎目前的情况下，愤怒的矛头可能全部指向失败的经济政策。”

米拉波表示赞同。即使是以教会财产为担保的指券，在通告是作为纸币而非债券流通后，也只有走向暴跌的命运。负责此事的阁僚内克尔辞职不足以平息。说到底，议会随意地分为左右两派，议事上至今混乱不堪。

“想来米拉波，莫非你……”

塔列朗说完停下了。再继续说下去的话，等于承认了自己的无能。不仅如此，自己的无能正是导致教会改革失败的不可欠缺的一环，这一点并非出于他的本意，却早已在米拉波的计算之中。

——竟遭到如此屈辱。

涌上心头的不光是后悔。但对于眼前这孽缘老友，米拉波自有看法。

塔列朗自视甚高，当然不信轻视自己之言。哪怕多少有点感觉，但不到最后不会承认。

塔列朗很快恢复过来。虽然掩饰不住僵硬，但总算有余力装模作样地笑笑，继续说，真是没办法，米拉波你在考虑这事，真的让我吃惊。

“那如果政变计划到了实施阶段，也有我一份吧？”

米拉波苦笑，但还是点头称是了。对，这也是我的临终赠物。我是有这个打算的。

“等到那时，塔列朗，你　　”

“等等。”

塔列朗伸出手。不想听到令人不快的评价，在受伤之前先自己说出口。这是大贵族惯常的套路。不，我明白，我明白。

“临时政府的总理大臣非你米拉波莫属。我的话，具体来说要么做内务或财政大臣，对了，外交大臣如何？但你有健康方面的顾虑，要长期执政到底负担太重。因此，不久我就会接过总理大臣一职，组建塔列朗内阁。你是这么打算的吧？”

米拉波再次点头回应。对，对，这就是我临终赠物。

塔列朗仿佛孩子似的笑逐颜开，继续咕哝。是啊，是这么回事啊。哎呀，多么可惜。了解计划的全部竟然舍不得放弃了。米拉波听了这番独白不禁想，要纠正应该纠正的东西。

“可我已经时日不多，万事皆休了。”

“是嘛。不，你已经把画描绘好了，剩下的……”

“放弃吧，塔列朗。”

“可不做的话，王室一定没有容身之地。”

“是啊。”

“这样好吗？”

“没什么好坏。”

米拉波一边说一边看着天花板。有什么涌上来，那是一个男人不应该展示给外界看的。

正如塔列朗所说，自己如果死了，王室便和花瓶没什么区别。可再怎么说，也没什么可以哀叹的。

“我会将其放在心里，与王权同赴冥途。留给诸派的不过是其残骸。”

塔列朗沉默少顷。他头脑清醒，抓住了关键。应该明白的事似乎都已经弄明白了。即便如此还是遗憾啊。政变吗？嗯，嗯，我明白了。我会暂且蛰伏，米拉波，等找到能够替代你的人才再进行尝试。

“尝试用政变来夺取政权。”

听了塔列朗的话，米拉波觉得不该以如此愚蠢的玩笑结尾。总之他表面温柔文雅，可会做出粗暴的行径，而且是以轻佻的态度行事。即便是米拉波，也是连苦笑都僵住了。

“罗伯斯庇尔议员到。”

管家报告新的访客。请他进来，米拉波命令道。塔列朗听闻抬高声调。什么，罗伯斯庇尔议员？是雅各宾俱乐部那个小个子吗？

“怎么那家伙来了？”

“我叫他来的。”

“和我一样，你要直接跟他谈……可怎么，要叫那个小人物来？”

米拉波躺在巨大的枕头里慢慢摇头。不，不，罗伯斯庇尔可不是小人物。

“不仅如此，那个人能走得很远。总之他完全相信自己的话。”

“是吗？”

“你也应该感觉到了吧？”

所以啊，塔列朗，跟他打个招呼。说不定会是你的依靠。正说着，旁边房间传来一阵吵闹的声音。但也只是一瞬间，再次关上的房门前出现了个应该是成人却小小的身影。

23

告别

“罗伯斯庇尔议员，这位是塔列朗议员。塔列朗议员，这位是罗伯斯庇尔议员。”

米拉波躺在床上为二人介绍。其实用不着介绍。罗伯斯庇尔也好，塔列朗也好，两人都是议会上有名有姓的议员，而且他从前介绍过二人认识。但当时只不过是形式主义地介绍了一下。两人还放不开，有些拘束。

“您高超的辩论，我每次都听得入神。”

塔列朗先开口说。其实他明明心气高，却同时又能够自如交际，到底是大贵族的后裔。这也许是为了弥补内在的傲然不逊，自然而然娴熟掌握的技术。但遗憾的是，有时显得低三下四。

“是啊，是啊，罗伯斯庇尔议员的演说逻辑上没有矛盾。打个比方，那就是出色的建筑。绝对不出纰漏，还具备高度合理的构造。所以才具备突出的性能，可以说产生了一种美感。”

“我演说时并不优先考虑技术问题。”

“是的，是的，您所言甚是。当然了，啊，当然，说起罗伯斯庇尔议员演说的魅力，最优先的必须是热情似火的理想。正如街头巷尾流传着

‘不屈的罗伯斯庇尔’的名号那样，热情是敲开听众心的最强力量。我没有打算否定这一点，只是在我这不严密的人看来……”

“塔列朗议员的演说也绝对不赖。”

“您也知道我吗？那可是光荣。”

“我知道，当然知道。”

罗伯斯庇尔说完，没有继续的意思。

再恭维一两句“你的演说也非常完美，我还记得你提出教会财产国有化的演说”之类的话，说不定以此为契机能够展开对话。尽管如此，罗伯斯庇尔冷酷得仿佛在说“我并不是为了欢谈而来”。他表现得正如热血的律师，习惯于向世人传播正确的言论，专断地认为外在的亲切没有意义。

——某种意义上是为诚实吧，但……

米拉波叹了口气。他尝试了一次没有必要的介绍，其实心里也不是没有居间调和之意。

罗伯斯庇尔和塔列朗二人正如水和油，相异之处不仅在于他俩与他人相处的方式不同。

一个人是孤儿出身，作为优等生充满自信。另一个是大贵族名门之后，因腿脚不便而不得不湮没于世。

一个人无视现实也要实现理想。另一个视理想为工具，任意摆布现实。

一个人只循公理，另一个唯我所欲。

虽说是水与油，但毫无疑问，无论哪一个的特质都是百里挑一。正因如此，米拉波爱惜二人。如果能将塔列朗和罗伯斯庇尔合二为一，那便是理想的政治家。

说这两人是融合不了的水与油，可能言过其实。尤其罗伯斯庇尔无所适从。米拉波使了眼色，无可奈何。塔列朗似乎明白了。

“那么我们就议会再见了。”

一瞬间听上去仿佛小女孩的娇声。小小影子从上面注视着躺在死之床上的自己，只剩下我们两个人了，周围再次恢复静谧。米拉波等待对方完全明白这是永别前最后一次面对面，这才开口。

“罗伯斯庇尔啊，你看起来挺好啊。”

“遗憾的是伯爵您的状况不太好啊。”

“正如你看到的。”

“没关系吗？不休息的话。”

“没关系。横竖都是死。”

不改生硬。米拉波还不打算像塔列朗那样和颜悦色，氛围便更加凝重了。

沉默持续着。令人意外的是，罗伯斯庇尔好像忍受不了这份凝重，先改换了话题。我收到您的邀请便前来了。伯爵，您有话要对我说……

“你生于皮卡第吧。”

米拉波打断对方，强行转换话题。罗伯斯庇尔一脸疑惑，但没有生气，如实回答了。是啊，我是阿图瓦选区当选的议员。

“出生在阿拉斯市。”

“北方啊。寒冷的土地养成了严厉的性格，这便是皮卡第的水土吧。”

“我不太清楚您的意思。”

“没什么意思。只是看着你皱着的眉头，让我想起了一个人。”

“那人也是皮卡第出身吧。您指的是何人？”

“约翰·加尔文。最终在瑞士日内瓦建立宗教政权，他也是生于皮卡第吧。”

罗伯斯庇尔点头。是的。约翰·加尔文是席卷十六世纪的宗教改革者，批判当时极尽腐败的教会，最终放弃天主教信仰，是开辟新教的祖师。这位与德国的马丁·路德齐名的地方豪雄，的确出身于皮卡第。

“皮卡第人并不全如约翰·加尔文那样严厉。但至少我与加尔文有一点相同，就是没有拥护天主教的想法。”

“确实。你也是《教士公民组织法》的积极推进者。”

“那是当然。啊，原来是这么回事。”

“什么？”

“就是说，是要跟我提前打招呼啊。米拉波伯爵继支持王室之后，今后决定拥护教会了吗？”

“哈哈，我没有今后了。”

听到他的回答后，罗伯斯庇尔回过神来。与其说他是为自己的失言而后悔吧，倒不如说正因为那认真得近似古板的性格，使他不宽容自己的过失。

他羞愧似的低下头，语气转为掩饰。但不得不说，他说出来的内容稍显唐突。不，没了论争的对手今后的议会会轻松——我没这样想过。是的，伯爵如果不在了，我会感到非常遗憾。

“我十分尊敬伯爵。”

“我也一直高度赞赏你，罗伯斯庇尔。”

“您是想说，要保持距离的人不是你吗？”

罗伯斯庇尔似乎多少有些激动起来了。我没有打算保持距离。是的，没有！所以雅各宾俱乐部并没有拒绝您。事实上，众人还将伯爵您选作了代表。不，和那没关系吗？

“要说我自己，可能还是想保持一定的距离。我被人叫作‘米拉波的猴子’，我愤怒于自己被人不当回事。更紧要的是，伯爵您变了。我渐渐搞不清楚您的想法了。”

“比如说，什么事？”

“比如，反对人权宣言啦，嘲笑废除封建制，等等。”

“你能明白我不是出于反革命的意图吧。”

“这可能与反革命不同，但种种行为都证明您拥护国王。比如否决权、宣战议和权，当然了，把这一个个问题分开来看的话算不上反革命。可是当放眼全局时，我还是不禁感受到一丝奇怪。伯爵的政治思想用一句话概括的话……”

“‘软弱’，是吧。还是不彻底。或者说‘半途而废’，又或是‘不透明’。”

“我没有这样说……”

“我的政治是把握分寸。”

米拉波自己回答。的确软弱，但对于没有受这份软弱影响的人来说，也是可以宽容的程度。责怪别人说“这个理由让人觉得优柔寡断”，可一旦矛头指向自己时，大多数人也不得不承认这个理由是有道理的。有人骂你的措施是半途而废，但换个立场来看，又显得好像是精明的中庸之道。只是，会让人认为你处事不透明或不干净吧。

“罗伯斯庇尔，你的确是容不得此事。我明白这一点，所以你提出与我保持距离，我不曾硬要加以阻止。并不是因为你是什么无名之辈而看不起你，我一如既往地看重你，即便如此……”

“您说什么？您是说我容不得不透明、不干净？”

“你应该是厌恶不纯粹的事物吧。若不能不断净化，便觉得这事没有结束。若非如此，就会感觉自己也好、别人也好，转眼间堕落了，是吧？”

“……”

“如同北方的空气，一点浑浊都没有，些许松弛都没有。执着于保持透明感，只要有一瞬放松警惕，便心生厌恶。我不是说所有皮卡第人都是如此，但罗伯斯庇尔你绝对是这样没错。”

“是吗？”

罗伯斯庇尔以确认的语气逃避，上吊的眼角泛起红潮。自己也想到了什么吧。说不定也对有洁癖的自己厌烦起来了。

米拉波继续说。不，我不是全然否定。

“话说回来，有时这是长处。比如对于光凭嘴上糊弄的家伙来说，这无疑就是一把尖刀。但是刀尖越锋利也越可能伤及善意的人们……”

“王室成员也有人权，这一点我承认。”

即便是贵族，如今也是法兰西国民，自然拥有与生俱来的权利，我不打算无视伟大的公民这一套大原则。罗伯斯庇尔打断他，一口气说出。对此米拉波的肿眼皮忍不住眨了眨。

罗伯斯庇尔继续说。我也不是无知蒙昧之辈。

“流亡的权利应该受到万人承认，无论是王室还是贵族，都应该承认他们拥有这项权利。我理解这个道理。”

24

遗言

米拉波终于理解了。罗伯斯庇尔是在重提二月末的议会论争。但令米拉波惊讶的是他竟然这么在意此事。

罗伯斯庇尔是雅各宾俱乐部的成员，恐怕也是议题的积极推动者。但他并不是站在第一线，自己也没有登上讲台演说。即便如此他还是十分在意此事。

米拉波不禁笑起来。果然同其他鼠辈不同。这个小个子是纯粹的理想主义者，不达目的誓不罢休。

“那是当然的。否则将威胁人的自由。不迎合体制便无法生存下去，也无法通过流亡表达立场，这样下去的话何谈理想、何谈政治信条。”

罗伯斯庇尔大声疾呼。完全如此，情况很严重。米拉波感慨，也感觉到一种安心，但他不打算在言语上留情面。罗伯斯庇尔啊，你要是真明白的话……

“为什么允许你的同伴提出《流亡者法令》呢？”

“那是……”

“政治斗争对吧。为了把我赶下台。”

“不是的。重要的是实现理想，掌握权力本身不是目的。”

“那就是为了明哲保身吧。不想失去大众的支持。政治家也要与更强大的一方共谋才行。一切都是为了实现理想，必须站在更有力的立场上说话，才想出如此权宜之计……”

“三头派可能是这样的。可我不一样。”

“那么就是没有注意到自由遭到侵犯的危险，一不小心忽略了。”

“我不是这个意思……”

“思考不足没想到会引起如此大的震动……”

“也不是。只是因为现在是非常时期。必须要保卫革命。”

“对于时下的法兰西来说，反革命的确很危险。但与此同样危险、今后必须要警惕的是独裁政治的苗头。我也曾在议会上呼吁过。”

“不会的。绝对不会成为独裁者。我应伯爵之邀前来拜访的目的也是为了告诉您这一点，希望解开误解。”

米拉波苦笑着左右摇动埋在枕头里的头。罗伯斯庇尔似乎无法接受独裁者这个词，仿佛米拉波若不撤回便绝对不会让他死去。

“可是，罗伯斯庇尔，只是大声疾呼‘我们不会成为独裁者’，这种辩解可不会奏效。”

“是有理由的。没人比我们更深刻地体会被独裁者压迫的疾苦。不管怎么说正是我们发起了革命。换句话说，就在昨天我们还是被压迫的一方。明知疾苦的人不可能再去施加于人……”

“还是有可能的吧。最为压迫的体制出自反体制最起劲的家伙……用如今的政治术语说的话，指的就是左翼。”

“……”

“约翰·加尔文被天主教会逼得走投无路，这位诚心的宗教改革者也在日内瓦建立了强权，还处死了与自己意见相左的人。”

米拉波淡淡地笑着继续说。因此，我才说今后应该要小心反革命和独裁政治。无论哪种情况，人民都会陷入不幸。王侯贵族复辟也好，坚守住了革命理想也好，哪怕达成了这些目标，法兰西也不会幸福。

“对比之后一下就明白了吧。我的政治便是把握分寸。”

“可是……可是，我也不是不明白。”

罗伯斯庇尔揪住不放。我以真诚的态度反省自己。一开始可能的确不在乎，但清楚地发现重要性之后，我不是已经重新评估自己的政治活动了嘛。

“走向独裁的是那些无法以严格标准概括自己、自我净化失灵的人。我不同。二月二十八日的议会上，我已经理解为何伯爵执着于把《流亡者法令》打成废案，在此之上也加深了自己的思考……”

“你没理解。连一半都不到。”

“不可能。”

“不，你不能理解。我在二月的议会上担忧的不只是独裁政治。”

“你是说还有其他的考虑？”

“政变。”

米拉波和盘托出。是啊，我打算让路易十六离开巴黎。只要《流亡者法令》不生效，那就没有道理被斥为违法。与迎接的军队一起堂堂正正离去，在地方上宣布成立临时政府。

“我的计划本该是同时宣布解散现议会以及召集新的议会。”

“……”

“不是不可能，经济政策的破产，再加上教会改革失败引起的议论，政变不难得到国民的支持。”

米拉波将自己心里酝酿的秘密计划和盘托出。对象不只是追求权力的塔列朗，还有理想主义者罗伯斯庇尔。

罗伯斯庇尔大大张开嘴，他们惊愕的反应是一样的。他渐渐变得义愤填膺起来，他反应激烈，单看从嘴里冒出无意义的哼哼声就知道了，甚至一时间说不出话来。

米拉波替他说道。是啊。我有一个秘密计划。我当然也想做大臣，也渴望登上整个法兰西的权力高峰。把这一切称为野心，气愤到用污蔑的语言加以总结，或者说一切无非缘于实现自己的理想……但无论哪种都是话术而已。

“无论哪种都只是自己的欲望，没有差别。”

“米、米拉波伯爵，您……您……您真的很卑鄙。”

“可能吧。那不过是我的一半。另一半的我那时真的担忧，法兰西会沦为警察国家。”

“您这是诡辩，怎么会有两部分？”

“有可能的。人呐，就是会这样。更准确地说，无论清浊，两者浑然一体，这才是普通人。”

“我不认同。即便有，我也不会赞同这样的人，我也不想成为这样的人。”

“不，你如果不是的话我会很难办。”

他没听懂吧。这一瞬间罗伯斯庇尔忘却了愤怒，脸上露出惊讶的表情。米拉波躺在枕头上缓缓点头。你如果不是的话我会很难办。你是要扛起今后革命重任的。

“再稍微考虑一下你自己。再多一些私欲。”

“我做不到……”

“否则的话会很快变成独裁者的。”

“……”

“知道自己拥有私欲便会有羞耻感，也因而能变得宽容他人。独裁者之所以做出残忍的举动，就是缘于没有私欲。正因为是为了社会、为了众人，才能毫无迟疑地杀戮。一心想着正义，才会毫无愧疚。”

“但是我总是想严以律己。不，这也不应该是我一个人所想。说起来，现在所有人都是伟大的公民了。既然是被赋予了人权而自律的存在，以后的社会，法兰西万民总会严以律己，而且对自己所有的行为负起责任。”

“那是办不到的。”

“怎么会？”

“人比你设想的还要更加软弱、丑陋。”

“……”

“不像你想象的那样完美。人做不到纯粹的民主主义。”

“不是的！这不是真的。更好的证明就是伯爵你的强大……”

“即便如此也是因为丑陋。正因为我是丑陋的怪物，我才明白其中的玄妙之处。”

米拉波总结道，想要翻个身。不是他想翻身，而是因为剧痛袭来。他背对罗伯斯庇尔，差不多必须要结束会面了。

“似乎鸦片药效过了。”

让我休息一会，米拉波后背起伏大喘着粗气。说实话还远远没有说完。可以的话，他多想就这样畅谈一个晚上、两个晚上。

可是，没有多少时间留给他了。有一个可以托付的人听自己一席话，单单这样已经很幸福了。米拉波看开了，已经无法面对对方了。说来，罗伯斯庇尔，如果与你面对面的话，你会再次指望我的吧。可我已经快死了。再怎么挣扎也逃避不了。

——之后的路就靠你自己走了!

听好了，罗伯斯庇尔，今后要靠你自己了。这番话没有说出口，多少年来不曾祈祷的米拉波祈求这番话能传达给对方。

25

先贤祠

米拉波死去了。

奥诺雷·加布里埃尔·里克蒂·德·米拉波伯爵——如今贵族身份被废，应该称他为公民里克蒂，但在贵族身份被废之前他以第三等级代表当选议员，出于特例，他仍旧被称为米拉波。

气势如虹的大块头、咆哮如雷的米拉波、圣米拉波、法兰西的阿喀琉斯、革命的赫拉克勒斯，尤其是革命的狮子，拥有数不尽的光辉称号。同时用他极具魅力与穿透力的男中音让世人听见议会首屈一指的雄辩家的声音。

——革命中的名人死去了。

罗伯斯庇尔也不得不接受这个事实。米拉波享年四十二岁，准确的死亡时间是一七九一年四月二日上午八时半。

讣告传出去后，巴黎变得骚动不安。绍塞-昂坦街上的人群比前几天翻倍，人墙的里面流传着米拉波是被毒害的谣言，下手的是曾想暗杀他的拉梅特兄弟。传言说得有模有样。

——再次领教了他的人气之盛。

不愿相信米拉波死了，如果不得不相信的话，不找到一个可以怪罪的人便不算完。面对失去法兰西政界的领头人这个事实，无人能保持平静。

——不可能是被毒害的。

要说罗伯斯庇尔，就和往常一样一副认真的模样，劝说着周围。米拉波是病死的。非常遗憾，但这是百分百的事实。米拉波本人也预计到自己的死期。

——看一下他的仪容就知道了。

并不是所有人都能瞻仰故人的仪容。假如向众人开放的话，拥挤而来的民众说不定会把绍塞-昂坦街上的建筑全部挤垮。但或许因为其贵族出身，按照传统风俗，为死去的米拉波制作了石膏切面像。

表情安详。公开展览后，人们不得不接受事实。

——他好像面带微笑。

真的微笑也并非不可思议。根据秘书里的一人的说法，四月二日一早，米拉波在黎明前醒来，告诉看护的医生卡巴尼斯他想刮胡子。

“说起来，朋友啊，我今天要死了。到了那时，我也做不了什么了。喷上香水，戴上花冠，在乐曲中开心地迎来永恒的梦乡，尽可能为我安排好一切吧。”

等全部准备好后，米拉波满意了，八时左右想要纸笔。他已经说不出话来，无力地比划着自己想要的东西，周围的解读没有错。纸拿来了，帮他拿好笔，只写下“睡”字，便闭上了眼睛。

米拉波就这样停止了呼吸。再没有如此自我预知的死，不得不说这是幸福的。

——但外面的事还没完。

迟钝的罗伯斯庇尔也应该感觉到了。米拉波死了，必须要做点什么。人们不免心绪高涨，随之而来的四月二日的议会也不例外。

“我在这里不得不沉痛地宣布一件事。”

会议刚一开始，议长特龙谢就说道。我必须告诉各位米拉波英年早逝的消息。

“为他的才能奉上掌声与喝彩，不需要我费力呼吁。在他的墓碑旁流下遗憾的泪水，他是第一个有此资格的人物，这也不必我再多言。”

接下来登上讲台的是塔列朗议员。他将昨天探病的时候米拉波托付他的文件放在眼前，他宣读的是故人准备好的继承法案的草稿。

不管内容的话，塔列朗的宣读本身并没有别出心裁的地方。语速快，声音也小，还缺乏抑扬顿挫，反倒听起来不舒服。他应该是感到自卑了，罗伯斯庇尔不禁苦笑。

塔列朗仍然强行继续。比预想的时间要久。仿佛手拿什么政治遗训，便好像只有自己是米拉波托付遗志的对象，只有自己才是米拉波的继承人。给人感觉还真是厚脸皮啊。罗伯斯庇尔越来越感到不愉快。

——不仅如此，整体而言难说不会冷场。

但正因为如此，怎么能反倒弄得好像私事。米拉波是众人的领导者！这种最初的想法越来越强。

接着眉头紧锁的塔列朗之后，轮到拜雅议员讲话。

“不该仅限于从议会里选出几名代表参加葬礼，从前与故人奋斗至今的议员全都应该参加！”

“对，一起！大家一起去！”

会场充斥着异口同声的喊声，自然让人联想到国葬。这是四月三日特别召开的周日议会上新的议题。

最开始，巴黎市的代表提议鉴于米拉波的伟业，应将他的遗体安葬在战神广场，那里是革命的殿堂，去年七月十四日举行了夏至联合会。紧接着，拉罗什富科公爵虽然对称颂故人没有异议，但促使巴黎人更改提案，提出更理想的安葬场所——圣女日南斐法修道院附属教堂。

“法兰西也需要伟人的墓地。模仿英国的先例，现在正是好机会，为法兰西人建立自己的威斯敏斯特教堂。”

到底出自世家望族拉罗什富科公爵之口。所说设想本身从前已有，早在革命之前，七年战争的时候就已经讨论过。

“也就是说，对法兰西有贡献的伟人，祖国到什么时候都不会忘记。为此最理想的办法是将墓地集中到一处。”

圣女日南斐法修道院附属教堂作为墓地是合适的，因为那里正在改建之中。由建筑家索弗洛操刀设计，着手改建为壮丽的新古典主义风格建筑。

有的说，王室墓地圣但尼大修道院附属教堂从外界的印象来看也不是不可以。有的说，既然是为了赞美人尽其才的高尚美德而非继承前人的传统，为了称颂新的创造而非遵守传统，那么完全沿用陈旧的哥特样式便不是很合适了。

最后为一系列的讨论画上句号的，仍然是来自拉罗什富科公爵的提议。

“趁此机会将圣女日南斐法教堂更名为‘先贤祠’可好？”

沿袭基督教的圣人庇护的名字，使人联想起伟人辈出的古罗马，这个名字更为合适。安葬在“先贤祠”的第一位伟人便是公民米拉波。不如将他的遗体安葬在哲学家笛卡儿的旁边吧。接着改葬伏尔泰、卢梭，是啊，是的，让“先贤祠”成为法兰西值得纪念的伟人的安葬之地。听了他花哨的语言，兴奋在会场里蔓延开，气氛更加热烈起来。

虽然在其中还是感觉到一种夸张之感。至少这也并非轻松到审议当天便能够得出结论的问题。到此，德弗蒙议员等人提出，请求制宪委员会审议此案。

讨论进行到这步，已经不只是在讨论如何处理米拉波一人的后事了，甚至成了涉及到笛卡儿、伏尔泰、卢梭的大计划，此事应该得到充分的审议。罗伯斯庇尔虽然明白这一点，但仍然在会场提出异议。

“国民制宪会议是否将米拉波议员列为应该安葬在‘先贤祠’的伟人之列，单就这个问题，今天应进行表决。”

对于这样的声音，会场的大多人认为这会阻碍表彰故人。总之，处在遍布哀伤的巴黎，也不是没有人蹙眉，认为这决定不够谨慎，但连这样的反感似乎都恰恰起了好的作用，米拉波受到绝大多数人的赞同，被认定是伟人。

——这就够了。

继续审议“先贤祠”计划的想法并不一定出于恶意拖延时间的目的。搁置讨论米拉波是否应被认定为伟人一事，也不是要含糊其词最后不了了之。但罗伯斯庇尔不得不忧虑此事。

——那样下去米拉波将不能进入“先贤祠”。

刚刚传来死讯的情况下，大家广泛议论着应该将他奉为法兰西值得骄傲的伟人祭奠。这时不决断此事，恐怕夜长梦多，最后必定出现什么丑闻缠身的放纵者、什么没落贵族里的三流文人等种种谩骂米拉波的声音。

即使到不了如此极端的程度，一旦人们冷静下来，心里又会想在其有多少成就上打点折扣。正因为处在忧伤的氛围里，故人才是闪耀着光辉的完美伟人。

——即日必须敲定此事。

议会快马加鞭，超过罗伯斯庇尔预想，趁着势头二天内确定了米拉波的国葬，第四天被托付重任的制宪委员会决定设立“先贤祠”。

在第四天晚上，还举行了实际的仪式。米拉波的遗体连同被取出后放入铅壶的心脏一起，从绍塞-昂坦街出发，时间正好是下午六时。

骑兵队、步兵队分别护卫前后左右，反举着枪的是国民卫队。拉斐德将军在前引导兵团，既然是司令自然要出马，但正好是亡者在政界的好敌手，倒显得不无讽刺之感。

本来就是米拉波倡议成立民兵队的。想起此事，拉斐德也像是在为自己夺取了亡者的功劳而赎罪。

葬礼队伍打头阵的是国民制宪会议议长特龙谢，此外还有巴黎市政厅和塞纳省的职员代表，如拜雅议员提议的一样，议员几乎全部到场，还有包括一般会员在内的雅各宾俱乐部的成员。

雅各宾俱乐部发起了为期一周的服丧，并且通过了表彰米拉波功绩的决议。全场一致同意每年六月二十三日，朗读一七八九年宣布国民议会解散的那天，米拉波为抗议此事而驳斥大司仪官德勒-布雷泽侯爵的话。

“我们在这里，是因人民的意志，而非刀枪之暴力！既如此，就断不会离开。”

跟着遗体的队伍的末尾，是刚从亡者的家乡普罗旺斯来的人们，再有就是主动参加的巴黎人。

据说参加葬礼的人数超过三十万，达到巴黎人口的一半，但这个数字只是大概，反倒让人觉得估计保守，因为市内到处都是空宅子。所到之地，家家户户的窗户都黑着，要说当晚给人的印象的话，就是所有的人都佩戴黑纱参加了米拉波的送殡行列。

送殡队伍从绍塞-昂坦街出发，首先前往圣犹士坦堂。葬礼按照天主教会的方式进行，虽然是仅次于巴黎圣母院的第二大教堂，到底也容纳不下所有参加的人入内。

夜里越来越冷，露天下的多数人白等了。等到切瑞蒂神父称颂故人的遗德结束讲道，国民卫队在教堂里鸣响礼炮。受到冲击，碎了几块彩色装饰玻璃，因此人群知道行进重新开始了。

伴随着戈塞克作曲的镇魂曲，巴黎的黑夜里燃起无数的火把。橙色的火焰优美地摇曳着，让人几近感动，甚至超过了纪念米拉波的情感。

大规模的祭典正是国葬的一部分。自圣犹士坦堂出发，慢慢向前行进的送殡队伍从右岸过桥跨过塞纳河，终于到达了左岸。沿缓坡而上，到达圣女日南斐法教堂的时候已经过了半夜。

安置好棺木，就此米拉波成为第一个在“先贤祠”下葬的伟人。

——这样便可以了。

罗伯斯庇尔本人也参加了送殡，他也完全明白了。是啊，应该举行国葬，米拉波的功绩绝对值得称颂。虽然有自己不能认可的部分，但绝不意味着全盘否定。

26

狮子的居所

事实上，人们被巨大的丧失感包围着。

对于议会里的人们来说，一向显得狭小的议席如今空空如也。那个大块头不在了，众人对此感到不安，焦急得想要找谁把那里填满。

——啊，那个大块头。

全国三级会议开幕时，米拉波严厉地指出第三等级代表统一穿着黑服多么荒唐。被唤醒的议员们甚至不得不以议会空转为代价来确保发言权。

使得国民议会成立的宣言不会以自吹自擂而告终，通过分化教士代表，给贵族代表增加干劲的，也是米拉波。

最终促成网球场宣誓。

——没有米拉波，革命能否达到今日的程度?

罗伯斯庇尔认为自己必须比其他人先表示认同。因为在米拉波的秘密行动中，他有好几次与之同行。

在米拉波逼迫内克尔说服国王放弃贵族、取信于平民之时，在他赶赴军队闻风而动、空前紧张的巴黎授意德穆兰动员起义之时，站在毫无畏惧的米拉波身旁的是罗伯斯庇尔，他经历了这一切。

如今回想前后，感觉革命成了米拉波一个人的舞台。

——要是他没得病的话……

不，再有两年，或者至少再多活一年，米拉波说不定就能完成革命。但越想罗伯斯庇尔的心情越复杂起来。在米拉波的理想之中还有补充附言。说得更明确一些，通过政变解散议会以及成立新议会将是革命的终结点。

自不必说那与自己描绘的理想距离甚远，当然也不认为那是正确的道路。但罗伯斯庇尔也曾幻想过得到绝大多数法兰西国民支持，团结一致发挥力量，走上改善问题堆积如山的法兰西之路。

——无论如何，现实中实现不了米拉波的理想。

罗伯斯庇尔虽然坚定地信仰神，但他并非宗教狂热者。即便如此，他还是不禁感叹命运的无常。

米拉波理应死去的话，他的政治应该被废除。要问为何的话，因其已经作古。

不管如何，米拉波毕竟是贵族。即便以第三等级代表被选为议员，他的成就是出众的。不论形势如何变化，他都是巨人、伟人、英雄，都必然是被崇拜的人物。

——但是已经不再需要英雄了。

属于无名人民的时代已经到了。哪怕作为连接旧时代的桥梁，拥有一刻登场的机会，之后也只有毁灭一条路。罗伯斯庇尔想道，因此必须要对米拉波赞赏到无以复加的地步。

——把他当成最后的英雄。

事实上无论从何种意义上看，米拉波的时代都已结束了。他本人倒下了，其遗训也不可能实现。至少由那个假装亲密的塔列朗笨拙地宣读，众人是听不进去的。

最终，熊熊燃烧的生命力正在蠢蠢欲动。在巴黎的议会里，在法兰西各地的在野，他们声势浩大，仿佛大地上的蚂蚁一般，一刻不停地活动着，要把腐朽的巨大树木咬断。

——我不能袖手旁观了。

四月七日，议会还沉浸在米拉波之死的余波之中。如同泄了气一样不进入实质性审议。甚至连旁听席上的喝倒彩也失去以往的势头。

根据制宪委员德穆兰的提议，议会正就内阁组成等进行审议。“只有国王具备任免大臣的权限”，读着法律条文的草案，但没人提出异议、没人要求添加附带条文，众人有气无力、一副没法好好审议的样子。

罗伯斯庇尔走入会场，伴着“嗒嗒”欢快的脚步声登上演讲台。我有一个提议，请诸位议员再次好好思考什么是政治的公平。即是说，不是国王提出了要求，就谁都可以当大臣。不能允许政治腐败。必须提前阻止腐败的温床滋生。至少必须严格审查其本身的资格。

“因此，我认为应该明文规定，议员自参加议会审议开始四年内不得担任大臣。”

会场内人声鼎沸。谁都知道这是再次重申一七八九年十一月七日的决议。而且那还是为阻止米拉波入阁的野心而定下的条文。

“治丧期还没过去。”

米拉波死去才不到一周。不论提案正确与否，罗伯斯庇尔议员是否有些考虑不周？哪怕生前关系再恶劣，拿死人当话题多少有违常识吧。

“喂，你还是人吗？”

一副善人面孔如此诘问的人似乎不在少数。

——那好。

罗伯斯庇尔继续演说。我所担忧的不只是兼职。作为议员不应该从国王政府那里得到任何东西。包括职位、养老金、工作介绍在内，甚至现金和礼物之类的一切都不应该接受。

期间罗伯斯庇尔忍耐着扑面而来的奚落与叫骂，始终不放弃，他受到一种使命感的驱动。我现在犹豫的话，米拉波就真的死透了。我一定不会允许这种事发生。

——作为英雄受到崇拜只是米拉波的一半。

米拉波伯爵，我绝不会忘记你。罗伯斯庇尔站在上边，眼光锐利地瞪着下面的议席，另一方面在心里继续想着。不，我是在对故人说话。是啊，如果要举出给我最大影响的议员，那便只有你。我从你身上学到了很多。无论是你对我开诚布公，还是意见相左作为论敌相互切磋，我都从中获益匪浅。是啊，是啊，我把自己当成是你的弟子。

“可是，我也没有放弃做我自己。”

这是到了相信理想的地步了，不被别人理解也没关系。只要自己不接纳，就不会放弃。哪怕不是为了法兰西、不是为了这土地上的人们，也不在意。

“说实话，这是成全自我的政治。”

这样做也没关系吧，罗伯斯庇尔询问故人。我承认自己的私欲。实现理想本身就是一种欲望。不再在意妨碍了谁。蛮干也要实现自我。

“这样做的话，伯爵啊，也能像你那样待人宽厚了吧。”

那才是米拉波的精髓，宽广的胸怀才是另一半真实。罗伯斯庇尔一点不差地理解了。说到底那个人爱人的一切。正因为理解痛苦才无法放任弱小不管。

——因此！他必须咬紧颤抖的嘴唇。

怎么可能哭。绝对不能哭，罗伯斯庇尔睥睨会场的双眼涌上一股力量。开始的时候他还做不到。一边登上讲台一边光顾着呜呜咽咽。最先认可那样一个新手议员的，正是米拉波。

那时真的很开心，我受到了鼓舞。甚至获得了作为议员继续做下去的信心。当初如果丧失了信心，不会有今天的我。

——因此，怎么能哭呢！

若要承接米拉波的思想，不能哭，要咆哮！罗伯斯庇尔踮起脚尖，用力发出自己最大的声音。

“毋庸置疑，作为掌握立法权的成员不应该寻求地位、金钱、其他方便以及执行权。这也不仅限于自己，也不应当为家人朋友谋取方便。”

声音震耳欲聋，但听上去不像狮子的咆哮。可又确实预示着一头猛兽咆哮着开拓了新的时代。

想到自己至少当下继承了米拉波的衣钵，更是不能停滞不前。罗伯斯庇尔重新唤醒了自己那时受到鼓舞的初心。

第七卷　国王出逃

Eh bien oui,
je suis votre roi.

“是啊，没错。

我才是你们的国王。”

（路易十六 1791 年 6 月 22 日于出逃目的地瓦雷纳表明真实身份时所言）

1

叹息

光是叹气也没用。路易十六虽然明白这个道理，但他又叹气了。

——周身动弹不得。

狭窄的车厢里沉闷不堪。虽然是大型的四轮马车，但到底没法保持内部空气舒畅。

命人将马车停在大钟塔前，此处是杜伊勒里宫的停车门廊，车上还有家人一起。就在此时，遭遇了意想不到的情况。

多少还有些凉意，但巴黎的天气也不坏。建筑物的石头干燥，庭园里更是四处开着艳丽的花。久违的春天。

这样的一天怎么能一直呆在家里呢？但是一出正门，就看到门外的卡鲁索广场上似乎有集会。但没想到广场上的人一发现这边的行动，就钻过门、跨过铁栏冲了过来。

转眼间杜伊勒里宫的前院黑压压一片。

众人围住国王的马车、侍从的马车、女官的马车。若是他们满脸笑容地高呼万岁，倒是早已习惯了。臣民追随国王的热情高涨，屡屡超过可以容忍的范围。路易想到这儿，最开始只能报以苦笑，但不久他发现好像情况不是那样。

对着车窗的所有面孔都是横七竖八的，叫喊声听起来好像是咒骂。虽然不那么容易理解平民的话，但不难察觉他们都在表达一种无法抑制的愤怒。

从气氛和动作上推断里面有人叫喊着粗鄙之言。

——竟对朕如此……

眼下不是惊讶得目瞪口呆的时候。但也不可能有其他反应。现在才慌慌张张、想要一走了之，但马车已经被人群包围。一拥而上的群众堵得水泄不通，甚至连马车的门都打不开了。路易只得边叹气边自问。

——为何会这样？

不光意想不到，而且事态的发展也无法解释。怎么说自己也没有做错任何事，只是想和家人共度余闲。

一七九一年四月十八日，法兰西国王路易十六打算偕同玛丽·安托瓦内特王后、玛丽·泰瑞丝公主、路易·夏尔王子、妹妹伊丽莎白一起到圣克卢去。

那里是巴黎郊外，去年夏天也曾在当地的别墅避暑。今年时间虽然早了一些，但路易十六已经做出了解释，行程提前是因为自打开年身体就不是很好，议会也正式准许国王的静养。

——这点要求，即便不是国王也会有的吧。

在巴黎郊外拥有别墅，周末前去静养。这对于平民里的被称作资产阶级的富裕阶层来说不是很平常的吗？路易抱怨着，也没觉得这是什么不能容许的挥霍之举。

就算是奢侈之举，这也没有超越再三遭到削减的宫廷费。尽管如此，巴黎的人们却认为不能允许国王前往圣克卢，并采取行动大加斥责。

——他们为何会如此不满?

不用问，聚集的人群正在唾沫飞溅地说出理由。努力听清嘈杂的声音，尽是不满昨天周日举行的圣餐礼的声音。决不允许宫廷司祭方济各·拉瓦尔红衣主教为法兰西国王主礼!

“那个戴红帽子的家伙不是罗马的人吗!”

围住马车的高声叫喊持续着。喂，圣餐礼，不就是罗马的习俗吗!

什么罗马的人、罗马的习俗，这种语言似乎在巴黎很流行。指的是还未向《教士公民组织法》宣誓、依旧服从于教皇的神父，以及这些神父主持仪式时采取的方式。大声叫喊着这些话语同时包含着“反革命的家伙”“不合适之举”等种种责难之意。

路易又叹气。他也并非不在乎。事实上，方济各·拉瓦尔红衣主教不是所谓的罗马的人，他是向《教士公民组织法》宣誓的神父。

只是其观点是不放弃法兰西教会的统一，也就是所谓的稳健派的领导。采取绥靖政策，并保持与拒宣誓派教士的沟通。如此良心之举却遭到非议。

“不，路易十六才是真正的罗马的人。他想按照罗马的习俗庆祝复活节!”

“所以才选择圣克卢，才避开我们革命派跑到乡下去，打算从拒宣誓派的手里领受圣体!”

“这是当然的。巴黎已经是立宪派的地盘了。王室教籍所在的圣日耳曼奥塞尔教堂的神父们已经完成了宣誓，向宪法致敬了。”

“等一下。什么《教士公民组织法》、什么《教士强制宣誓法》，不正是路易十六批准的么？”

“是啊，所以才生气啊。背弃自己认可的法律，就算是国王这也太出格了，所以才犯了众怒、引发混乱。”

“还不止。国王是行政权的首长，相当于公务人员。身负引导万民遵守法律的职责，可自己却去破坏法律。”

这已经是反革命之举。鼓吹者一个个登场，使得人们的愤怒逐渐升级。

——好生任性胡来啊。

越是听下去，路易越是不禁这样想。

他并非不能体谅人们紧张的理由。罗马教皇庇护六世越来越遭到唾弃。自三月十日的书简之后，四月十三日接连发布书简，对法兰西的《教士公民组织法》横加指责。书简称由宣誓派主持的祝圣无效，不仅如此，宣誓派的教士与异端邪说无异，信徒应避免接触他们，此等言论仿佛把他们看成魔鬼。

“罗马的家伙，我们不接受！这本该由国王带头回应，不是吗？！”

聚集的人群也裹挟着这样不满的声音。如果解读为寄希望于国王的大权，路易也不是不想回应。不过，这回应是充满怒火的——因为做不到。

——我的权力几乎全被议会剥夺了！

换句话说，这全是议会在作祟。发起教会改革的不是我而是议会。教会分裂、已经濒临宗教战争的危机，这一切全都是不着调的议会带来的。或许有人反驳说，不是你批准《教士公民组织法》的吗？但那也是议会强加于人的。我作为国王不禁感觉此举有点冒进，对此我的立场反而是消极的。

——可为什么要责怪于我？

路易对着车窗问。做事的是议会，如果那些议员是法兰西国民的代表，那么所有事不是也等于你们这些人做的吗？若有过错，那也是你们的过错，并非我的过错。难道不该是这样吗？你们无视善意的忠告，结果将责任转嫁于人，说起来，我才是受害者。你们惹是生非，我被裹挟在混乱之中，烦恼起本来没必要烦恼的事。

——直说的话，这是给人添麻烦。

路易心中的不满不输马车外聚集的人们，已经到了怒不可遏的地步。

但怎么说也是生于王室，时常被放在众目睽睽的位置上的人，很少会向外表现出情感，因此只能关在不怎么舒适的马车里稍微耸耸肩。

“今天的巴黎怎么如此拥堵。”

这玩笑话连自己都觉得不好笑。越看那僵硬的笑脸，路易越感到后悔。与此同时，胸中的怒火也燃烧起来。

2

骚动

车窗的玻璃发出一声清脆的响声。似乎是被什么东西砸中了。

妻子儿女害怕起来。十二岁的玛丽·泰瑞丝公主和六岁的路易·夏尔王子两个孩子甚至都哭起来了。两人浑身颤抖着抱着母亲的膝盖，因为太害怕叫嚣的人群，已经抬不起头了。

“没事的，没事的。也不用担心。”

玛丽·安托瓦内特王后边重复说着边安抚爱子爱女的头。作为母亲，她强装无事，但脸颊苍白僵硬，好像被吹上了面粉。不管是安抚孩子们的声音还是指尖，都在微微颤抖，她的抚慰并不怎么奏效。

——理所当然。

声嘶力竭的叫骂、嘲弄、揶揄、粗话，仅仅面对这些就足够令人不寒而栗了，此时人群的威胁已经不仅停留在语言上了。守不住门的马夫被拉下来，人们开始推推搡搡、拳脚相加。

事态甚至发展到车窗被投掷物品，车内的人不由感到门窗单薄得起不到什么作用。同行的其他马车也遭染指，被拉下来的侍从、仆从也和马夫一样遭遇暴行。女官们尚且平安无事，但不敢保证她们会一直没事。

——不，虽说是国王一家乘坐的马车……

不能担保这架马车能置身事外。路易面无表情，但心中不禁感到恐惧。真动起手来的话，那就远不止拳打脚踢了。

连天色都似乎稍稍阴沉下来了。巴黎阴雨密布的天空之下，无数更加阴沉的细长影子林立。

是枪。不少全副武装的士兵挤到卡鲁索广场上。

他们并不是国王的近卫队。他们是身穿红白蓝军服的国民卫队，也就是从平民中选拔出的志愿民兵。而且他们一般不会担任宫廷的警卫。是要同群众一起闹事的吧，还身背着枪。

不止停留在威胁的程度，他们摆好阵型，已将枪口对准宫廷司祭方济各·拉瓦尔的马车。对于容许此等暴行的人们而言，问题不仅是信仰上的不安了吧。

“是想逃吧？！”

有人如此大声谴责道。是打算逃离法兰西吧？打算到国外同那些逃亡的贵族汇合吧？

“有没有搞错啊！这个奥地利女人！”

被车窗外的人如此指名道姓，连玛丽·安托瓦内特到底也低下了头。

“别想藏起来就完了，你这赤字夫人！俺们都看穿了。是盘算着同奥地利皇帝、普鲁士国王、撒丁国王这些暴君朋友打招呼，请求出兵一起进攻法兰西吧！这样就能重新夺回王座，恢复旧制度。”

“是啊，绝对是这样！所以明明没到度假季却跑去圣克卢。只要离开巴黎，之后就简单了。肯定是打这种小算盘！”

没有这种打算，至少我没有。真的是身体不适。圣克卢之行不过是为了静养。虽然想大声为自己辩白，但路易这回仍没有出声，又叹了口气。

这样的情况不知得重复多少次啊，路易十六感到一筹莫展，但要排遣不愉快的心情也唯有叹气。说心里话，真的厌烦了。是啊，的确是想从巴黎脱身。还不是因为你们一直吵着闹事。还不是因为你们拿着一点点小事或者没有确证的传言，叫人们想起巴士底狱，弄得我神经紧绷片刻不得休息。

“法兰西国王路易十六正在计划逃亡。”

对此流言我也有所耳闻。还不就是某个叫马拉的人搞的什么《人民之友》，还有某个叫普吕多姆的人搞的什么《巴黎革命报》，诸如此类的报纸仿佛已是确定事实一样报道了这个流言。

路易当然不甚愉快，但又想事情的始末自己并不是不能理解。发生了先王路易十五陛下的两个女儿，也就是自己的姑母阿黛拉伊德公主和维克图瓦公主，二月份去罗马的那件事。以此为导火索引发了议会就《流亡者法令》进行审议的混乱。这回，舆论按此顺势猜测起路易十六本人，也并非不可思议。只是同时，路易不禁产生了一个想法。

——如果真有逃亡计划会怎么样呢?

路易又想问，这是应该受到责备之事吗? 不管怎么说，法兰西所有人不都是自由的吗? 享有思想的自由、表达的自由，如果遭到不被容许表达的压力，为了逃离的话，流亡国外也是自由的。这不正是这个国家新近采用的人权精神的精髓吗?

“朕是没有被赋予自由吗……”

通过车窗，路易终于发出声音诘问道。人权与生俱来，拥有受此保障的自由，这话时至今日不知道听了多少遍。但朕连去圣克卢静养的自由都没有的吗?

“这……”

疲于应答的人是拉斐德侯爵。他支支吾吾没有回应，怒上心头之色却是立刻写在了脸上。内心想的马上表现出来。这人还是老样子，没有分寸。

拉斐德身为国民卫队的司令官，杜伊勒里宫的警卫工作也是其职责之一。卡鲁索广场当然也在管辖范围之内。国民卫队的士兵混杂在聚集的群众中，甚至也参与闹事，如果马上下撤退命令的话似乎就好了。事实上侯爵尝试过下令撤退，但部下们无视了他的命令。

这其中固然有所有人都在兴头上的成分在，满脑子“不可原谅”“不能接受”。此外，毕竟是民兵，也有发生违反军队上情下达的铁则的情况。

虽说如此，但长官的命令遭到轻视，那就天大的事。至少毋庸置疑，拉斐德侯爵这回颜面受损。

“停下来！算了吧！你们身为国民卫队士兵，职责不应该是平息骚乱的吗？你们的立场不是要搅乱巴黎，而是应该维持治安，不是吗！”

拉斐德侯爵方才怒吼，明显已经焦躁不安。因此当陛下因没有自由向自己发出诘问时，拉斐德感到仿佛是在嘲笑无能也无法统帅部下的自己。

能理解他高兴不起来的心情。但在脸上表现出来可就不妥了。就算要对其他人发火，那也不能对法兰西国王有此不逊的态度。路易不禁这样想道。

不，怎么说我也是法兰西国王，至少在我眼前不该摆出一副高傲自大的模样。拉斐德倒打一耙高喊自己是什么议员、国民的代表、主权拥有者，那我只能沉默不语。可宪法也承认我才是行政权的长官。好歹身负公职，应该得到相应的敬意。

说理的话不断涌上心头。但这次路易也没有说出口。继续紧逼不放的话，拉斐德之流也不会有什么办法。不，路易还没追问呢，反倒是被追问了。

“陛下，这样的情况下要开枪吗？”

请下开枪的命令，只要下了命令，这么小的骚乱用几分钟就能平息。接着拉斐德的提议开口的是巴黎市长，他接到急报匆忙从市政厅广场赶来。是的，是的，有了陛下的决断，我也方便行动。

“需要实施戒严吗？”

巴伊再次请求国王决断。他是学者出身的议员，在成为巴黎市长前，担任国民议会第一任议长，还是国民代表里的第一人。

——身居高位竟然如此不负责任吗？

要么是打算说民主主义的精髓便在于转嫁责任吗？路易满腹牢骚在心中骂道。

开枪、下戒严令，这么做的确能平息骚乱。国民卫队司令官拉斐德侯爵保住颜面，巴黎市长巴伊的危机管控能力也会受到好评。但同时，如果出现死伤者，则必然引发非议，会因而造成支持走低，甚至会被追究判断的正当性。那就麻烦了，所以两人想在事前规避责任。全部都是陛下的命令——预先准备好这个脱身的借口。

——只有在这种时候才顺应陛下的命令吗？

路易仍面无表情，这是他擅长的。他平静地告诉挤在马车窗边的两人，朕不准许开枪等事。为了朕而造成流血，那是朕所不愿看到的。

“眼下也临近神圣的复活节。”

“至少考虑实施戒严令。”

“巴黎市长，还不到那个程度。”

“但是……”

“这样下去的话问题得不到解决。”

拉斐德突然插话，一副要赖似的嘴脸。是啊，的确得不到解决。路易查看了怀表。

关在马车里前后已经一个半小时。现场负责人明显是无能的。同时，巴黎的人们也不太会改变态度。

“这样的话，中止圣克卢之行。返回杜伊勒里宫。”

拉斐德和巴伊听完，行动了起来。两人都松了一口气。陛下将返回杜伊勒里宫，不离开巴黎。全员，回到自己的位置！全员，回到自己的位置！国王接受巴黎人民的愿望。各位的活动得到了结果。

“辛苦了，辛苦了。那么今天就返回了。”

两人的声音听起来兴高采烈，路易十六越听越气愤。摆出一副好像麻烦解决的样子吗？还是说你们献媚的对象是群众呢？你们不敢得罪公民、国民等主权拥有者，只能让国王老老实实的吗？

被殴打得鼻青脸肿的马夫好像终于从群众的私刑里解放出来了，开始解开马匹的缰绳。马匹被带向远处北边的马厩。另一边，仆从赶来，用满是鲜血的手摆好踏板，再将马车的门打开了。

路易十六伸展了腰背，离开座位。前院仍然聚集的群众看见此景，发出一阵剧烈的欢呼声。欢呼声伴随王后、王子、公主下车持续着，声势愈发浩大。

——仿佛欢呼胜利一般。

不仅如此，好不容易撤走的人群又不断折返了回来。拉斐德也好巴伊也好，认为事情已经告一段落，或者是不想揽过多余的工作，两人都没有要制止的意思。

我可没功夫继续纠缠在这件事里了。

路易不顾折返的人群，继续走向杜伊勒里宫的玄关。虽然在意背后的情况，但他目不斜视向前疾行，就在要进入建筑的时候，背后传来一名女性短暂的悲鸣。

没有弄错。是王后跑过来了。而且玛丽·安托瓦内特用手臂护着王子，另一只手牵着公主。

——家人有危险。

路易一下转过身。卡鲁索广场的群众不满足于占据前院，甚至踏入了宫殿。国民卫队的士兵们仍然背着枪不动。

一看，人群趾高气扬地大步前行，同时嘴里大声地叫嚷着不敬之词。喂，有什么可遮遮掩掩的！让我们进去看看！是啊，去王后的房间仔细调查一下，看看是不是真有什么阴谋。可那是王后的房间啊。啊，是啊，你这家伙，不就好偷人内衣吗？

“到此为止。士兵们！”

路易一瞬间发出声音。响彻玄关，尖锐得连自己都吓了一跳。我的性格的确不容易激动。对待所有事都能面不改色，所以才能胜任法兰西的国王。

——但并不意味着我不会动怒。

我也不是那么没骨气。受到气势感染了吧，杜伊勒里宫一时间安静下来。

无视拉斐德命令的国民卫队士兵被国王的一声大喝打蒙，耷拉着脑袋上前。前院的群众看上去还打算冲进来，但好像发现了异常，虽无人命令，但都退回原处。

路易长舒一口气。这次不是叹气，而是一时的安心感。

看到人全走后，路易的手伸向自己的家人。各位，我们回房间吧。不用担心圣克卢之行，我会想办法的。好了好了，玛丽 · 泰瑞丝，不要哭，不要哭。路易 · 夏尔可没什么事啊。哈哈，到底是男孩子。不，是未来的法兰西国王路易十七啊。

3

米拉波不在的话

路易还是无法喜欢上杂乱无章的巴黎。

巴黎是王国最大的城市，必须给予相应的关注。关于这一点早就了然于胸。巴黎怎么说都是王室的金库。

包税业务，即先给王室上缴一定金额换以在管辖区任意征税的权利，干这行的人最多。全法兰西巴黎的御用商人也最多。甚至有一手就能包办军队粮草的大富豪，和这些人闹起别扭来的话，一兵一卒都动不了了。

——相对而言，此地众声喧哗。

这是理所当然的。事实上，路易作为法兰西国王曾和巴黎高等法院发生过争执。革命发生后，路易不得不承认其法兰西中枢的地位，但辨别是非和喜欢与否是两回事。

即便从小被教导这里是法兰西王室的摇篮，但对于出生成长于凡尔赛的路易而言，毫无乡愁之感。既然不曾有过什么快乐的回忆，停留于此也就并不那么愉快。

——讨厌的地方。

杜伊勒里宫也是，特别是从西向的窗边向外眺望，大都市的风景一片狼藉。最先映入眼帘的是塞纳河边的庭园，明快的颜色让人一瞬间如同身处凡尔赛，但与那里周正的几何图案之美形成对比的，是眼下四处扩建、看上去着实混乱的街道，好像埋在更深的黑暗之中。

——令人毛骨悚然的氛围……

这帮家伙是要杀死我们吗。路易暗自呻吟，一时间透不过气。他大口吐气，但就算大开着窗也不想呼吸外面的空气。

因为这里和凡尔赛不一样。清新舒畅的空气不用想，流入巴黎的空气充斥着污泥的臭气。

——已经到了一刻也无法忍受的地步。

路易痛苦地呻吟，连自己都不禁怀疑。对于巴黎喜欢不起来。这一点虽然不是谎话，但不曾想过会到一刻都无法忍受下去的地步。这座杜伊勒里宫并不比凡尔赛差什么，即便对这里没有什么不满，但还是在凡尔赛能睡个好觉。

想来自己并非那么容易受到周围环境的左右。虽然有喜好与否等感情，但起决定性作用的并非喜好。

因此，路易才不得不问自己。怎么回事，为什么巴黎变得令我忍受不了了？

——米拉波死了。

全部都要归结到那个人的死，路易越想越不禁感慨故人的伟大。

两周前传来讣告时，只当知道了米拉波的死讯，没有过多的思考。但随着时间过去，一种丧失感逐渐袭来。

——不管怎么说，那个人活着时情况不是现在这样的。

米拉波在议会拥护王室的权利。在法制化的实践中虽然并没有取得完美的成果，但其捍卫国王大权的态度这一点是所有议员周知的。

——有他在，其他议员便不会轻视王室。

轻视，就会惹怒米拉波，他们便退缩了。在拉斐德、巴伊等少数实权议员眼里，米拉波是唯一需要警惕的对象。他们明白与米拉波缠斗并不明智，就不会采取那种傲慢无礼的态度对待法兰西国王路易十六——也就是我。

——但米拉波不在了，怎么办？

人民大众并不是无节制的。比如凡尔赛游行一事，虽然发生过多次激进行为，但好歹守住了底线。他们对于王室的敬仰之情没有变。

但看看刚才聚在卡鲁索广场上的那帮家伙是什么模样。不说王室成员、不说贵族，就算是对待与自己无异的邻居，其态度也可称得上是极其荒唐了。

——靠拉斐德和巴伊等人没法遏制。

用枪炮威胁可以压制场面，又或许靠献媚讨得别人欢心是他们的拿手好戏，但他们做不到像米拉波那样自如地控制局面。是啊，那人也有很高的大众声望。既不用凭借暴力也不用花言巧语地接近，仅仅靠口才便能让人着迷。一旦遭遇敌意，立刻就能挽回局面，将对方再度变成伙伴。他就是这样一个人。

——虽然并不喜欢他……

路易心里接着想。这不是个大问题。我即便对不喜欢的事物也能够隐忍。

劝我重用米拉波的是王后。无论梅西·达尔让托大使也好，还是在法兰西与柏林都有土地的拉马克伯爵也好，推荐米拉波的全都是与玛丽·安托瓦内特的祖国奥地利有关的人。他是王后自己出钱雇用的人，我听从他的话到底是否正确呢？

路易不用自己与他见面。虽然曾与米拉波在全国三级会议、国民议会等场合见过几回，但厌烦他令人不安的或是强势或是自信满满的样子，怎么都喜欢不起来。

事实上委任他担任宫廷秘密顾问后一次也没有见过。直接派王后与他会面，路易只是间接地参与。

——但那也是不得已而为之。

我没法反对王后……路易脸上苦笑。自认为是在苦笑，但窗玻璃上若隐若现的脸庞，看上去是愉快的笑容。不，哪还能高兴得起来。

玛丽·安托瓦内特已经战战兢兢了。我厌倦了，已经厌倦了。从凡尔赛到了巴黎之后，每一天都充斥着刺耳的尖叫声。

她的性格不会让她不慌不忙地等待好机会。眼下有不愉快，那就一刻也不能忍受。在不愉快消失前，不做点什么便不得安宁。对于能够帮自己使王后恢复平静的米拉波，路易也采取了默许的态度。

玛丽·安托瓦内特对这位首屈一指的辩论家在议会的活动寄予了过高的希望。不，从米拉波的工作情况来看可能并没有过高。但现在若要对此评价的话也没了意义。王后的希望的确落空了。因为米拉波已经死了。

“那么就再找其他人来！”

王后又尖叫起来。这样的生活一天都无法忍耐下去了。要是米拉波还活着，这次也不会发生去不了圣克卢这种倒霉事。他已经死了，这是没有办法的事，再找其他什么人吧，求你了，求求你了。

——话是这么说，但还有能指望的人吗?

路易想了又想。说起能够代替米拉波的大人物，第一个就是拉斐德侯爵。

——但那样不行。

路易刚想到他便打消了念头。怎么想都不行。那个小孩子气的人靠不住。

不仅是四月十八日没能打开通往圣克卢的路，拉斐德丢脸的事可不止这一桩。在之后的事件中也是怠慢的。

——他在二十一日辞去了国民卫队司令官一职。

鉴于其麾下的士兵全副武装参与了卡鲁索广场的骚动，应该要负管理不到位的责任。但事实上却没有。拉斐德只是吵着“他们不听从我的命令，我才不管”，总之像孩子似的噘嘴抱怨。

第二天二十二日更加印证了此事，他又推翻了之前的说法官复原职了。好像是国民卫队的代表到他家拜访，一把鼻涕一把泪地说“我们的司令官只有你才能胜任”，劝说其留任。拉斐德对此颇为感动。着实让人忍俊不禁。

——他所有的言行都是为他自己。

要是哪天忘记了王室的品格，路易最想对他吐唾沫。拉斐德没有为王室考虑半点，全都是为自己。但若说最终目的是为了自己吧，但头脑里没有一星半点牺牲眼前换取长远利益的弯弯绕绕，总是想法简单，只希望自己当下不要受到损失。

另一方面，巴伊也靠不住。本来就是他容许群众随意集会的。缺乏领导力，让人怀疑其巴黎市长还能担任多久。

——到底还得我来啊。

路易自言自语，之后大大叹了口气。可窗玻璃上映出的自己看上去好像挺开心似的。

他自己也明白，与其说是悲叹自己因米拉波之死而不得不背负的辛劳，倒不如说是装出悲叹的样子的成分更大一些。一方面的确会很艰难，但另一方面抑制不住昂扬的自尊心。快要登台亮相了。我自己来，让你们瞧瞧。

——不管怎么说，我并不愚蠢。

路易想，已经忍受不了被人认为愚蠢。背后被人说迟钝，我承认自己并不机敏，但对于被视为愚钝无法释怀。视我为愚钝加以嘲笑的革命不才是轻率、欠考虑的吗？这一轻率之举足以致命。

——证据就是一个问题都没有得到解决。

路易想逮住一个为革命辩解的人逐一质问他。财政改革如何了？恢复经济如何了？持续暴跌的指券呢？虽然是以教会财产为担保发行的纸片，但教会也包括在国有化事业之内。所以说教会改革呢，进程进展如何了？

要是让路易来说，议会、民众都只会摆出一副当权者的气势，但并不能做好与之相配的工作。不仅如此，还什么都没做成。不管做什么都只是使情况恶化而已。如此一事无成的革命有什么资格嘲笑我愚蠢、迟钝呢。

——我讨厌米拉波也是因为这一点。

虽然他确实有能力，但有时让人郁闷。他强加于人的态度又超越了好恶的范畴，已经是令人难以容忍的程度了。

事实上，这时不时地让路易感到屈辱。他越是一遍一遍地向路易反复叮咛，路易越感觉自己好像被骂不明事理；他越是向路易提出诚恳的忠告，路易越感觉自己被嘲弄连如此简单的话也理解不了。

——我才不需要那普罗旺斯的放荡贵族教我呢。

虽然不会像孩子似的大声叫嚷不需要、不需要，但路易有自信的一面，那也是一种不轻易对外表现、藏于内心深处的自大。这不正是有智慧的佐证吗？

路易数遍法兰西历代国王，自己是少有爱读书的。除此之外还对科学造诣颇深，也很喜欢百科全书派的著作。不仅是狄德罗、达朗贝尔，他还对启蒙思想有所了解。包括孟德斯鸠、伏尔泰、卢梭等改革派政治思想。

路易自诩为进步派，也能以改革派自居。证据就是支持对法兰西毫无益处的美国独立战争。的确有给英国一击的想法，但若以此为动机的话，对于决定支援美国的法兰西国王来说，失远大于得。

——支持美国独立战争是因为，那是一场独立革命。

通过殖民地人民的胜利，能够使新确立起的美国公民的权利得到保护。

再让路易来说的话，改革的思想在本国也相同。不，应该是更加有热情。话说回来，不正是我提出征税的平等性，与特权等级为敌的吗？在与高等法院的缠斗中顺应时势，英明决断时隔一百七十年重开全国三级会议的不正是我路易十六吗？

不曾想事态急剧发展，民众起义暴动。为了平息此事也派遣了军队，但即便如此还是打消了大屠杀的念头。

要是有这样的念头，巴士底狱陷落时就不会放弃武力干预。调动战神广场上待命的五万军队就能立即与之决战。没有采取此举本身，不正说明了一切吗?

——我路易十六，才是启蒙的时代之子!

4

决心

路易走到朝东的窗边。

在杂乱无章、零零散散重叠的商铺围绕之中的是卢浮宫。那青色的方形屋顶连成一片的建筑自从中世纪以来便是正宫。

沿着塞纳河河岸的回廊是十六世纪加建的，用以连接此处的杜伊勒里宫，但从另一个角度看去却是一个单翼的奇怪建筑。要由我来建的话，还要再造半边。拆除杂乱的建筑，铺上石头建成内庭，重新划分区域。这样一来就能让巴黎重生成为壮丽的都城。

——我有这个力量。

我已经完全理解了米拉波的政治信条。所谓承认革命，路易用他自己的方式解释，那就是消灭特权等级。

——想来，旧时的法兰西也是纷繁复杂啊。

贵族占有大大小小的领地或身居大大小小的官职，教士和修道士掌握教会特权、将教会的庄园据为己有。有具备法人资格的都市，也有举办州三级会议，聚集当地的名流发挥政治影响力的。正是在这样无数不足以分裂国家但又不容小觑的不大不小的政治势力的支持下，才保证了法兰西国王的地位。

——要摒除这一形式。

米拉波的观点是不再依靠这些不安定的、会时不时打起反旗的基础，而是通过法律巩固法兰西国王应有的地位。我明白的，这一点我明白的。

——虽然明白，但做得到的话，一开始就不用费事了。

如是希望得到法律与国民意志支持，那直接面对国民就可以了——这些国民没有等级、没有特权之别，所有人都被赋予平等的人权，他们是手握人权、人人平等的国民。他们也准备与国王面对面。此前在贵族、教士妨碍下模模糊糊的形象得以显露真容，毫无疑问他们欢迎身为国父的国王。若是米拉波的话，或许能够将这愿景继续下去，但路易不禁抱有怀疑。

——真的会那样吗?

看看不断傲慢起来的民众。如果表现出处理妥善的样子，民众便大吵大闹，说什么国王承认了自己的罪过或是接受了失败，天真地为此得意洋洋。结果便是轻视国王的大权、对国王的权威愈发不敬，国家元首对革命承认与否也变得没有必要了。

——我并不是不明白王后厌恶的心理。

路易心里接着想。不能承认革命。不可能与如此野蛮、无礼的民众联手。因而不能退让，拒绝米拉波想法的其实是玛丽·安托瓦内特王后。

虽然赞赏议会首屈一指的雄辩家，但一码归一码，王后似乎有她自己切身的感受。就是说，如果民众敬畏陛下的话，那倒也可以听从米拉波的观点——即便如此，王后自己无论如何总被当作恶人。一直被骂什么喜欢浪费的赤字夫人、什么爱玩的厚脸皮、到底是奥地利的密探，事到如今没有理由亲近这些对王后毫无尊重的人。

“……”

现在这个时刻妻子的尖叫声虽在远处，却无法逃避地钻进耳朵深处，路易一边听着一边不由得自言自语，吐露心声。我的苦恼不被任何人理解。不必说拉斐德、巴伊等人，就连米拉波、玛丽·安托瓦内特王后也只会将我撕裂开来。

——结果也只有凭自己的力量解决。

透过同一扇玻璃窗，由远处庭园看回近处，可以发现一栋东西向的细长建筑。那里是议会所在的杜伊勒里宫小围场的附属大厅。应该做工作的对象近在咫尺。真的毫不费事。

——只要横穿过院子。

事实上路易已经采取行动。四月十九日，被群众阻止前往圣克卢的第二天，他书信一封，告之亲临现场的希望，便自行前往议会。

议会方面慌张起来了。似乎开展了紧急讨论，商量应该以什么方式迎接国王。是否应该由议长查武鲁自己到宫殿玄关迎接？不，议会才是主权拥有者，让议长去不可理喻。那么可以不起立欢迎国王入场吗？还是应该脱帽行礼吧？

路易步入了吵吵嚷嚷的会场。他并不期待举行什么仪式，本来也不知道议会的规则。快步走到议长席旁，在那儿一览议席，直接告诉他们应该说的话。也就是对于圣克卢之行遭到妨碍一事感到十分遗憾，希望议会能厘清是非、妥善处理。

似乎讨论白费了。但如今比起对国王表达敬意，议会更加害怕民众的愤怒。巴黎的人们不开心的话，还是请国王放弃前往圣克卢的计划。议会只是非正式地派遣议员代表进行劝告。

虽然义愤填膺，但不至于闹起别扭。既然是自己要来的，不可能就此放弃对议会做工作。

路易走回窗边。

“话说，朕写的信如何？”

“非常好，无懈可击。”

回答的人是外交大臣蒙特莫兰。那么明天就由鄙人出席议会，代陛下朗读这封信。同样的内容已经送妥各国大使，没有遗漏。

“议会肯定欢迎此事。法兰西国王在祖国的革命进程中公开支持宪法，向诸国宣示，这份热情不减反增。”

王室和议会讲和，这正是米拉波深切的愿望。蒙特莫兰含泪如是说完，便退出房间。路易目送他，心想，我才不禁要喜极而泣呢。

蒙特莫兰是当今内阁唯一能用的大臣。但也不过是作为一个棋子忠诚地为我效力而已。他并不是能自己思考自己行动的人。原来如此，空有其名，不过是米拉波的人偶。他现在听从于我，这个男人不过如此。

——果然只有我出马了。

听到窸窣的声音，是旁边的书桌开始处理后续工作的声音。秘书正在将口述抄录成托付给蒙特莫兰的信。要给主要国家大使各书信一封，得准备不少封信，秘书的指尖肯定已经疲惫。很遗憾，工作还没结束。

“对了，还要再写一封信。写给布勒特伊。”

秘书听闻重新拿起笔。没有不满，神情认真。非常好，侍奉国王需要的只有无条件的服从。

——无论何时、无论什么样的情况……

书信的对象布勒特伊恐怕身在奥地利。他是法兰西王室的忠仆，接替被撤换的内克尔入阁。因紧急的内阁人事变动引发了次日的巴黎震动，那是一七八九年七月十一日的事。

十四日巴士底狱陷落，十六日决定内克尔官复原职，布勒特伊于十八日随阿图瓦伯爵一起到了国外。他是流亡贵族之一，当然，其大臣一职被公开解除了。

但路易并不打算放弃他。在其辗转于国外期间，路易同他秘密取得联系，将其作为秘密大臣重用。

给布勒特伊的信是这么写的。

“请你向各国宫廷口头传达此事。想必已经阅读了经由大使转达的支持革命和宪法主旨的信件。但那并不是法兰西国王路易十六的真实意思，不过是欺骗议会的手段。法兰西国王今后也将继续同各位珍视传统价值的王侯站在一起。”

秘书再三眨眨眼。说得过分点，这封信的内容内幕颇深，大约是因此无法马上落笔吧。但是，你就闭嘴动笔。若想侍奉国王，当个好使的道具就行了，只要按照命令办事即可。

——尚能用的棋子还有布耶将军……

路易在心里继续想。布耶将军驻扎在洛林国境，他是可以掌控驻军的司令官。他也曾经历“南锡事件”，严惩了违反军纪的瑞士雇佣兵，在巴黎引起非议。

说起棋子，这不是路易自说自话，而是王后促成的。她想要逃离眼前的痛苦，为了逃离就必须做点什么。玛丽·安托瓦内特王后因为这种性格，很容易陷入“必须逃离”的想法中。逃离，指的是离开巴黎逃往奥地利。有看守国境的布耶将军助一臂之力的话，逃亡国外的冒险计划并非不可能实现。

——确有出逃的计划。

巴黎的传言多少也有真实的成分。马拉也好、普吕多姆也好，那些具有煽动性的报纸出版人并不会将毫无根据的传闻印成铅字。

虽说如此，路易仍不免感到荒唐。取得奥地利皇帝的帮助，妄图与逃亡在外的贵族汇合等种种传闻虽然说得煞有介事，但其实都只是王后制订的计划而已。

这不是真正的政治。若要从事政治就必须以另一种态度对待。

——堂堂法兰西国王不应该偷偷摸摸地逃走。

仅就米拉波这一点主张，路易也大为赞同。堂堂法兰西国王，在地位逐渐受到威胁的当下，反而必须表现得泰然自若。

哪怕能使玛丽·安托瓦内特消停一会儿的话，就放任她计划去吧，但路易自己没有试图逃亡的想法。

——但是……

米拉波死了，情况有了变化。已经失去了与议会协调关系的手段，也失去了与民众调和的办法。原因也不在我，而在于议会的无能以及民众缺乏分辨能力。

以大胆无畏的行进队伍堂堂正正地离开巴黎，到其他地方宣布解散议会并设立临时政府——这样的绝招除米拉波外无人能办到。

一个人独自身处寒冷的巴黎。回过神来，路易仿佛赤身裸体。接连不断的暴风侵袭，毫无藏身之地。这样下去别提什么用政治手段妥善处理王室地位，就连家人的安全都可能遭到威胁。

——事已至此，只有这个办法了。

只有轮到我出马了。准备好信，路易让秘书退下。仆人没有用，能帮助我起事的人少得可怜。布耶将军已经答应协助。那个人应该也能用。多次往返巴黎和洛林，为我做了全部准备。

——费尔森……

不是很想用他，路易暗自一吐为快，随即离开下层的办公室。上了楼梯，打算到王后的房间看看王子和公主。是啊，我们是一家人。家人总要在一起。

不是政治，也不是经济，甚至不是自己的骄矜。无论王室还是庶民，人最后的价值毫无疑问在于家人。

5

绝招

马克西米连 · 罗伯斯庇尔作为制宪会议成员之一，如今仍有一项无法放心的课题。那就是所谓的“马克银币法”，即按照纳税金额的多少限制选举权与被选举权的制度。

这项新的选举法一旦经议会通过、由国王批准颁布实施，本来应该一体的法兰西国民将按照纳税的多寡，不由分说地被划分为两种，一种是缴纳一定赋税而能参加政治的积极公民，一种是不纳税而无法参与决策的消极公民。

能加入国民卫队的也将只有积极公民。现有的消极公民不会被逐出军队，但今后将不允许新的消极公民加入。

——有如此荒唐之事吗?

即使被告知这就是现实，但罗伯斯庇尔仍不放弃。因为依赖，人权宣言就成了一纸空文。虽然摒弃了光是贵族得到回报、平民得不到回报的社会，可这下却要变成富裕阶层得到回报、贫困阶层得不到回报的社会了。这就失去了改革法兰西的意义。

——不仅如此，议会还自己创造出新的等级制度。

贵族的交椅如今将由资产阶级坐上，如此这般的话这便不再是革命了。罗伯斯庇尔义愤填膺，至今也不是没有付诸行动。

他再三提出废除马克银币法的提案，被议会严正拒绝。但侥幸在丹东率领的科德利埃俱乐部的支持下，得以发起在野的市民运动。

马拉、德穆兰、普吕多姆等人在自己发行的报纸上呼吁废除马克银币法。巴黎各街区也发起请愿，呼吁议会重新审议。

——到了必须要地动山摇的时候了。

罗伯斯庇尔这样想着，开年以来他一直奋笔疾书。他所执笔的小册子的题目如下所示。

“马克西米连 · 罗伯斯庇尔致国民议会的一项提议。关于应紧急取消通过马克银币或按职工一定天数工资对应的税额限制行政公民权的法令。”

脱稿后在三月末付印，能够分发的时候正好在米拉波死去的前后。议会、政府机关和巴黎不用说，通过雅各宾俱乐部的地方支部，尽可能传播到法兰西全国各地。

反响不坏。申明站在同一战线的人络绎不绝，各大报纸还进行报道，甚至成为数周关注的话题。应马上废除马克银币法，至少应重新打回审议！这样的声音高涨。尽管如此议会仍不为所动。

“……”

罗伯斯庇尔愈发感到焦急。这样下去恶法将被通过，成为法兰西宪法的一部分。制宪工作顺利进行的话，就会在九月颁布施行。

宪法颁布后也不是不能提案。既然已经完成了使命，制宪议会将被解散，但并不意味着法兰西国家制度里不再有议会的存在。

对此，将改为成立立法议会，定于十月召开会议。议员选举、召开各地的选举人的第一次会议等工作已经在具体展开之中。

——但这是在施行马克银币法的情况下进行的。

能够当选的只有资产阶级。支持马克银币法的议员固然会投赞成票以确保自己能够再次当选。将来的立法议会上实行的也会是属于有钱人的、受有钱人控制的、为了有钱人的政治。他们不会顾及贫困阶层的利益。他们根本不会就修改马克银币法进行讨论。

“但那样真的合适吗？”

五月十六日那天，罗伯斯庇尔也挤入了议会会场。不只自己要求发言，还突然登上演讲台。而且他重复如此，使得一众议员无法完成工作。这是民主政治自古希腊、古罗马时代流传下来的一种不成文的习惯。

“应该严格禁止议员再次参选。”

他向会场疾呼，但好像击中波浪一般，还不是小的浪。原来如此，这项提议对在场的任何人来说都不可能事不关己。

五月十六日的议事从制宪议会的报告开始。杜尔代表宣读的是关于未来立法议会组成等事项。

宣读的文字中有下面一句话。

“原议会成员可以参加下届议会的选举。”

罗伯斯庇尔对此咬牙切齿。这是实行马克银币法的选举。这项法律从最初就定下了再次当选的前提。如果不能废除选举法本身，必须至少在议会参选资格上加以限制。

“我反对。关于杜尔报告里提到的允许再次参选的条款，我绝不承认。而且请不要误会。作为立法议会的议员在自身的利害上应该最大限度地与一般大众保持一致。一直在议会里是危险的。一旦下野就会重新找回公民的感觉，便会一直努力保持不与公民相悖。”

下面光是乱乱哄哄一气。但罗伯斯庇尔鼓舞自己，这还远远没完呢。如果仅仅将我的陈述理解为单纯讨论宪法的话那就错了。自己提出的高尚精神当然可以指宪法条文，但同时也与现实的政治密切相关。

——说得清楚些，这是为了设置政治论争的手法。

罗伯斯庇尔继续说。否则的话，便无法取得法兰西国民的支持。这不是为私利私欲而设的制度，我们不是权力的奴隶。如果不提前表明态度，宪法本身便会遭到怀疑。或者该说，我们不应该从开始就做出表率吗?

“现职议员全部卸任重归公民。这样一来公众便明白立法议会里也不允许议员无意识地再次参选。”

“……”

“我在这里宣布。制宪议会的议员不能有被选举权。至少第一次立法议会没有议员再次参选。”

他的意图应该相当明确了。但从讲台上环视会场，还是能看到几个人一副嘲笑的表情。他们要说的话通过奚落嘲笑传到台上。

“罗伯斯庇尔议员，那不就是自杀行为吗? ”

“你会丢掉议席的。要被剥夺参加议会政治的资格的。”

“重归公民，寒酸的乡村律师下野了，最后没有容身之地。你最应该做好思想准备。”

小个子虽然承受着所有这些话，罗伯斯庇尔仍坚毅不拔。我明白这是自杀行为。我早就放弃了再次参选。即便没法成为立法议会的议员也没关系。哪怕到了不得不牺牲自己性命的地步，也不会让议会那些靠着马克银币法得益的家伙们得逞。

——本来就希望哪怕下地狱也要带上这帮家伙。

罗伯斯庇尔祭出绝技。自取灭亡也好，同归于尽也罢，让众人知道自己的坚持，绝不会后悔。

不仅如此，现在还有希望。不允许现议会的议员再次参选的话，立法议会将会全部由新人组成。当然，那些新议员也将是通过马克银币法选出的。全是富裕的资产阶级登上议会的舞台这点不会变。但他们不一定和现在的议员一样，有可能会产生新的篇章。

——说不定能将马克银币法驳回重新审议。

罗伯斯庇尔感觉到了，存在渴望参加政治的新兴势力。对于将会逐渐席卷法兰西的新兴政治势力的浪潮，他不免热血沸腾、难以自抑。自己发行报纸、投身街头活动，或是倾听雅各宾俱乐部的讨论，虽然身处各地但被革命之都巴黎传来的消息牵动着一喜一忧的热血汉子不断在这个国家涌现，如今不会有绝迹的征兆。

这些也是在野会给予我支持的人们。一直以来的看法是，其中庶民占大多数。但来自富裕的资产阶级的人也不会消失，就具有选举权和被选举权的人来说绝对不在少数。

有志之士通过选举当选为议员，至少与现在的议员不尽相同。现在的这些家伙当时不曾想会发生革命，当选全国三级会议议员后以游山玩水的心情来到凡尔赛，对于出乎意料的事态大为慌张。这些家伙政治意识低下，也没有改革动力，且缺乏进取心，反倒是偏爱秩序的保守思想根深蒂固。新议员和这些支持马克银币法的议员从一开始就是两类人。

——我也能和新任议员一起战斗。

这次我将以公民的身份鼓劲加油。所以我不拘泥于议席，而要采取大胆的手段。效仿米拉波的绝技，我要开拓新的政治。罗伯斯庇尔心中默念，环视会场，随即走下讲台。

最后得到确认的是，会场的反应在自己的料想之中。鼓掌喝彩响彻会场高高的天花板，震耳欲聋。全场气势如虹，将所有人一个不漏地裹挟其中。

议席左右兴奋不已，人们踢开椅子站了起来。

中间议席的议员被两侧的人群包围，大为震惊。嘲弄的奚落声不得不渐渐退去。不管怎么说，知道了左派是支持的。只要是激进派，再荒唐无稽的绝招都会毫不犹豫实行。但就连右派也无所顾忌地赞颂罗伯斯庇尔谬论般的演说。

——这正是效仿米拉波。

自认是其弟子，我从他那里学到许多。罗伯斯庇尔能如此自信地小声自语，是由于事先跟右派斡旋，笼络住了保守阵营。

——这并非做不到。

两派现在乱成一团，这是米拉波擅长的。为人民权利争取到底的左派与执着于捍卫特权的右派，两者的敌人其实是同样的。为支配法兰西而诞生的新等级的立场无论是废除等级制本身，还是保护旧等级，两者暂时都是无法接受的。

——即便你们平时看不上的激进派也比你们这些人强。

罗伯斯庇尔远远看着中间议席。被称为平原派、沼泽派的中间资产阶级议员们看看右边看看左边，对意料之外的事态默不作声。

接着，罗伯斯庇尔为他们感到遗憾。因为他们大多是缺乏热情、缺乏主见的墙头草，这帮家伙除了自保不关心任何事，只要自己的期望能有个着落就行。

因为占多数派，其势力不容小觑。但应该担忧的不是平原派，而是那些与他们为伍、将自己所想强加于议会的家伙。

能够很清楚地看清坐在中间议席偏左的一帮人面露苦涩。罗伯斯庇尔咬住双唇，看到他们在叽叽咕咕地相互交谈的丑陋的样子，一时间动摇了。

——没想到会成这样……

就在昨天还没有切实地考虑过。他们本来都是志同道合的同志。他们是互帮互助共同在议会奋斗至今的真正的伙伴。但不曾想竟然变成了不加掩饰的敌人……

混乱不堪的会场传来一阵尖锐的声音。我要求发言！我要求发言！在对方发表内容前，罗伯斯庇尔已经听出了其中反驳的意味，他不安地轻轻叹息。果然出现了。如今不掩藏、直接现身。

“请阿德里安·迪波尔议员发言。”

得到议长许可的是三头派其中的一员。迪波尔、拉梅特、巴纳夫的三头同盟正是罗伯斯庇尔当前狠狠瞪着的敌人。

6

三头派

——三头派很可疑。

果然有不寻常之处，突然让人感到奇怪，愈发可疑起来。米拉波死去后不久，罗伯斯庇尔越来越感到需要警惕。

是因为议会首屈一指的雄辩家逝去而没什么可畏惧了，抑或是被塔列朗之流误导了，三头派打算自认为米拉波的后继者？罗伯斯庇尔虽然并不否定他们想要领导议会的想法，但绝无法接受他们提出的方向性。

——强行整合。

罗伯斯庇尔有如此印象。

颁布宪法的日子越来越近，君主立宪的脚步也近了。革命确实成功了。因此当前紧要的是保持国家安定，哪怕有人提出新的问题也忽视之，零敲碎打地整合起来。

——但那是为了谁的革命呢？

成果是为了谁呢？他们越以强硬的态度示人，罗伯斯庇尔越无法收回矛头。

对于马克银币法他们本来持反对立场，不允许区别对待积极公民和消极公民。他们对只顾及资产阶级、富裕阶层等特定集团的利益的做法义愤填膺，如今却为了个人利益左右议会，让人不免更加怒发冲冠。

“说什么有色人种没有人权。”

美国人的权利也是近来出现的一个问题。法国所说的美国人，指的是从非洲被贩卖到法兰西占有的加勒比海地区的殖民地，在那里被奴役的农场奴隶。议会开展了关于这些有色人种的权利的讨论。

这在罗伯斯庇尔看来是不言自明的。有色人种也有人权。人权天赋，与生俱来，根本没有否定的余地。

由此立场来看，发端于五月七日殖民地委员会报告的一系列讨论着实令人气愤。因为讨论的对象从开始便限定在自由的黑人，也就是和白人的混血儿以及解放的奴隶。换句话说，又在对人进行区别对待。

“如此荒谬！给予如今仍作为奴隶遭受不义虐待的人们以人权才是头等大事。”

罗伯斯庇尔他们开始了论战。不曾料想，无论在议会还是雅各宾俱乐部，树立反对大旗加以阻挠的是本该有一致理想的三头派。

对于三头派采取的态度至今仍无法理解。怎么说，贵族也好平民也罢，他们本该是为改变以出身定身份的社会而努力至今的革命中坚力量。

所有人都是平等的国民，打出公民的旗号，却在参与政治的资格上把富裕阶层与贫困阶层分隔开。罗伯斯庇尔不认可这种做法，一直反对马克银币法。但对方的问题在于，其逻辑也算说得过去：他们认为凭借努力，谁都能成为有钱人。现在哪怕没有选举权，或者说是连选举权都没有，将来也是有机会得到的。

——可是无法改变与生俱来的肤色。

正因为改变不了肤色，所以人的价值不应该被其左右。这本来是不言自明的道理，但三头派断不承认。

——归根结底是贵族吗？

罗伯斯庇尔也放弃了。打着开明派的旗号，但出身贵族的人还是有其贵族身份的局限性吗？

原来如此，迪波尔等穿袍贵族也出身名门，属于指导巴黎高等法院的序列。至于拉梅特兄弟是更加古老的佩剑贵族的后裔，家中元帅、提督辈出，正所谓世家名门。

——但巴纳夫不同。

在全国三级会议之前，巴纳夫是领导多菲内式三级会议的法官，属于第三等级议员。虽然出身较为富裕的资产阶级家庭，但并不是贵族。如此一个人为何会不承认美国人的权利呢？

事实上，平民出身的巴纳夫是否定有色人种人权的急先锋。搞不明白，无法理解。但转换对象听听拉梅特兄弟的理由，一下就明白了。

拉梅特一家在殖民地拥有巨大利益，在加勒比海上的安的列斯群岛上经营有种植园。

失去奴隶劳动的话农场无法经营下去。给予有色人种人权等，情况会变成甚至需要支付工资。同样担忧殖民地利益的资产阶级给三头派提供了充足的政治资金，他们愈发变得不承认美国人的权利。拉梅特兄弟亲自登台的话太过露骨，思考之下换成盟友巴纳夫出面。

——三头派牢固的友情可喜可贺，这件事就这样定下来了吗？

就算开玩笑也笑不出来。反而心头涌上愤怒的疑问：那便是你巴纳夫认为的正义吗？将自私自利的逻辑拿到议会上公开，这不正是可耻的行径吗？

——已经到了不可容忍的地步了。

罗伯斯庇尔暗自决定。共同奋斗的同志一定会走到一起——这种天真的想法他要全部抛弃。于是，五月十六日迎来的议会审议的过程也可想而知了。

分歧之下在十七日、十八日连续数日的讨论上，阿德里安·迪波尔再三表示，应该允许议员再次参选。制宪议会议员，尤其持保守稳健的态度的人，如果下届议会上不能参选的话，恐怕革命会激进化。

“不得不讲正是那些整天高声叫喊人民主权之辈正在糟蹋主权。”

说这话的迪波尔应该是只顾着反对罗伯斯庇尔的提案，而不是积极地说明再次参与的必要性吧。

“这完全是异想天开的笑话。说什么允许议员再次参选的话，会忘记公民的体认，进而导致自由与平等倒退。这不可能。就是说自由也好、平等也好，这种理念具有不可避免的属性，因为它们会不断普及、不断成熟。应该说是，非但不衰弱后退，还具备令人惊叹的生命力。其力量会说明一切，不断修正错误，朝着社会的广泛化发展。听好了，不能排除最终可能发展到要求进行土地再分配的地步。”

迪波尔最后威胁农地法可能遭到修改，笼络多数是地主的资产阶级议员。我站在这里大声疾呼不是因为我想再次参选，而是为了法兰西。因为不愿再看到动乱了，必须避免陷入无政府状态。这个国家如今正盼望着树立正当且正确的政治。这就是我的发言。

“你说革命已经完成了。”

关于议员再次参选一事，罗伯斯庇尔可以说取得了实质性胜利。

杜尔对于提案面露难色，重新申明制宪委员会原案的正当性。梅兰特立即表示赞同。与此相对，第戎无视制宪委员的意图，支持禁止再选，同时也提出被选举权无效的时间为四年。佩蒂翁纠正道，两年左右为好吧。加拉、比佐对此表示赞同。勒沙普里安仍然固执认为应该允许再选。

迪波尔之后各位议员依次登台，一个接一个拉开嗓门。但是高处的旁听席发出的声音大到盖过台上的声音。会场骚然一度到了一有议会发言支持再选，便很难听清其发言主旨的地步。

占据旁听席的人们，也就是无名的大众，他们完全与罗伯斯庇尔站在一边。

——效法米拉波的战术又奏效了。

散布小册子的攻势奏效了。十六日一决定继续审议，罗伯斯庇尔当即请求取得议长的许可，假借米拉波的《全国三级会议报》的名义广泛分发提前备好的纸片：

《马克西米连 · 罗伯斯庇尔致国民制宪议会关于国民制宪议会议员再次参选的建议的一封信》

审议推迟到十七日，这次发起更大的攻势，假借《普罗旺斯通讯》的名义分发《马克西米连 · 罗伯斯庇尔致国民制宪议会的第二项建议》一纸。

当然，表面上的目的供议会审议的各位阅览，但事实上阅读的人是各报记者和公民中的有识之士，而并非议员。也就是占据旁听席而不是议席的人们，与他们为伍给会场施加压力才是罗伯斯庇尔最初的意图。

——这一举动是决定性的。

五月十九日，议会接受巴雷尔提出的妥协案，正式做了决议。即立法议会的议员也可以参加下一届立法议会选举。但是在这两年内禁止一切形式的再选。承认再选最早从第二届立法议会开始。

“换句话说，九月本届议会解散之时制宪议会的议员同时解除职务。”

支持马克银币法的议员也不得不全员下野。罗伯斯庇尔取得实质性胜利。

中间派资产阶级议员改换宗旨，为事实上禁止再选投了赞成票。他们满足于到九月末结束的任期，从光鲜的议员回归自己本来的营生。

他们迫于舆论的压力，畏惧民众采取暴力，生怕搞不好自己会被盯上。一早他们就打定主意，若要让自己正面迎击激进的声音，那就不作反抗。哪怕对妥协案的反感难以释怀，他们也无法撤销它。罗伯斯庇尔早就看透了事态的发展。

——但还有真正的敌人。

三头派他们自然会反对到底。虽然难以接受巴雷尔的妥协案，但像罗伯斯庇尔那样展开散布小册子的攻势、试图通过大字报引导民众，或精力充沛地与议会斡旋，他们是做不到的。他们不可能抵抗到最后。罗伯斯庇尔出人意料地使他们泄了气，不得不爽快接受了失败的结果。

——话虽如此，但也能察觉到他们内心的想法。

迪波尔、拉梅特、巴纳夫都会在今年九月失去议席。但他们并不会停止自己的政治活动。

原来如此，一点也不奇怪。罗伯斯庇尔也考虑到了这一点，自己也会继续下去的。

——下野并不意味不再需要继续战斗。

现实中有发行报纸、积极投身街头活动、组织公民运动的同道伙伴正在奋斗。渴望参与政治的新兴力量中说不定会涌现出立法议会议员。通过新任议员间接影响议会才是现实的手段。

——若没有立足之地才是靠不住的。

有一个地方罗伯斯庇尔可以依靠。

——我会在雅各宾俱乐部奋斗。

7

宣战布告

即便不是议员，只要立足雅各宾俱乐部便能够完善政策。过去至今一直通过提出理想、制定现实的措施，或是为实现措施而构建战略来影响议会。虽然不是自己站在演讲台上，而是通过其他担任议员的会员介入，但今后这应该不是办不到的事。

罗伯斯庇尔对此越是坚信不疑，就越是不得不将目光转向一个不像话且令人不快的事实。

——三头派也在雅各宾俱乐部。

且其更是占据主流派，能够影响多过半数的会员。如果仅限于担任议员的会员，三头派的优势是压倒性的。

另一方面，罗伯斯庇尔只能在俱乐部一般会员众多、革新左派之中称得上是中心人物。

三头派如果有正常的判断善恶的能力，罗伯斯庇尔也不会有异议。但事情发展到这个地步，他们已经只是阻碍。留在雅各宾俱乐部，如果迪波尔、拉梅特、巴纳夫等人失去议席，也会将这里视为活动据点，那么罗伯斯庇尔可能连立足之地都会失去。

罗伯斯庇尔不会袖手旁观。总把我当成光说正义的乡下人嘲笑可不行。我会把三头派赶出雅各宾俱乐部。

“实际上，我收到了来自马赛和土伦的爱国者的不满意见。”

到了五月二十七日。议会会议结束的当晚，这回，罗伯斯庇尔登上了雅各宾俱乐部的演讲台。

这一天集会的情况也不坏。撒在头发上的粉飞扬，空气都发白似的。由图书馆改造的集会场所几乎满员。

三头派也齐聚于此。迪波尔、巴纳夫，还有拉梅特家族的西奥多、夏尔、亚历山大三兄弟也前来助阵。

再放眼望去，傲然坐在那儿的都是支持三头派的人。不用怀疑，有椅子可坐是担任议员的会员的特权。

另一面，罗伯斯庇尔的同伴多是站着。也有人被赶到边角，不确定是否能看清演讲台上的人。

——正因为如此其长处才可能施展。

局外反而相近。眼睛尽是紧盯着政治中枢，不知不觉间，常常忽视的也会看在眼里。或者不如说是因为大人物不予理睬，对方才会在暗中提醒。

“其他人不去倾听他们说的话，他们的抱怨才纷纷传到我这里来。”

罗伯斯庇尔继续说，罗讷河口省对于革命热情高涨，雅各宾俱乐部的支部也积极活动。马赛也好、土伦也好，改革的热情都逐渐高涨起来。地方上的会员对于本部颇为不满：“雅各宾俱乐部本部的那帮家伙热情已经冷却了。”

“是哪一个竟口出狂言！”

“这算什么不满！”

不知道是谁突然说道。但是谁也没关系。罗伯斯庇尔有意看着三头派回答。

“没有报告下发到地方支部。革命是否进展顺利？他们对此感到不安。”

“不可能。大会报告都发下去了。”

坐在三头派背后的某个人应答。说不定和刚才突然说话的是同一个人。或许是新人想要维护自己的领导者。但罗伯斯庇尔对此毫不在意，而是目不转睛地看着敌方的大将。不满的矛头应该是指向那里的。

“可能的确把大会报告发下去了。可是如果说上面所载内容就是全部，仅仅做了这一件事的话，不得不说巴黎本部的工作态度是懈怠的。”

“太无礼了，罗伯斯庇尔！”

这次也是同一个声音，但声音不是从椅子的位置发出的，而是更靠前一些。原来对方激动到站起来了，回答的是邦纳凯勒。

此人是全国联络委员会的成员，同时也担任代表。

全国联络委员会即雅各宾俱乐部的一个部门，其职责如其名字所示，是联络法兰西全国上下的支部。大会报告的发送等当然属于联络委员会的工作范围。

罗伯斯庇尔耸耸肩，故作糊涂。无礼的不是我。

“哪怕被斥责为无礼之举，我只不过替罗讷河口省的会员传递他们的想法而已。马赛支部和土伦支部担心这样下去革命会僵化。”

“真是厚颜无耻，竟然说大话……”

“这并非谎言。”

罗伯斯庇尔大声申辩道，但气势到底不及米拉波。声音变得高亢，但稍显含混。

并没有一举平息吵吵嚷嚷的现场。但总算成功让对方说不出话来。

罗伯斯庇尔干咳几声调整声调，开始了他的反击。是的，这并非谎言。我继续代普罗旺斯人发言，如果用巴黎那漫不经心的标准来判断事物的话可就糟了。自由与平等诸理念不应该在议会所在的首都出现倒退现象，还说着什么“革命可以终结了”这种天真话。

“地方就不同了，正处于反革命势力的威胁之中。罗讷河口省正处于危险之中。这是当地支部的诉求。”

保守派的急先锋阿图瓦伯爵正在撒丁岛王国蠢蠢欲动，你们难道不应该有所耳闻吗？撒丁岛王国啊，越过阿尔卑斯，不，甚至不必渡过地中海，紧邻罗讷河口省。罗伯斯庇尔如此说个不停，邦纳凯勒没了声音。

邦纳凯勒本来不是敌人。并不能满足于此。因为地方提出这样的要求，我也觉得有些勉强。

“就是说，他们提出的要求是动议全国联络委员会进行改选。”

“请求发言。请求发言。”

那人并不是邦纳凯勒。那人一直在注视着罗伯斯庇尔的双眼，虽然他应该是早就注意到罗伯斯庇尔的发言了，但先前坚持无视之。但差不多到了忍耐的极限了，不能再继续沉默下去。

“巴纳夫议员，请发言。”

经过主持人允许，三头派中首屈一指的雄辩家站起身。原来如此，再不站起来不行了。陷入颓势的邦纳凯勒不过是三头派的门徒而已，再加上攻击的矛头指向了全国联络委员会。

为了短期内可以更换代表，提案委员会、入会审查委员会、全国联络委员会等三个委员会作为汇集干部的平台，发挥着超越事务工作的作用。

其中全国联络委员会负责统摄全国各地的支部。十二名委员也全部是三头派的人。这还是迪波尔、拉梅特、巴纳夫控制雅各宾俱乐部庞大组织的关键部门。罗伯斯庇尔对中枢发起了攻击。

“不得不说讨论有些胡闹。我虽然没有理由反对改选本身，但即便如此，也不能令全国联络委员的工作陷入停滞。考虑到延续性，一次可以改选的席位最多到二分之　。”

巴纳夫展开反击。只顾着改革，并不意味着任何情况下都能够前进。如今的时局下，要保护好至今为止革命取得的实际成果，做正确的事也是必不可少的。这个道理是否也通用于雅各宾俱乐部的管理上呢？不，这并非无视地方的情况。也并非不需要警惕反革命的动向，而是说现在还没构成实质性威胁。

“如果像街头巷尾传言的那样，国王路易十六出逃的话，那就另当别论了……”

自己不提出异议，也不让同伴喝倒彩，罗伯斯庇尔让对方继续说下去。米拉波走了以后，巴纳夫逐渐被奉为雅各宾俱乐部、议会首屈一指的雄辩家。就任由他随便讲，全国联络委员会改选提案被废也不要紧。

罗伯斯庇尔想传递给三头派一个信号：自己只有一点不放弃，那就是紧盯三头派的动向。

——这是宣战布告。

雅各宾俱乐部绝不拱手相让，不能允许他们通过雅各宾俱乐部操纵政局。最重要的是，革命远远没有就此完结。罗伯斯庇尔十分清楚，此次与三头派的正面冲突，绝不是一场简单地以全国联络委员会改选而告终的战斗。

8

晚宴

“我要离开巴黎。”

路易十六明确宣告时，心里是抑制不住的兴奋。

他对自己的决断得意洋洋。不，决定某事的原因本身就如此有新鲜感，好像又让自己兴奋了起来。

作为法兰西国王时时被要求做决断。亲临内阁会议，工作就只有决策。但有的大臣会逼迫自己决断。与其说是按照形势自己决定，不如说是知晓大臣们的意向更多。

也不是没有拒绝大臣们的反对意见来贯彻自己的意志。但到底并非自己去做。只有下令于人，派他们去做。即使失败也能责怪经办人，成功了自己也并不那么开心。

——因而心情也不会激昂。

路易发现自己兴奋不已甚至指尖微微颤动。等等，等等，不能这样。这样工作是靠不住的。还得像往常一样，像往常一样是成功的秘诀。

实际上这个夜晚也和平常没什么不同。一七九一年六月二十日，星期一，法兰西国王路易十六在杜伊勒里宫的大厅举行晚宴。

虽然叫晚宴，但这并不是坐在长到坐两头的人都无法正常对话的桌子旁，招待自己根本对不上脸和姓名的绅士淑女那般凡尔赛式的宴会。

参加宴会的既不是被宫殿的奢华光彩摄心夺目的外国大使们，也不是从王国各地赶来竞争陪伴国王荣光的贵族们。应召来巴黎的只有国王的弟弟普罗旺斯伯爵和国王的妹妹伊丽莎白。

只是家人间平常的晚餐。听不到乐队演奏的乐曲，整个晚上静静地在餐桌旁，甚至连摆放的菜式都显得寂寥。

在凡尔赛大显身手的厨师们大多不得不失业了。但他们并没有受此困扰，移居巴黎后开出餐馆，前所未有的高级餐厅受到资产阶级的追捧。

一边对着曾经是宫廷料理的大餐大快朵颐，一边感慨着自己的春天来了。要钱有钱，出手阔绰。现在已是资产阶级的时代，落魄的王室没用了。厨师在被解雇前先行辞职。受此冲击宫廷的餐桌愈发落寞。

——这也并不全是坏事。

再也看不到一个接一个运送盘子、往来不绝的侍者的踪影。因为准备好一道菜，就没有其他工作了。所以请不要客气。

“出逃的具体手法也已经正在准备了。”

路易也不压低声音，继续说。逃出巴黎后一直向东赶路，眼下的目的地是国境市镇蒙梅迪。布耶将军已答应协助我们。他是统帅驻洛林国境军队的司令官，他会保护我们的人身安全。

“国境之外奥地利军也正进行动员。”

弟弟夫妇、妹妹三人瞠目结舌，说不出话来。

路易想，也难怪。到今天此时此刻都没有告诉任何人。任凭己意地策划，到了公开示人时就马上变成了事实。

路易感到遗憾的同时也感觉到一丝愉悦。或者想到自己知道对方还不知道的事，占据知情的优势，便会有一种无所不能的感觉。而且惊讶的不只如此。是的，还不只我一个人。我也带着家人一起走。

“我希望你们也一起离开巴黎。”

普罗旺斯伯爵听完，一把移开椅子想要站起身。由于身体相当肥胖，哪怕一点点动作也有夸张之感。路易皱了皱眉头，弟弟重新坐好，但这下他的脸变得苍白。一旦自己说话，感觉他会对要听到的不合常理的事大加抗议。

“兄长，你说我们也一起出逃，这么大的事……”

路易伸出大手。和往常一样面无表情，但其中包含着不容他分说的制止之意。啊呀，事到如今再争论也没有用了。我心意已决。我将横穿香槟地区，沿着莫城、马恩河畔行进，从这开始避开恐有居民骚乱的兰斯和凡尔登，前往阿贡森林。穿越克莱蒙-昂纳尔戈讷、瓦雷纳-昂纳尔戈讷、默兹河畔丹村、斯特奈和边远地区，最终到达蒙梅迪。

“伊丽莎白公主，你也跟我一起走吧。普罗旺斯伯爵你走另一条路。目的地是同样的，向东进发。路线稍向北，经由苏瓦松、阿韦讷、蒙斯，从低地地区进入奥地利境内。”

“接着南下，直接到蒙梅迪。对吧？”

普罗旺斯伯爵询问道，声音多少镇定下来。路易对弟弟点头，立即移开目光。普罗旺斯伯爵夫人，为你准备了到蒙梅迪的另外一条路线，经由布鲁塞尔、瓦朗谢讷、阿尔尼。哪怕多花些时间，你走的路线最好是安全的。

“虽然表面上是在蒙梅迪汇合，但实际上你们到的是郊外的托内尔村。据说已经将长期停留所需要的家具运到一个叫库维尔神父的人家里。当然是布耶将军办的。”

路易甚至用上自己不曾用过的手势。他觉察到了，或许自己看上去很高兴，对此多少感到羞耻。但是停不下自己正在兴头上的舌头。已经不知道该拿滔滔不绝的自己怎么办。说到托内尔村，我自己在地图上确认过。我认同此地是理想的集合地点。托内尔村森林高地能够监视谢尔河，平常驻守于此的兵团的驻地就在旁边。有十二支步兵大队，加上二十三支由龙骑兵、轻骑兵、猎骑兵组成的骑兵中队。还有炮兵队，有十六门大炮一直保持可使用的状态。

“总计六千人，几乎都是外国雇佣兵，所以与法兰西国民的思想和意志几乎没有关系。普罗旺斯伯爵，你也和我一起去检阅这些兵团。盛大的仪式之后，我打算召见布耶将军，向他授予新的元帅杖。”

弟弟被路易的气势压倒，一时间沉默不语。但沉默不能一直延续，否则可能被解读为不满的意思。他赶忙说，不，兄长，是的，计划本身怎么说呢，的确不坏。或者说，兄长思路缜密，亲自制订出的计划可以称之为完美。

“不，那并不是我自己制订的。”

路易诚实地道破，紧接着感到这是无意义的。

被骂骗子该怎么办？这种孩子气的担心，现下来得并不是时候。此时此刻，改变态度说个谎倒是权宜之计。

“并不是我自己策划了全部计划，也有一部分直接袭用了臣子的方案。但最终完成的整体计划全部是由我自己确认的。那个阶段我详细检查确保毫无遗漏。是的，一点没错。”

“我明白了。”

普罗旺斯伯爵一时不说话了。但并没有就此作罢。他根本没有打算对兄长抱有疑问。只是如今心中不免难以置信。虽然连自己都觉得啰嗦，但还是需要确认一番。

“兄长，这可当真？”

被这么一问，路易皱起眉头。

“普罗旺斯伯爵，我不太明白你的意思。”

“时机太糟糕了。国王路易十六将要逃亡的传闻甚嚣尘上，此时断然行事的话……”

巴黎的人们疑神疑鬼。当局也加强警戒，将守卫杜伊勒里宫的国民卫队由平时的三百人增加到六百人。在这个时候试图逃亡并不可能成功，这应该就是普罗旺斯伯爵那么说的理由。

路易高高竖起手指表示这正合我意。正是，正是，倒不如说正因为有此传言才下定决心出逃的。

“所谓攻其不备，众人当前高度紧张。所以他们认定那个以愚钝、软弱、随波逐流著称的路易十六绝对不会贸然行事。就是说如今的巴黎疏忽大意了。”

“形势真是如此吗？可是……”

普罗旺斯伯爵话说了半截，表情阴沉，看上去并不认可。路易逐渐变得愤怒。

他不是不理解弟弟的心情。这不是简简单单就能赞同的事，而应该需要反复慎重考虑。即便如此也不该摆出这副样子，难道打算规劝我不要为了这事欣喜若狂吗?

“我意已决。”

路易再次说，脸上又变得面无表情。但面无表情正有君王的一面，也有不让万民恐惧的国父的一面。算准兄长会宽容以待，普罗旺斯伯爵也来了劲。

“虽说兄长心意已决，但我也有我的想法……”

“留在巴黎的话会遭遇不测的。”

路易像被抓住短处似的毅然回击。普罗旺斯伯爵说话中途被打断，但也不会有任何怨言。不止于此，他大口吸气，呼气没那么顺畅了。

似乎射中了靶心。路易端起银杯喝了一口葡萄酒继续说。巴黎的群众知道我出逃的话想必会大为愤怒，会将王室视为卖国贼、反对革命的叛徒吧。

“可是，那时我已经不在此。愤怒的矛头便会指向……”

“我明白了，明白了，兄长。”

“真明白了吗?”

“我真的理解了。我们不想留在巴黎。”

路易沉默不语地对弟弟点头。普罗旺斯伯爵学着兄长伸手拿起酒杯，喝了一大口。好歹调整好心情，剩下的只有确认具体的细节了。

“什么时候实施计划?”

“今晚。”

路易回答，弟弟又说不出话了。

9

动摇

刹那间眼中不免浮现责怪之意。但再怎么责怪，这已成为事实。

“可以吗？普罗旺斯伯爵。”

路易丝毫不停，一个劲儿地说。今晚就走。或者说已然开始了。负责照看孩子们的布鲁尼尔夫人和纽夫维尔夫人两位走同一路线，她们将在郊外的克莱伊与我们汇合，已经先行出发了。

说到这儿，路易看了看怀表。

“已经十点多了。这会儿不仅你的马车，还有我的马车，都已经准备好出发了。”

“我的马车是指？”

“家人一起行动，根本出不去房间对吧。”

“当然了。杜伊勒里宫里尽是国民卫队，守卫一刻不停。”

“国民卫队本来是一无可取之辈。哎，算了。步兵煞有介事地进行巡逻。十点应该是第一巡，但现在差不多结束了。之后要么喝酒、聊天，要么睡大觉，趁这个间隙让第一队人登上马车。”

“第一队是？”

“两个孩子，还有负责照顾的图尔泽夫人。”

“王子公主……那不是很危险？”

“都说了留在这里更危险。”

留在巴黎的话就糟糕了。这并不是用来吓唬弟弟的借口，而是路易深信不疑的。所以自然而然必须先让弱者、不能遭到迫害的人先逃走。

——最紧要的必须先把孩子们送出杜伊勒里宫。

从现实情况看这并非不可能。晚上过了十点，到了十三岁的公主、六岁的王子就寝的时间。如此看来路易决定不把计划透露给孩子们。

宠爱孩子们，不让他们感到不安。

这是路易作为父亲的想法。像平常一样让他们睡下，等时间到了再叫醒就好。最理想的是趁他们睡眼惺忪时出杜伊勒里宫。如果他们拖拖拉拉不起来，那就编造合适的借口，如前往圣克卢，总之给他们穿好衣服。

路易对弟弟继续说，为了能安全脱逃已经准备万全。万一被发现，也有相应的对策。

“给王子穿上女孩的衣服。那孩子长相可爱，而且本来就在难辨男女的岁数。”

“是吗。”

普罗旺斯伯爵听完双眼茫然。是吗，是吗。甚至王子殿下，还有玛丽·泰瑞丝公主竟然都马上要离开杜伊勒里宫……接下来的也像胡话一样，恐怕计划不是开玩笑，而且今晚就行事，已经开始了。面对如此重大的事情，头脑没那么容易整理清楚。

路易看着弟弟狼狈的样子，内心又仿佛满怀优越感。突然有人说话，声音比起普罗旺斯伯爵更加响亮、尖锐。

“嫂嫂不在啊。”

插话的是普罗旺斯伯爵夫人玛丽亚·朱塞平娜·路易贾。王室进行通婚，血缘几重交错，她已经既非法兰西人，也非德国人、意大利人了。从撒丁岛王室嫁过来的弟妹不禁让人联想到南国女人的性格。

——也就是性格开朗，透着不服输的劲。

这是来自美貌女人的自信吗？普罗旺斯伯爵好男色的传言不绝于耳，或者可能因为欲求不满，不管如何，她可以说是毫无顾忌地出口插话。

其实路易感到十分棘手。听到普罗旺斯伯爵夫人对自己说话，心里不免惊慌失措。

弟妹说的嫂嫂指的当然是玛丽·安托瓦内特王后。晚餐的大厅里的确不见王后的踪影。不，就在不久前还在餐桌旁，但差不多十点前离席了。

正如普罗旺斯伯爵夫人所觉察到的，这是计划好的行动。王后离席去叫醒孩子们，把他们送上马车。只有图尔泽夫人一个人照顾孩子们有些不放心，身为母亲的自己当然要搭把手，这是玛丽·安托瓦内特提出的。

路易自言自语。并不是因为被她说中了才心乱如麻，只是不知道与这个弟妹如何相处。也没有什么特别事，就是很难对付。但普罗旺斯伯爵夫人没那么容易放过自己，继续说道。

“也就是说，嫂嫂已经出发了。”

“是。”

路易立马回答。自己一时疏忽。普罗旺斯伯爵夫人也似乎厌烦起来，嘴角微微歪斜。

——被嘲笑了。

路易心里想到这，一下脸涨得通红。一直蔓延到耳根，仿佛发烧了。但是，等等，等等。先冷静下来。我没有理由感到羞愧。至少没有理由面红耳赤到控制不住的程度。

路易说服自己，却无法平息内心的动摇之感。虽然并非发自内心，但慌张之下首先做的是纠正弟妹错误的解释。

“不，不，还没有。王后尚未出发。马上便回来，只是去把孩子们送上马车。第一队人马是孩子们和负责照看他们的图尔泽夫人，这我刚才应该也说过了。玛丽，安托瓦内特等他们顺利出发便返回。”

“但是，不是有很多国民卫队士兵在外面？光是从杜伊勒里宫出去不被他们发现已经很困难了吧。明明逃出去了却再从车廊那里特意返回，这不完全是难上加难的事嘛。”

“夫人说的也有道理。”

连普罗旺斯伯爵也加入进来。虽有冒犯，但兄长是不是弄错了。一般而言嫂嫂会和孩子们一起出发吧。没有理由冒险折回。

“否则的话就太残酷了。终于能从这座阴森的宫殿里解放。刚刚能够呼吸到自由的空气，马上又不得不迫于自己的意识重归牢笼。这样的处境太残酷了。虽说只是一小段时间，但不得不和爱子爱女分开，这就更残酷了。喂，伊丽莎白，若是你的话能忍受得了么。”

普罗旺斯伯爵转而询问只是沉默听着的妹妹。完全多此一举。伊丽莎白一脸迷惑，只有歪着头。反观路易不能不对出言轻率的弟弟感到愤怒。

“和你们悠闲自在的处境不同。”

路易不露锋芒地反驳。虽说同属王室，但国王和王后完全不同。

“不管是困难也好，残酷也罢，玛丽·安托瓦内特都必须这么做。不管怎么说，国王和王后必须在晚上十一时举行就寝仪礼。”

“啊，原来是这样。”

普罗旺斯伯爵夫人又理解了。如果不进行就寝仪礼，已然逃走的情况便会败露。

这是从建造杜伊勒里宫的前法兰西国王路易十四时代沿用下来的宫廷礼仪之一。国王的生活，从早上起床到夜里就寝都必须要成为法兰西人的典范。为了使更多人了解这种典范，就必须公开展示。基于此种想法，一一订立出礼仪，即使如今住处移至巴黎还在延续不断。

换句话说，有人会来参观就寝仪礼。宫殿被移至巴黎，看把式的意义反而变得更大了。今天六月二十日，到了十一时，好看热闹的巴黎人会挤进国王和王后的寝宫。

因此玛丽·安托瓦内特会返回，不能和孩子们一起走，她得完成王后必须完成的礼仪。

“可是……”

普罗旺斯伯爵夫人还想继续说什么但放弃了。啊，是这样啊。之后便不再言语，但不像完全信服的样子。

路易也一样不满意。最好能一边抓住弟妹柔弱的肩膀前后胡乱摇动，一边强行质问她想说什么。到底为何说了一半中途不说了。

——她多半会就这么逃走，是想这么说吧?

路易被暗示的是玛丽·安托瓦内特的背叛。她大概真的不会返回杜伊勒里宫了吧?一旦获得了自由，谁还会管什么王后的本分。耽搁了就寝的仪礼，计划便会败露。被迫留下的国王将遭到更加严格的监视，即使这样她也不会为此烦恼的吧。与和深爱之人离别的痛苦相比的话，很容易就把丈夫抛之脑后了。

“怎么说玛丽 · 安托瓦内特殿下也是女人。”

普罗旺斯伯爵夫人想说的是自己也是女人所以理解吗。路易心中掠过无数的问号。但总括成一个的话就变成一个天真的问题，难道弟妹已经知道什么了吗。深爱之人不仅仅指两个孩子，还是仅仅是胡乱猜测呢。

——难道连协助实施计划的人……

实际上在现场将两个孩子送上马车的不只有图尔泽夫人和王后二人。当然还有驾驶马车的车夫。身负此任的正是协助出逃计划可以依靠之人，不仅四处奔走把不可能之事变成可能，他还是计划的发起人。这样看来，难道玛丽 · 安托瓦内特会认为不需要其他男人了，想跟随他逃出巴黎，趁机返回故国奥地利吗?

——抛弃了我……

怎么会……怎么会……这是不可能的，路易心里想。她不是不负责的女人，也不会做出如此无耻之事。不管如何我们是夫妻，在一起二十年了。也有了孩子，已经成了亲人。不会抛弃我这个丈夫、孩子的父亲自己逃走的。

——会有如此想法的……

我才是愚蠢的，路易自嘲道。可这时内心不安，心脏咚咚一个劲跳个不停。玛丽 · 安托瓦内特的确迟到了。时间已经过了十时半，这个时间孩子们早该出发了。应该是已经到了回来吃晚餐的时候了。面对这个现实，路易越来越疑神疑鬼起来，甚至怀疑起王后是不是不会回来了。

——和那个男人一起走……

路易抓住自己藏在桌下的大腿使劲扭，想要通过疼痛消解不愉快的想法。

传来一声金属碰撞的响声。门一下打开，映入眼帘的是裳裾的光泽。是王后，王后回来了。

路易一下松了一口气。

“方才失礼了。”

玛丽·安托瓦内特一边道歉一边微笑着回到座位。从她的表情看孩子们已经顺利逃出了。路易放下心来，但同时感到羞愧。对了，对了，先要问的是王后迟归的话是不是出了什么问题，这是最该担心的事。

10

乔装

“俄罗斯贵族克罗夫男爵夫人经由美因河畔法兰克福前往俄罗斯。”

一家人利用这个名义掩人耳目。以此申请的通关文书，经过国王路易十六署名、外交大臣蒙特莫兰副署，已经到手了。

负责养育的图尔泽夫人是克罗夫男爵夫人，公主玛丽·泰瑞丝和王子路易·夏尔两人是她的女儿埃默里和阿格拉，国王妹妹伊丽莎白是陪同男爵夫人出行的亲戚的女儿罗莎莉。此外路易十六扮成管家杜兰，王后玛丽·安托瓦内特扮成侍女罗赛夫人。坐在马车上一行六人都安排了相应的角色。并且为了与之相衬，所有人都乔装打扮。

——还算凑合。

路易站在大镜子前确认自己的打扮。灰色的假发上戴着圆帽，身穿深绿色外套，一身土里土气的装扮，确有点管家外出旅行不加修饰的意思。比起法兰西国王平常带有装饰的服装反倒显得更加合适，连自己都不禁苦笑。

“夫人，你那里怎么样？”

路易压低声音问金屏风的另一面，听到衣服摩擦的声音，玛丽·安托瓦内特似乎还在埋头换衣服。但妇人的情况与男子不同。

“对不起，好像还需要一点时间。”

虽说灰色土气的服装是侍女简朴的装扮，但只有今晚不能由众多侍女来帮忙穿衣。换衣服不能像男子一样顺利。

“这样啊。那好，也没办法。”

“没关系的，请陛下先行一步。”

虽然王后催促他，但路易没有马上答应。先行一步指的不是别的，而是先从杜伊勒里宫脱身。

让相对弱小的、更忍受不了迫害的人先逃走，提出此事的路易当然不用说，把自己放在了最后一位，他要先让玛丽·安托瓦内特走。

“我不能扔下你一个人自己先走。”

“那不敢当。陛下，现在已经是争分夺秒的时候。否则的话恐怕要迟了，已经晚了不少了。”

路易没有反驳她说的话，不禁咋舌。

晚宴在十一时结束了。普罗旺斯伯爵夫妇离开杜伊勒里宫，回到自己的住处卢森堡宫。返回住处没有什么可疑的，但其实在住处备好了出逃的马车，等他们一回去便出发。

国王的妹妹伊丽莎白也从自己的房间下来。出于贵族女儿的体面，乔装归乔装，但必须要装好旅行的行装。准备一完成就同王子公主一样离开宫殿，马车应该十一时二十分来接。

另一方面，国王路易十六和王后玛丽·安托瓦内特必须要照例进行就寝仪礼。十几年来的习惯如今只剩麻烦。反过来想，这是为了掩盖逃亡计划的手法，也只有硬着头皮做了。他们本想着尽快完事，刚命令侍从做准备时，下面来报一位不速之客前来造访。

晚上十一时零七分来访杜伊勒里宫的是拉斐德侯爵。

“……”

路易一瞬间吓得心寒胆战，难道事情败露了？事前最担忧泄露的对象便是拉斐德侯爵。

有一名女仆叫罗塞尔，是王太子身边的人，平时负责给王太子收拾尿盆，但私下里是吉恩-巴蒂斯特·古维翁的情人。古维翁是国民卫队将领，也就是拉斐德的心腹。

拉斐德一派为了掌握宫中情报，便由罗塞尔夫人兼任密探。这也是出逃计划延迟到六月二十日的原因之一。

一开始日期定在六日，为了拿到一个季度的两百万里弗尔王室费用，便延后到十二日。但由于期间伴随着种种调整延迟到了十九日，最后变更至二十日是因为不得不等待罗塞尔夫人不当值的时候。

——尽管如此还是被他查到了吗?

拉斐德已经知晓出逃计划了吗? 路易想到这，脸色煞白。但谈起话来，发现并非如此。

拉斐德开始说祭祀的事。这个周四将举行由立宪派神父主持的“圣体游行”，前些日子陛下说会参加。请您不要食言，一定要参加。拉斐德重复着这些话，只是为了保险起见。

路易不清楚拉斐德前来究竟出于何种目的。但也没必要知道了。这个人就是不可理喻之人，有时会干些不明所以的事情。被大街小巷称为“两个世界的英雄”，脑子里只有博眼球。

——想来意思不过是：不要把我忘了。

会谈无甚内容，时间还拖得越来越长。晚上十一时三十二分，拉斐德离开。路易终于可以前往卧室。

这天果然有很多前来参观的人。

就寝仪礼说来没什么大不了，不过换好衣服睡觉而已。贵族、朝臣、侍从之流接连不断，保管假发的人恭敬地举着假发退下，更衣的人得意洋洋地展开衣服穿过房间，最后必须由地位最高的显贵骄傲地敬上睡衣，在旁观者看来说不定很有趣。

路易当然觉得无聊至极。他把这些看作理所当然的习惯加以接受，至今为止没有对此有特别的想法，但最近变得无法忍受了。

——尤其是今晚。

路易焦躁得不得了。但是当侍从勒穆瓦纳和马昆德将床四周的帷幔拉上后，就寝仪礼便结束了。到明天早上之前不会有人再来打扰。既然是仪礼，那就不允许任何人破坏规则。

只是路易手上绑了绳子，这也是仪式的一环，另一端绑着的是老实人勒穆瓦纳。

帷幔外放置了简易的床，勒穆瓦纳睡在这，但如果国王陛下有事，他做好随时跳起来上前的准备。一般只在早上拉一下起到叫早的作用，但只要系着绳子，路易这边一点点微小的动作对方也能觉察到。

虽说如此但勒穆瓦纳也必须要换衣服。等到仪式结束后参观的人们退去，只有这个时候绳子是解开的。

在帷幔内静待时机，能听到衣服摩擦的声音。正是此时，路易解开手上的绳子，把它系在挂帘的一端。勒穆瓦纳回到简易床时似乎没有发现任何异样。

——可怜的勒穆瓦纳。

路易边想边下了床。接着他穿过衣帽间，从旁边王子的房间下楼，匆忙前往中上层王后的房间。

王后那边应该也完成了就寝仪礼了。不，应该早就结束了，因为王后的仪礼大为简化。

也没有晚上值班的女仆。做准备的话只有在王后的房间里。路易要换的衣服也放在那了。路易跑进房间，如事先计划的那样快速打扮成克罗夫男爵夫人的管家杜兰。但还是出了意外情况。

“如王后殿下所说。计划已经大为落后了。”

同样压低声音说话的是穿着黄色衣服的邮差，当然也是伪装，他其实是名叫弗朗索瓦 · 梅尔希奥 · 德 · 穆斯捷的近卫兵。

他也是自愿协助出逃计划的其中一人，负责护卫。此外还有弗朗索瓦 · 德 · 瓦罗里、让-弗朗索瓦 · 德 · 马尔丹两个近卫兵，同样扮成邮差。逃离杜伊勒里宫之时，穆斯捷护卫路易十六，马尔丹护卫王后。

“这我已经知道了，但就算我和王后在此换了离开的顺序也不会就怎么样了。因拉斐德来访停留许久耽搁的时间也追不回来了。”

“禀陛下，这样下去前来接驾的马车会感到不安的，早过了预定的时间，他们无法判断前因后果，或许会不知所措。”

路易看了怀表。晚上十一时五十二分，原来过了预定的时间。全员本应不晚于十一时半坐上马车。

“唔，也有这种可能啊。”

“再者，马车正在不停地围着周围转圈。”

王后接着说，马车计划在卡鲁索广场接上逃出的我们。没有接到，白白转圈，反而会引起杜伊勒里宫门前的国民卫队士兵的怀疑。

“嗯……”

路易抱着胳膊思索数秒。和王后交换出逃的顺序。玛丽·安托瓦内特后面来。不过，此处还有护卫她的马尔丹，不用太担心。

“没时间争论了。”

路易下决心说道。

不知出于难于释然的担忧还是出于一种留恋，路易要出去时向里面看了看，看到白皙的大臀部。妻子还在更衣中，动作挣扎地苦斗，下身还没穿好。

路易叹气，这可难办了。但好久没有看到夫人赤身裸体的样子，反倒不禁有种“值得”的感觉。

你也快点吧。路易说完，便离开中上层的房间，旁边是楼梯的平台。即使如此也不再担心走错了路。

11

逃脱

尽管时至深夜，但四处仍然点着灯火。杜伊勒里宫也并不安静，不需要担心自己的脚步声太大。事先做了调查，但让人扫兴的是宫殿里明亮，而且喧闹。

国民卫队不只是在放哨巡逻。警卫方面增员六百人，但工作没有以相对应的比例增加，所以大半无事可做。他们将带来的被褥随意摆放在走廊上呼呼大睡。

不少人睡不着便饮酒作乐。不，也不是没有士兵不在喝酒聊天，但他们没理由怀疑穿着土里土气管家模样的人。

——因为就寝仪礼刚刚结束了。

此时爱凑热闹的巴黎人成群结队地慢慢踏上回家之路。队伍排得老长，向玄关移动，很容易混入其中。几次与国民卫队士兵对视，每次路易都感到揪心。但光是自己紧张，对方都没放在心上。

——看来自己很适合乔装打扮成管家。

这本该是决定命运的出逃，但路易陷入冗长繁复的思考之中。而且对方号称六百人的国民卫队，一个人也没有发觉离开这里的是法兰西国王路易十六。

中间似乎有一个人善于观察，但自己没有疏忽，低下了头，最终没有被任何人盘问，抵达了宫殿中央位于大钟楼的玄关。

——警卫如此草率啊。

我可是法兰西国王，一人之下万人之上，最该被认出来。路易甚是矛盾，对此心生不满。但他找回了自信，不，不愧是我啊。

自己的判断是正确的。决意出逃没有错。在普罗旺斯伯爵害怕之前，因增加警卫之事，当时亲信们也有放弃出逃的想法。但下决心行事攻其不备的不是别人，而是我法兰西国王路易十六。

到了外面，空气仍然闷得使人呼吸困难。玄关外的车廊处挤满了参观人员的马车。要乘坐马车的人拥挤着，离开的马车引起了交通堵塞。如此大的动静，很难不引起警卫的注意。

——看来隐藏得很好。

路易将手上的手杖夸张地杵在地上。

亲信当中名叫夸尼的人和自己的背影相像。其实前几天，他让夸尼戴着灰色假发、身穿深绿色外套，一样打扮成管家的模样，过了十一时在玄关外拿着手杖夸张地大步行走。为参观就寝仪式争相前往杜伊勒里宫的爱凑热闹的小资产阶级没有自己的马车，总是在大块头的邮差陪同之下，这些邮差要么是他们的儿子要么是女婿。

必须穿过前庭才能到达乘坐马车的卡鲁索广场，但这反倒能把拥挤的马车撇在身后，所以每次都是慢悠悠地踏上归途。如此重复多次，熟悉了地形。路易和护卫穆斯捷互换，国民卫队没有人发现。

即便如此，在穿过前庭之前，路易心脏怦怦直跳。到了能看到铁栅栏另一边的卡鲁索广场时下意识地小跑起来。已经担心起来，不想错过迎接的马车。既然马车早就停在那了，那就不知道何时会出发了吧。

路易飞奔上一眼看上去粗劣的带篷马车时，膝盖撞到了车轮。情急之下出乎意料地没有感到疼痛。

“兄长也顺利出来了。”

迎接的是妹妹伊丽莎白。路易小声回应，你也没事吧？再往里一看，车篷里图尔泽夫人护着两个孩子，他们又睡着了。

暂且脱逃成功。巴黎恶臭弥漫的空气也仿佛清新不少。路易久违地深呼吸。

“给拉斐德侯爵一个忠告。担心别人之前，侯爵先担心自己的部下吧。”

路易感到意外的兴奋，呼气的一瞬间如此说道。

凌晨零时二十二分，马车绕宫闱转了一圈，再次停在卡鲁索广场上。路易从车篷里向外望，仿佛对杜伊勒里宫还有所眷恋似的无法移开目光。

南北连成一片的杜伊勒里宫分为包括前庭在内都靠近塞纳河的花神楼处的“亲王之庭”，中央大钟楼处的“国王之庭”，以及北侧的马尔桑楼处的“瑞士卫兵之庭”三部分。“国王之庭”面对卡鲁索广场，由铁栅栏围住，在这也设有车廊。刚刚路易小跑穿过的就是这里。来参观就寝仪式的人们混杂之处也是这里。

——现在十分空旷。

所有人都回家了。杜伊勒里宫依然灯火通明，而且吵吵闹闹的。但这一切都是国民卫队干的好事。

这副干活的样子可不值得嘉奖，但只要士兵没有喝得烂醉如泥，还是放不过眼前的情况。

——比如，三更半夜女人快步行走……

玛丽·安托瓦内特王后还没有来。现如今满不在乎地出来的话，哪怕经过乔装打扮，也不能保证不被怀疑。说不定会被叫住，严加问询住所，或者确认长相。

——所以我才说要快一点。

路易现在后悔先王后一步出来了。不应该改换顺序。自己至少应该押后催促她快一点。大小姐出身的玛丽·安托瓦内特对别人没耐性，但我来催促的话她倒不太介意。

——真让人焦躁不安。

路易小声咕哝，随之报以苦笑。着急也没用，本来就是带着家人。和带上宠信的家臣一起出门打猎不一样。

——如果心情烦躁的话……

我单骑出走就好了。本来只是为了安慰自己的话语，竟然变得沉重起来。

事实上，政治上明智的判断正是单骑出逃。只身一人，行李也可以减少。更没必要使用马车，只需御马疾驰便可。

那样比携家带口成功的几率应该高不少。卷土重来的话，只需要国王一人足矣。要是政治逃亡的话，谁都认为路易应该一个人出逃巴黎。

“既然如此，请陛下单骑出逃吧。”

路易也曾设想过王后如此劝说他。

实际上玛丽·安托瓦内特没说一个字。带着孩子一起本来就是王后要求的，如此一来可能变成家庭旅行。但政治上的胜算就不大了。路易应该可以提出让他一个人逃亡。

——不，那就太薄情了。

路易嘀咕着，最终放弃了。留下的人会很惨。人们将一边高呼着被国王背叛了，一边将愤怒的矛头指向留下来的王室成员。

玛丽·安托瓦内特的名声本来就没那么好。背负着误解，更是被指责为造成现在法兰西不幸状况的元凶。不能丢下妻子。否则的话，我们就不是家人了。不能就此分离。

“不，请遵从陛下的圣断。”

请单骑出逃。是啊，那是政治上的一般做法。如果王后如此劝我的话该如何是好。她应该清楚地了解留下会遭遇的痛苦，但仍爽快地接受甚至面露喜色让我独自出逃。路易想象着，突然变得恐惧起来。因为没人提出单枪匹马出逃，什么都没听到，说实话也很让人感到恐怖。

——说起来在此虽然身陷囹圄但仍自由。我不在的期间……

路易左右摇晃脑袋。回过神来甚至有些自责。现在是考虑这些的时候吗。王后本应逃出杜伊勒里却迟到至今，自己硬是胡思乱想。是啊，还有其他要考虑的事。

——如果失败了呢？

凌晨零时三十一分，路易看了看怀表，不禁痛苦地呻吟。太慢了，玛丽·安托瓦内特，怎么想也太慢了。

——到底是在途中被抓了吗？

等等，路易抛弃了这个念头。说不定只是碰上巡逻的士兵躲到暗处了。等巡逻士兵走远再尝试逃出。这会儿没法混入观看就寝仪式的人群之中，因此不得已而为之。

——即便如此也太慢了。

哪怕王后安然无恙，也太糟糕了。在逃出杜伊勒里的阶段晚了这么长时间，之后的计划说不定会出什么纰漏。

“王后还没有到啊。”

路易对马夫说。

12

马夫

“是的，还没到。”

回答的人穿着不起眼的黑色衣服，坐在车夫座位上，手上攥着缰绳。但看上去一目了然是个身材高大的人。

不论是从骨骼来看就与众不同的魁梧身躯，还是黑色帽子边上露出的金发，都隐约地透露出这个人来自外国。再加上总体表现出的风度因为乔装反而更加明显。

——此人是瑞典贵族汉斯·阿克塞尔·冯·费尔森伯爵吗?

异国的名门之后，由于有外交门路经常出入凡尔赛的年轻人中的一名。这一年里对其亲善礼待，如今此人仿佛法兰西国王路易十六的心腹。虽说如此，但路易本人本没打算召见他。说起对他的印象，几乎都是被动接受其效劳的。

——他不仅仅效劳于我，还有玛丽·安托瓦内特……

擅长面无表情装作无事的路易也并非没有耳闻。传言这个费尔森是王后的情人。

——原来如此，献身式的啊。

革命一开始，以勃利伯爵夫人为代表拍王后马屁的人们一下都逃到国外了，费尔森反而赶赴巴黎来帮忙。不辞辛苦无数次往返巴黎与国境之间，甚至在王室手头拮据时拿出私财支持，可谓粉身碎骨也在所不惜。

——他是真诚的骑士吗？为贵妇人奉上不计回报的爱？

路易有几分想要冷笑的心情。多么古老的故事啊，过于浪漫了。但他不能放声大笑，因为无法回避随之而来的疑问。也就是“是什么样的情人”这个疑问。

——全都是出于精神之爱吗？

路易不想否认那种感情，存在这种精神之爱。至少我自己身上有。这个费尔森也有同样的感情。更重要的是自己相信玛丽·安托瓦内特。

——而且，你是我的妻子啊。

你不也是法兰西的王后吗？在确认之前，路易是相信的。养育下一任国王的王后不会同其他男人发生精神上以外的关系。身为奥地利明君玛丽亚·特蕾西亚女皇的女儿，不可能做出如此轻薄之事。

——但是……

那是男女之间的事。并且双方都是成年人。精神之爱不会以童话故事结尾。假设到此为止的话，这种程度的感情也不足以驱使费尔森赶来救急。怎么说，路易对于肌肤之亲孕育的爱情之深刻与激烈都是无法毫不在意的。

——这两个人还是……

忽然一下身体热血沸腾。路易想到他们之间有肉体关系，一股无法忍受的屈辱感喷涌而出。也想问问他们，是把我当傻子吗？怎么说制订这个逃亡计划的中心人物正是费尔森。在奸夫的帮助之下脱离困境，还有比这更可悲的丈夫吗?

玛丽·安托瓦内特的厚颜无耻还算有度。与此相比，费尔森没有节操，不配做男人。路易苦恼着憋在心里想，意外地起了杀意。坐在车夫座上的人，正背对着自己。深夜里不断寻找迟到情人的唐璜。现在能把这个金发男杀掉。只要一把短刀，在其注意不到的死角刺向费尔森的后背。

——你还活着的话，就让我痛苦不堪。

说心里话，不想逃亡了。堂堂法兰西国王不应该偷偷摸摸逃走。必须时时堂堂正正地统治法兰西。路易完全赞成米拉波的意见，但那个干练之人死了，再没法实现自己的想法了。米拉波死去之后，玛丽·安托瓦内特不再退让：法兰西已然呆不下去了，请陛下同意带上我和孩子们一起逃走。

“真是胡来。”

但没有说出口。倘若一个人留在巴黎还不要紧。巴黎的人们听闻王后、王子、公主逃亡的话毫无疑问会气急败坏，但也和阿图瓦伯爵那时一样，也会和阿黛拉伊德、维克图瓦两个姑母那时一样，不会发展成危机事件。在政治上具有重要性的，全在于法兰西国王一人身上。只要自己留下就好，路易自己意识到了这一点。他也有自信，忍耐力强的自己能够承受住民众的非难与掌权者的迫害。

——可是也不能让玛丽·安托瓦内特走。

因为她一定会和费尔森在一起。毫无疑问会把我给忘了。同样留在巴黎，但被人嘲笑是愚蠢的戴绿帽丈夫，这是怎么都无法忍受的。

想到这儿，除了支持逃亡计划，路易已经再没有其他选择了。

——所以说，全部都是你的错。

路易虽然被唠唠叨叨、缠缠绵绵的感情牵绊，但他的头脑里还有冷静思考的一部分。就是说，清楚如果在这大声叫起来的话，究竟会发生什么。

“负责守卫的国民卫队士兵们，朕是法兰西国王路易十六。家人也在这里一起。被这个扮成马夫的人绑架了。他毫无疑问是反革命之辈。”

大喊“来人啊”，情况会变成什么样呢？路易越想象着越想笑。费尔森将被逮捕抓走。议会会严肃处理。另一方面我们不过是绑架事件的受害者。并且我趁反徒不备，反倒成了保护革命的明君。

——嗯，这可不赖。

反正玛丽·安托瓦内特都不会来了，干脆……路易下定决心，刚要呼吸一大口气准备大声喊的时候……

“啊，王后来了。”

费尔森压低声音告诉路易。猛然一看，被大个子护卫牵着手、戴着头纱的女人走上前来。的确是玛丽·安托瓦内特。虽然看不见脸，但通过腰身能认出来。因为是自己的妻子，还是能够分辨出来的。

——但为什么连费尔森都能认出来呢。

或许为了强行打消这个疑问，自己说话的声音好像变成了责备的声调。

“太慢了吧。”

对不起，王后答道。向自己老实道歉了，可还是气不顺。总之对妻子发脾气，这是最糟糕的男人会做的事。

诚然自己任意妄为，但路易心情低落。回过神来，玛丽 · 安托瓦内特已经继续说了。

“有点迷路了。”

“抱歉。”

接着道歉的是前近卫兵马尔丹，根据他的解释，参观人群散去的杜伊勒里宫果然十分难走。好不容易下到玄关，那里排布的国民卫兵虽说执勤态度松散，但人数众多。“国王之庭”再怎么近，也无法飞奔过去。在那紧急改变原定计划，两人往马尔桑楼去，从“瑞士卫兵之庭”出来。

“瑞士卫兵之庭”原来是近卫队宿舍所在地。士兵的话，在非当班的夜里也会到街上。从那里也能直接到达罗谢尔路和圣奥诺雷路。轻而易举地出了杜伊勒里，之后只要朝卡鲁索广场去，但两人在巴黎的街上迷了路。

“我长期在凡尔赛当值，对这里的地理不是很熟。”

护卫马尔丹解释说。夜深了甚至左右不分，本来打算朝卡鲁索广场走，但不知怎么的过了塞纳河上的桥。到了左岸巴克街发觉不对，急忙返回。

“真的是，连地图都看不懂啊。”

看地图就懂了，区区巴黎的道路而已。回答正在气头上的路易的还是玛丽 · 安托瓦内特。不是的，陛下，他恐怕是惊慌失措了。即便是说这话的我也感觉九死一生。

“是啊，从杜伊勒里出来的时候恰好碰上了拉斐德的马车。”

“什么，然后呢？”

“马上伏下身，好不容易躲过去。”

马车的角灯意外地照不到低处。玛丽·安托瓦内特继续说着，有种往常不曾有过的平静。听者着实捏把汗，刚脱离困境者却仍能开心地微笑。

快上马车，抓紧了。费尔森伸出手。

“快点，快点，已经相当迟了。”

凌晨零时四十四分，真的相当晚了。无论如何自我压制，路易的声音听上去到底高兴不起来。

13

迷途

不轻易向外表露感情，这是路易引以为傲的一点。但这天夜里，一时间连自己都无法理解地大声斥责他人。

——真是看不懂地图啊。

你们还能叫男人吗。路易重复着加以讥讽的对象，不仅仅是对巴黎地理不熟的王后的护卫马尔丹。

驾驶着带篷马车的车夫费尔森也在巴黎市区迷路了。他是外国人，对法兰西最为熟悉的只限于凡尔赛。

“不是，我虽然并非第一次来到巴黎，但夜里情况不同，况且今晚也没有月亮……”

不需要特意解释，路易心里依然不想接受这些说辞。是啊，你当然不是初次了。更何况你频繁来巴黎吧。大多数是来玩乐，而且是在夜里吧。但那是以伯爵的贵族身份前来的。告诉仆从目的地，之后坐在车里聊天就可以了。至少毫无疑问的是自己不会驾驶马车。

——证据就是驾驶马车的技术很糟糕。

看不到石板路上凹陷不平的地方，马车上下摇晃。没有对车宽以及转弯时角度的把握，在转弯时车轮外的轮圈会剐蹭路旁的建筑，停车时也丝毫不顾及马。

坐着感到屁股痛，害怕到不得不抓住椅子。侥幸才能不晕车，但绝对算不上舒适。

——还算是个男人么，把如此不愉快的感受强加给妇女和孩子。

路易在心里反复想。与此同时自尊心也膨胀起来。怎么说自己都非常擅长驾驶马车。

费尔森天生不适合当车夫，但路易自己喜欢驾车。在凡尔赛的森林里兜风时自然而然练就了行家本领。更值得一提的是通过打猎锻炼出了骑术，一边熟稔地操弄缰绳，另一边还能通晓马的性情，这一点连自己都感到不可思议，可谓人马一体。

——我有这个自信。

路易平时历来看不起不善骑马、驾驶马车的人。

同样他认为，有没有方向感关乎一个男人的体面。森林也好、田园也好，即使在拥挤的大都市里，迷路的狼狈样子才丢人得不得了。

——费尔森的话，如何？

本该是向导的男人告知，全员逃出杜伊勒里宫之后，下一步应赶紧从克里希路向北离开巴黎。

按照指示加快速度，从卡鲁索广场到圣奥诺雷路，接着穿过路易大帝广场，到此之前手中的缰绳没有犹豫。但刚离开杜伊勒里地界，马车的行进变得忽快忽慢。往车夫座上看看是什么情况，发现又到了歌剧院。费尔森开始对坐在旁边的护卫穆斯捷唠叨，咦，这里是证券交易所。

两人举着手提灯，头凑在一起盯着携带的地图。路易对此不免佩服，但又觉得不可思议的是，为什么不提前熟悉地图呢？

我自己的话就会那么做，这是外出时的常识。事先知道自己不熟悉地理，那就加倍努力调查，直到熟记为止。或许拼命看地图也看不懂吧，要么根本就是路痴。

“给我看看。”

路易钻到车夫座。其实他也喜欢看地图。

数学思维是男人都必备的优点，利用数学思维能轻而易举地在自己头脑里建构出坐标。想来虽然并不打算一直以此为骄傲，但前往瑟堡海军基地视察时才发觉自己有一种特殊的能力。地图自不用说，连海图也能轻松看懂，引得提督们一片赞叹。因此不如我也是理所当然的，但你们也太差劲了吧。

“先停下马车。姑且分辨清楚东南西北。”

费尔森拉住缰绳，路易自己也看起巴黎地图。不知道自己在哪儿，这真让人匪夷所思。地图上也不分白天黑夜吧。你看，这里是证券交易所。那么右手边，你们看，那不是能清楚地看见杜伊勒里宫的屋檐么。

“那么在这一个转弯处左转。”

路易亲自下令。果真是如此，不会有错的。马车车轮也没有迟滞地转动起来，到了实地也没有想象的那么困难。

实际上只用了几分钟就到了克里希路。凌晨一时十二分，费尔森看上去松了一口气。在英国人克劳福德的房子边，以“沙利文夫人自家用”为名目预先准备了另一驾马车。

现在乘坐的这驾带篷马车不适合长途旅行。话虽如此，若是在用于长途行驶的大型柏林马车里装上家庭旅行的行李，在众目睽睽之下怎么也无法在卡鲁索广场上车。那就好像在求着杜伊勒里宫的国民卫兵上前盘问一样。只会像上次被群众阻止的圣克卢之行一样重蹈覆辙。

——因此另作准备为好。

可谓完美。只是即使到了克里希路，也无法换成柏林马车。

已经晚了一个多小时。费尔森事先吩咐柏林马车的车夫，到了预定时间乘客还未到的情况下也要出发，出了圣马丁门在沿路等待。这样的话，忠诚的车夫已经出发，早就不在此了。不可能在了，要是在的话反倒麻烦了。

“马车似乎按照预定时间出发了。现在在香农街等待我们。”

费尔森兴高采烈地凑过来报告说。但坐在带篷马车上的路易不禁感到怀疑，只是为了确认吗？非得去确认吗？克劳福德的房子里老早就熄灯了，还用得着去克劳福德房子询问吗……还用得着等待睡着的人起来白白浪费时间吗……

——最要命的是专门顺路到克里希路来……

要问等待地圣马丁门在巴黎的方位的话，同样在北边。虽说如此，从克里希路前往，却不得不向东跑不少路。结果迷了路，从杜伊勒里宫跑到位于东边的证券交易所来了。从那直奔圣马丁门就好了，不用专门掉头向西到克里希路。至少不用为了确认而原地不动。怎么说这时候都是争分夺秒的危急关头。

——到底在想些什么。

凌晨一时三十八分，费尔森宣布接下去出发去圣马丁门，情况是他再次迷失了方向。目的地在北边的话，接下来不是很明显应该向右转吗？路易心想，要是再不下命令，这样下去费尔森甚至连缰绳都不会摆弄了。

——不要紧吧？这个人。

路易有点怀疑。驾驶技术差劲、看不懂地图、干事前后矛盾，真是不懂。按这个状态下去的话，逃亡计划究竟还能成功么？

14

意外转折

——事到如今也没办法。

路易决定先看看情况。已经逃出杜伊勒里宫，事到如今不可能折返回去。计划具体的安排都全权交给费尔森了，如今也不可能让他出局。

这个时候最重要的是保持冷静，路易自我告诫。自己对费尔森不满是由于先入为主，因而对他能力的评价不是很高。但以这种方式用人的国王是不称职的。唔，他和我比起来是差的。啊，没人能和我相提并论。他看不懂地图，更无法像个男子汉一样合理地梳理眼前的状况。

带篷马车马上要离开破烂小屋林立的地区，这也是巴黎的边界。

道路当然未经过施工平整。途中三次遇到大坑，车厢震得跳了起来。两次陷入烂泥动弹不得。在云掩明月的暗夜里，费尔森这个车夫四处剐蹭，碰撞没完没了，路易不禁怀疑他是不是专门选择走这样的路。即便如此他仍忍住怒火，连自己都佩服自己有耐性了。没空在心里嘲讽个没完，也一点不想斥责他了。

凌晨一时五十六分，路上突然亮起来了。目的地圣马丁门前点着明亮的灯火。

路易回忆起，一七八九年七月十二日至十四日巴士底狱被攻占，巴黎骚乱失火，这座城门的二楼烧毁。最近重建后，在新的门楼上装上了多到夸张的照明设施。路易知道这事是因为他曾听说过附近的居民因圣马丁门太亮了睡不着觉到巴黎市政厅投诉。

——费尔森你没听说过吗？

很显然对于企图逃亡的人来说，圣马丁门的光亮是个不利因素。虽然厌烦了在黑暗中行进，但这也太亮了。

——为什么选择圣马丁门？

不可能有这么愚蠢的事。无论如何也不可能。特意选了这条路一定有它的道理。

路易从篷内向外仔细打量。人们或许嫌灯火太亮反而不要靠近，路易改变了想法。尽管已是深夜，但门前还是能看到人影稀疏。不像白天那样拥挤，虽然极为稀疏，但还是有人来来往往。

“费尔森伯爵，究竟是怎么打算的？”

路易想出声问，但不得不忍住没说。

周边变得越来越吵闹。发生了什么事。难道国民卫队行动了吗？发觉杜伊勒里宫有变，紧急将各个城门严加封锁了吗？

路易屏住呼吸观察外面的情况。透过车夫座上并列坐着的费尔森和穆斯捷之间的空隙，看到的是一座有大大小小圆柱的二层建筑。这栋建筑虽然是头一次看到，但根据记忆中的地图推测，大概是维耶特的总包税征税所。

那里有人群聚集。周边行走的人看上去也出自那里。路易缓过一口气，穿着姑且不是国民卫队军服。既然不是从杜伊勒里来的追兵，那么是在闹什么呢。

——是什么集会活动吗?

路易又提心吊胆起来。回忆起自己被集会阻止前往圣克卢的苦涩记忆。但他再次放下心来，因为传进耳朵的是小提琴的乐声。虽然哪怕要奉承也说不上拉得好，但至少音色欢快。

——此番喧闹声充满快活的气氛。

夏日时节人们将餐桌搬到庭院里，喝酒、吃饭，还唱歌、跳舞。欢快的人群中央有一对年轻男女笑容疲惫地坐着。路易一眼看去，似乎是总包税人的儿子或女儿结婚，白天的庆祝宴席一直持续到现在。

路易退回车篷里面。马车在香农街前进，也无人上前阻止。路易好像听到有人接近马车跟车夫口齿不清地说话。护卫穆斯捷反应迅速，拿出一枚银币作为贺礼递过去，那人识相地走开了。

——这么回事啊。

另一方面路易长舒一口气，心想幸亏没有怒斥他们。轻易地表露情感有损国王的品格。而且如果没有看透臣下的意图错误地大声呵斥只会显得滑稽。是啦，在杜伊勒里也是这样，有人在的话反而容易逃脱。

——是打算趁着婚礼的热闹通过圣马丁门么?

其他的城门想必周边黑压压一片，即便如此还是有值夜的人。他们说不定会要求必须提供通关凭证查验、检查人数之类的。有可能被询问为何在深夜出发，或是觉得可疑而不允许我们通过。

本来应该执行一样严格的规定，但唯独圣马丁门乱了。总包税人置办盛大的宴席庆祝婚礼，所有人都痛饮酒醉了。

——不愧是费尔森。

他仔细调查过吧？果然非同一般。路易佩服他的能力，但又产生另一种情感将自己的胃底搅成一团。但他刚要告诉自己必须忍耐之时，路易不能不大为吃惊。从车夫座上探进车篷里说话的不正是费尔森吗。

“正在举办宴会，真走运。”

那是婚礼的宴席吧。是啊，我们的确得到了神明的祝福。不是立宪派，而是我们得到了祝福。路易对于费尔森拙劣的笑话甚至无法报以礼节性的微笑。

不仅仅是自己这样吧，路易想。听到这话的所有人想的都一样吧。两个孩子虽然睡着了，但照看他们的图尔泽夫人、王妹伊丽莎白、王后玛丽·安托瓦内特，甚至连护卫穆斯捷和马尔丹都沉默不语。这就是证明。

——惊愕得完全说不出话来了。

事先没有调查出圣马丁门会举行婚礼，似乎只是凑巧罢了。也没有理由非得选择走圣马丁门。可能只是因为通往香农街，所以才不假思索地优先选择这里吧。若是没有神明保佑，在明亮的灯火下无处可藏，说不定会被拦下来不允许马车通过。

马车沿着街道行进，路易望着逐渐远去的二层城楼的橙色灯火，如今仍恐惧得颤抖个不停。

——唉，算了。

现在从结果来看还不错。路易努力安慰自己。不管怎么说，已经到了巴黎市区之外了。已经逃离可厌的街道了。之后只要沿着田间路跑。

实际上气氛已经不同了。越来越感受不到大都市特有的憋闷感，更重要的是闻不到刺鼻的臭味。草地散发出的香气被风一吹掠过脸颊，给人清爽的感触。无与伦比。

——连风都延绵不断。

凌晨二时零八分，马车意外停住了。路易尝试听外面的对话。费尔森又开始唠唠叨叨了。有点奇怪，怎么回事，奇怪啊。

“这回是什么事？”

路易问车夫座上的人。这次一出声，已经多少表露出不耐烦的心情，路易感到后悔，但又想到也没法收回了。

“这次他好像是在哀叹，等待的柏林马车不见了。”

“……”

没有回答。果真找不到柏林马车了。

15

暗夜

“我去周围找找。”

费尔森从车夫座上下来。传来一阵急促的步伐，但他宽大的后背一下消失了。脚步声越来越远，也不知道他要到哪里去、要去做什么。

路易自己也下了马车。穆斯捷慌张地说，陛下，鞋子会弄脏的。但现在不是担心弄上泥巴的时候。

月亮被云层掩盖，夜里四下黑暗。能看清的只是带篷马车车灯可及的一米左右的范围，之外完全伸手不见五指。

——暗夜之下怎么找得到啊。

路易愤然抱起手臂。

这并不是让人吃惊的事。此地不是城市，农村就是这样。村落的各户人家如果都点灯的话，那说明情况异常，就不得不心惊胆战地先怀疑是不是有人下令四处寻找逃走的国王。

——为什么必须得在街道上会合呢？

特意走克里希路，在那换乘柏林马车不就好了嘛。如今再次疑惑起来，到了预定时间就出发，这样的命令没有意义。假如有什么意义的话，只要对方真的忠实执行，就会变成眼下这样不得不在黑夜里等待的情况了。

——费尔森这家伙，难道没对此做什么安排吗……

路易没什么可以做的，只好返回马车，借着灯火再次查看怀表。

凌晨二时二十八分，已经迟了两小时以上。现在也不能再悠闲自得，不能再想着“虽然不如预计的那样顺利，但还在容许的范围之内”之类。再这么停滞下去的话，可能会给整个计划带来灭顶之灾。

——问题是费尔森。

现在要抛弃他吗？路易开始考虑了。不能感情用事。现在要根据现实情况仔细考虑。

费尔森说完去找柏林马车就没回来。闲着也是闲着，有一点时间思考。把他抛弃在这黑暗的野外，我们自己继续出发如何？

路易开始查看带篷马车的车轮、车轴。果真只适合在巴黎市内行走。不得不说这驾马车无法胜任全程二百多公里的长距离旅行。哪怕技术高超的车夫驾驶，乘客也无法忍受路上的摇晃。

考虑到同行的大多是妇女儿童，就更加难办了。而且行李的话也已经装在了柏林马车上。虽说考虑了一系列不利因素，其实乘现在的马车也不是办不到。

——多少勉强的情况下索性硬来吧。

路易担心路上会出什么状况，所以多少带了一点现金。出逃的话不能带着金袋咣当作响，但还是藏了数枚金币银币以备路上的开销。

——可以靠这驾马车跑吗？

路易向车篷内看了看。他听见孩子们的睡息，他们似乎仍睡着。反观王后玛丽·安托瓦内特、妹妹伊丽莎白、照看孩子的图尔泽夫人，她们三人都背部挺得直直的，没有一点萎靡不振的样子。

路易判断，她们不可能不感到疲惫。支持三位女士的是极度的紧张。但这样的话反倒有利。保持紧张的状态说不定能够忍耐住本来忍耐不了的旅程。

紧张过了头失去意识，昏睡过去也好。哭也好、笑也好，也就是二十四小时的事。按照原定计划，明天这个时候我们将在布耶将军的保护之下。

——还是出发吗？

抛弃费尔森一走了之吗？路易的心里开始动摇了。说得残酷点，既然已经离开了巴黎，这个人已经没有利用的价值了。车夫的话，可以在下一个驿站连同马匹一起配备，也可以让某个护卫来做。不，甚至我来做也可以。不管是马、马车也好，我有处理这些的经验，自己掌控缰绳也不是不可以的事。

啊，只有出发了。不能在此浪费更多的时间了。夏至时分昼长夜短，磨磨蹭蹭的话天马上要亮了。所以，出发吧，路易刚要向带篷马车宣告的时候……

“陛下。”

马车里有人对自己说话。是玛丽·安托瓦内特的声音。陛下听到有声音传过来吗？

被这么一说，路易侧耳聆听，确实有声音在靠近。疑惑之间，红色的光亮在暗夜里闪烁，是从车夫座左右的角灯中发出的。不出几分钟，听清楚了是马蹄声。

除那以外再想象不出其他可能了。

“是，似乎是费尔森回来了。”

王后说这话时，路易只能靠自己擅长的面无表情掩饰，否则马上就要不屑地咋舌了。

想到这有损品格，他没想让人听到。但咋舌也是理所当然的，路易心中翻滚起愤怒的漩涡。

“找到了。是的，我总算找到了！”

费尔森满面喜色的模样在黑夜里也能想象得到。这也没什么可威风的。路易不发一语走向新的马车。他抓紧时间开始检查车轮和车轴。

六匹马牵引的柏林马车果然看上去巨大无比。车厢的大小非同一般，威武的形象和车身高度也有关系。就是说车轮直径长，承接车轴的弹簧的幅度也大。

——这样就能保证长距离旅行乘坐舒适。

路易自己特别提出要求，因为要让家人乘坐，唯有马车的车轮部分不能妥协。此外，车身涂装成绿色，车轮涂装成黄色。车厢内饰是白呢绒质地的，车窗上安装薄波纹绸的帘子。虽然马车没什么值得特别一提的地方，但唯有车轮部分拥有当代最高的标准。

——这正是男人的心思。

也可以称之为作为丈夫、作为父亲的义务。在对此颇为骄傲的路易看来，柏林马车的到来让他打心底开心。如此出色的一驾马车！找到了的确比找不到要好。比起坐那驾靠不住的带篷马车强行长途旅行要好得多。

——虽说如此，车夫倒是不缺。

凌晨二时五十二分，待篷马车上的所有人换到柏林马车上，终于能够重新出发了。坐上宽敞的车座，到底还是弹簧好的马车坐起来舒服。正因此，路易才不能放弃之前的想法。

——能把这辆马车交给费尔森么？

事已至此，甚至连车夫之职都不想委任于他。好不容易坐上这辆名车，要是旅途上遇上不备之事可能就把马车弄坏了。路易不能不暗自担心起来，这可不是开玩笑。

——还是不能交给费尔森。

应当放弃他吗？看清他只是累赘这个现实，早早在此摆脱他，应该这样做吗？柏林马车顺利地出发开始旅途，可路易还是无法放下之前的想法。

——而且，这人真是靠不住啊。

没有料到如此，路易越想越生气。

16

费尔森

——不可饶恕。

因其三番两次地危及逃亡计划，路易不仅惊出一把冷汗，心中还激起强烈的不满。或者不如用被欺骗产生愤怒与屈辱来形容更恰当。

仔细瞧瞧，他不过是个冒失鬼。尽管先前路易还认为他是个干才，如今重新想想，这根本是无稽之谈。但是，举手投足尽显威严的美男子，看起来当是一表人才的。总是自信满满，言谈举止都透着凌人之势。

或许路易看好费尔森是缘于传闻他是王后的情人。

——能让玛丽·安托瓦内特王后倾心的一定是了不起的男人。

路易不自觉地深以为此。

他虽然听闻费尔森与自己的妻子有染，但既没有冷酷地将其驱逐出法兰西，也没有与他正面对峙。这是因为他多少有点投鼠忌器。

不仅如此，自己还听从其逃亡建议甚至付诸实施，这可能是因为总感到有种自卑感。同样身为男人却有种无可奈何的劣等感，无法对其硬起腰杆。

——所以自己是被欺骗了。

自己被一种不该有的懦弱支配。想到这里，更憎恨起费尔森来。哪有这样的道理。对方怎么说就是个空有优越感的家伙。我擅长驾驶、看得懂地图，做事有计划性、仔细周全。总之我比他强不知道多少倍。

路易啪一下，使右拳击左手掌。自己还是平生头一次做出举拳头的动作。是啊，就是如此气愤。这个冒牌货甚至完美欺骗了我，让我被他耍得团团转。虽然眉清目秀的美男子可能博得妇女的好感，但这并不证明他有能力。反过来，哪怕不堪正视的丑陋男人，有能力就是有能力。二者间云泥之差。

——不，也有可能没什么不同……

路易想，提到就算是人长得丑但有能力的还是有能力，最先想到的是米拉波伯爵。那个满脸痘痕的怪物能成事。不单单是这样，听说他还颇有艳福。是啊，能干之人也有女人缘。

——看看费尔森……

真有女人缘吗？人们虽然称之为美男，但看他的内涵如此粗制滥造。女人也不蠢，不会看不透男人的优劣。透过她们严格的眼光，费尔森之流不足挂齿。冒出一连串愤怒的想法之后路易发觉了一丝希望之光。

——说什么王后的情人……

根本不过是没有根据的传言。费尔森暗自倾慕还有可能，至少玛丽·安托瓦内特没有与他有过交往。即使是此番的逃亡计划，也只是因为王后迫切地想要逃离眼下的不愉快，这才接受了。不然的话她可能听了也不过一笑了之。

——可是我……

凌晨三时零八分，柏林马车快马加鞭行进约十五分钟后停了车。夜里的黑暗更加深了，阴森的路途甚至让人在这初夏时节感到寒冷。

并非出了意外。停车的地方是事先安排的邦迪驿站。像是发觉了马车的角灯，有马蹄声靠近。

“在下弗朗索瓦·德·瓦罗里，前面是运送法兰西宝物的马车吗？”

正如计划一样，这个在此等候的人是继穆斯捷、马尔丹之后第三个协助逃亡的前近卫兵。

瓦罗里准备了马匹，包括他自己骑的一共十匹。每匹马都喂足水和饲料，状态正好。

抓紧进行第一次更换马匹。将牵引柏林马车的六匹换掉，还有四匹，其中两匹留给计划在克莱伊汇合的布鲁尼尔夫人和纽夫维尔夫人，以更换牵引她们双轮马车的马匹。克莱伊虽然也和邦迪一样设有驿站，但到早上才会开放。

剩余的两匹马供瓦罗里和马尔丹骑乘。穆斯捷继续驾车。

三个护卫抓紧更换马匹。路易利用这个时间下了车。

“怎么了？陛下。”

王后在身后问道，但路易含糊其词。没什么大事。夫人，不用担心。

“费尔森伯爵，还好吗？”

他对着车夫座发话，语调连自己听上去都冷冰冰的。或许是有些顾虑，路易在距离马车两三步距离时回过头，费尔森仿佛察觉到什么似的神情紧张。

——他害怕了。

他是害怕我。路易心中确信如此不由得兴奋起来。费尔森伯爵，如你所想。

“一路上辛苦了。”

“陛下，这……”

“我们就此一别吧。阁下请往比利时去。可以的话，到那与普罗旺斯伯爵汇合。”

“可陛下一行该如何？”

“我们没事。是的，完全不用担心。”

“可小生不与陛下同行的话……”

“之后的行程我已经知晓了。”

“可是，制订计划的是小生。”

费尔森不肯罢休。无论出于什么理由都不想中途离开。他的想法也不难理解，但他该自己努力了。自己专心努力，不要再想有人会给自己帮忙了。

费尔森转动眼珠。目光掠过这边，恐怕是在看我身后坐着的王后。请帮小生美言几句，这是他想通过眼神传达的吧。

——玛丽·安托瓦内特会如何回应呢？

路易冲动之下想要亲自确认，但他没有回头。她现在的表情是快哭出来了，或者愤怒于不得不与恋人分开。不管是哪种出于爱慕的神情，路易都害怕得不得了，无法转过头。

——没那回事。

路易强撑着一瞬间站不稳的身体。没什么可怕的，没那回事，自己不该无意义地扭过头，给王后施加本不该有的屈辱。她与费尔森的交往到底是不可能的，这样的话就更没必要扭过头看。

“计划全都在我脑子里。”

路易继续说。费尔森当然不会因此作罢。是的，小生的确向陛下解释了全部计划。这一点小生并不怀疑。可是，小生曾经实地多次往返计划行程。

“再加上是小生制订的计划，当由小生亲自……”

“指挥得很顺利吗？”

“……”

“阁下曾多次往返此路，再加上阁下制订了计划。我想问的是，阁下今晚有按照之前的计划顺利实施吗？”

路易诘问道，得意洋洋地拿出怀表。时间已经晚了这么久，没有解释的必要了吧。

路易掀开表盖装作看表盘的时候，费尔森耷拉着脑袋。他似乎还想辩驳什么，但只有虚弱地动动嘴唇。因为他说的都不过是借口。说出口只会让自己难堪。

最后路易伸手拍了拍对方失落耷拉着的肩膀。

“非常感谢阁下做出的贡献。”

我们在蒙梅迪再会。路易转过身，大步朝马车走去，但期间他的心脏狂跳，好像要飞出来似的。连自己都对这个决断感到狼狈了吗？抑或是因为害怕受到王后的责怪吗？即便自己也没把握，但心脏怦怦剧烈地跳个不停。

“下一站克莱伊。”

布鲁尼尔夫人和纽夫维尔夫人应该在等着我们到达了。路易一边说一边上了马车。

车里的玛丽 · 安托瓦内特并没有以笑脸迎接他，也并没有板着脸。因为车夫座旁的角灯逆光，车内的人脸隐没于昏暗之中看不清楚。但她至少没有抱怨一句。

17

旅程

——我还不能放弃。

旅程中伴随着车厢摇晃，路易十六不停地重复思量。到底还不能放弃。对人言听计从不是有本事的男人的所为。我不愚蠢，自己能够思考、决断、行动。

——证据就是……

柏林马车继续飞驰着，快得不像在跑，倒像是在滑行。虽然郊外的道路与都市不同，并没有铺上石板，车轮沿途激起飞沙走石，但乘坐的舒适度是一样的。

跑的距离越长越深切地意识到这一点，执着于马车的性能是正确的。要是对此轻易妥协的话，车辆可没法跑得这样舒适。

路易心情愉悦地翻开小笔记本。

“六月二十一日，凌晨四时半，到达克莱伊。与早先抵达的布鲁尼尔夫人以及纽夫维尔夫人汇合。加上她们的双轮马车，之后的旅程两驾马车前后行进。

“上午七时零八分，到达莫城驿站。打开了携带的餐篮，早餐时间比往常稍早。

“上午八时十六分，到达拉费泰苏茹瓦尔。约用十分钟更换马匹。

“上午九时二十八分，在莫拉斯的森林休息，让孩子们呼吸新鲜空气。按计划十时出发。

“上午十一时十二分，到达维艾庄园。包括解手，停车二十分钟。

“下午十二时四十二分，到达弗罗芒蒂埃。与来往的人们交谈一会。今年预计会丰收。”

这是旅程的记录。同费尔森伯爵在邦迪分别行动后，也就是不任人而为，自己亲自指挥出逃之行以来，路易一直做记录。有时重读也不禁感到自傲。

——可以说我们的旅程越来越顺利了。

幸好抛弃了费尔森，这个想法依然不动摇。与他同行到达邦迪前，一而再再而三地出纰漏，路易被弄得一直焦躁不安。而如今怎么样呢?

路易从笔记本上移开视线，看向车窗外的景色。心情平和地远望，倍感陶醉的是香槟地区沿途连绵不断的田园风景。

——夕阳也很美。

西沉的落日给远方的地平线染上颜色，说不清是红还是黄，又或者是两者混合的橙色。要准确形容那种颜色的话，应该说是同波旁王室的分支治下的西班牙所产的柑橘的颜色完全一样。路易思考着，自己像这样思考可以说是平生头一回。

——完全陶醉于美景了。

丰饶的大地也被夕阳浸染，土壤像是被吹上一层石灰质。

沿途左右两侧绵延着绿色的葡萄林。路易想起葡萄酿制的美酒，仿佛闻到了每晚在凡尔赛享用的芳香。

夏至时分白昼时间长了，感觉黄昏姗姗来迟。天气炎热，让人不觉得还是初夏。这天的大半都在摇晃的车厢里，从由此带来的不舒适中解放出来，想到夜晚冰凉的风马上要来，心里更加得到宽慰。

——旅程也不坏嘛。

首先，毫无疑问的是，在巴黎无法像这样眺望夕阳。如此总结的话，与其说路易的内心回归到了简单的自我满足，不如说他惊讶于自己心情舒畅。终于逃到这里了。时隔这么长时间终于自由了。

对此也有种不安，感到如同梦境一般，没那么容易办到。超过了预料，不可能这么轻易就成功了。要想消除无止境的怀疑，觉得反倒是失败的记忆更加靠得住。途中也有过吓出一身冷汗的时候。虽然只有一次，但确实有。

——是在经过尚特里的时候。

重看笔记时发现下午一时四十九分到达尚特里。那里除了驿站只有酒馆、铁匠铺、旅店三间房屋。

当然，有驿站的地方都相当热闹。不少的人来来往往，还会聚集于此。从马夫、车夫、过路旅人、商人、邮差、乞丐，到邻近乡村来此不知道有何目的的农夫，都在吵闹个不停。

六匹马牵引的柏林马车是在两轮马车的引导下来到此地的，虽说柏林马车有些显眼，但如此一来便也不会引起路人的注意。路易认为这样便没什么关系，于是下了马车。此时此刻，天气炎热得不得了。

“有没有能凉快的地方？”

路易在驿站询问。驿站站长名叫让 · 巴特斯特 · 德 · 拉尼。他回答说，酒馆那边应该有喝的东西。但那里有时会有些下层人，像您这样的贵族不知道能不能看得过去。

“我让女婿去看看那里有没有地方。”

驿站站长看到路易手中摆弄的银币，亲切地说。得到肯定回答后，他赶紧呼唤加百利、加百利。从里面小跑出来的加百利立马扯开嗓子啊了一声。

“啊，国王陛下！”

叫得很自然，路易一开始并不惊讶。稍过片刻，他身体不得动弹，但好在驿站站长拉尼缓解了场面。他一边苦笑一边教训女婿。你说什么？国王陛下？

“你这家伙在说什么梦话！国王陛下怎么可能来到乡下地方。”

但加百利仍不罢休。而且声称自己是这里的联盟士兵。去年七月十四日离开巴黎的。

“在战神广场举行了夏至联合会。当时陛下到场致意，是我亲眼所见。”

女婿刚说完便跪下了。路易十六陛下，向您请安了。

路易一时语塞。被人认出来了，明明经过乔装打扮……好不容易才逃出巴黎……怎想到在这暴露了身份……

路易在心里挣扎着，但他并不讨厌被认出来的感觉。这或许也是没有办法的事。周身散发着法兰西国父的威严，再如何乔装打扮也掩盖不住。

考虑到当前面临的状况，这种感觉或许过于漫不经心。但实际上，眼下的情况并非是被人挡住了去路。

满脸疑惑的拉尼也被女婿的当真的态度感染，在他旁边跪下身。正在路易不知所措之际，他催促加百利，让他查看有没有地方供陛下休息。

“你快点去准备好‘雌鹿亭’。”

这是酒馆的名字。路易带领下了马车的家人向“雌鹿亭”走的时候，已经不需要再乘凉了。本该平静的尚特里驿站呈现出一番与之不相称的狂热景象。有人跪拜、有人仰天，热闹的人群如同海浪一般。

“国王陛下万岁！国王陛下万岁！”

哪怕进了酒馆在桌旁坐下，奉承、感慨的话语仍不绝于耳。国王陛下驾临此等边远乡村。神就在眼前，国王就在眼前。得以一睹国王真容。那应该是王后殿下吧。可真漂亮啊。那还用说，老板娘。真是高雅庄重啊。王室的成员都流着蓝色的血液吧。打出生就和你不一样。看那王子公主，你才应该和你家里的鼻涕虫比比看。

路易苦笑着插话说。

“各位啊，怎么说好，今天不太想被打扰。”

“微服私访。陛下正在微服私访。”

“你们啊，可不要在梦里呼唤路易十六陛下。”

听到这样的回应，路易再次苦笑。要说其他损失的话，只有玛丽·安托瓦内特为了表示感谢，从携带的器具箱里拿出两件银器送给今天的侍应。

“下午二时三十一分，自尚特里出发。”

路易重新查看完手边的笔记，又转而遥望夕阳。旅程越来越顺利。要说是一次相当令人愉悦的旅程的话不免过于悠闲了。他如此反省，可回想起来感觉并不坏。

——我尚且还相当受欢迎啊。

18

篷特·德·索姆韦勒

地方上依然保留着对于国王权威的敬畏。

尤其路易十六作为决定召开全国三级会议的改革派国王，是与贵族的专横斗争的勇者，他仍然受到大多数臣民的敬爱以及支持。路易心里反复想着，甚至不免自嘲地笑了。原来都是错觉。

——巴黎才是异常。

不应当助长拉斐德、巴伊等人的气焰。即便是雅各宾俱乐部叫嚣的言论也与法兰西全国的常识相悖。

攻占巴士底狱的家伙就更莫名其妙了。怎么也想不到会发生革命。

所有事都源于一七八八年的恶果。法兰西被这一番不幸击垮，暂时失常。这也许才是正确的解释或真相吧。

——至今为止，自己因不知情而被欺骗的例子太多了。

如此反省的话，对于眼前的状况还不能乐观。在一年中白昼时间最长的日子里，也已经到了夕阳西下的时候。旅程越来越顺利，但唯有时间上大幅延迟了。

——三番两次被耽搁，这一切都怪那个冒失鬼费尔森。

路易没那么容易释怀，不仅如此，更加怒不可遏。但是时间如今延迟四个小时以上也不能全怪那个瑞典人。

从尚特里出发不久，柏林马车出了故障。车夫知道马车上的乘客是国王或许稍稍紧张，结果马车在通过索姆苏德河上的桥时撞上了路标。

马车车轴撞断了，撞得很严重。修理需要一个小时，如此一来，总计比计划晚了超过四小时。但也没办法，并不能停下前进的脚步。比起巴黎日渐高涨的恶意，这点小小的事故不过是余兴。

“呀，要好好修理才是。”

路易听了这话才放下心来。

在脑海里回顾之前发生的事，一时间迷迷糊糊了。眼前像蒙上了雾霭，匆忙眨眨眼，车内静谧的睡息交错回响。

想必都疲劳了吧。两个孩子不用说，连图尔泽夫人、妹妹伊丽莎白、王后玛丽·安托瓦内特都互相依偎在对方的肩膀上睡着了。路易一边心想难道是自己鼾声太大，一边向马车外看过去。

车窗外看到的是马鞍和骑马服的下摆。不是黄色的，这人肯定不是骑马随行的护卫马尔丹。根据他与车夫的谈话可以推断，似乎此人恰好骑马从此经过。他出于好心提出建议。

“这样下去的话再出问题是迟早的事。尽快交给专门修理马车的处理吧。”

“是啊，先生。”

车夫回答道。车夫是在前一个驿站雇佣的，虽然还年轻，但总好像给人一种他很狂妄的感觉。现在是应急修理了一下，修得很粗略。最好是好好修理一番，我也这么建议过。但这一行人行程紧急，总之只要求加快速度。

“感觉几乎是硬来，就被赶着出发了。”

路易沮丧地听着传来的笑声想，着急是理所当然的。不能慢慢修理了。笔记上也这样记录着。

“下午四时十二分，到达沙隆。香槟省内最大的雅各宾俱乐部据点所在地。加紧换马，四时二十八分出发。”

沙隆正是最大的难关。只要能顺利逃离沙隆，逃亡计划就等同成功。这种情况下，哪有人会慢吞吞的。

车大座上的护卫穆斯捷插话道，谢谢阁下的建议，我们正在赶路。请不要打扰车夫。他如此打发掉热心的过路人，然后也对车夫大喝。

“跟你说了很着急，为此还多给了你一块银币。”

闭嘴干活！车夫似乎害怕了，不再抱怨。过路人撂下一句话便结束了谈话。

“总之这么下去早晚要停下。多说一句，前面的路更加糟糕。”

马蹄声急促起来，然后便越来越远。剩下的马蹄声是两个护卫骑的马发出的，热情的过路人从旁边离开了。

“真是多管闲事。”

车里的路易咕哝一句。担心多余了。涂装成绿色的柏林马车外面看上去再怎么土气，内部配置却是一等一的。弹簧质量出众，所以车轴的负担很小。

如果不再出故障等意外的话是不会停车的。假如应急修理不好，哪怕进退不得，好歹也已经跑到这了。

——再坚持一下。

路易又自信起来。再坚持一下就到了布耶将军控制的地区。下一个驿站，篷特 · 德 · 索姆韦勒应该会有部队接应。计划是舒瓦瑟尔 · 斯坦维尔公爵率领着四十人的轻骑兵小队，在那等待柏林马车的到来。

——那我们就得救了。

如此乐观的理由是，继过路人之后，护卫瓦罗里的身影也不见了。

一般每到接近驿站的时候，瓦罗里便单骑前去。预先安排好替换的马匹和车夫，不用浪费时间，可以快速继续上路。

——是我命他这样做的。

不能再迟了。实际上停车的时间已经缩短了，否则每个驿站多停留十分钟，加起来的话，迟滞的时间会延长到五小时、六小时。这样的话，在前接应的兵团有可能等得不耐烦。

路易一边暗笑一边拿出怀表确认时间，然后在笔记上记录准确的时间。

——下午六时十五分，到达篷特 · 德 · 索姆韦勒。

染成红色的天空中矗立着一个黑影。根据地图看如果没错的话那应该是德 · 莱平圣母院的钟楼吧。虽说是供奉圣母马利亚的教堂，但眼下还算有点时间祈祷。路易始终不慌不忙。

也不会再迷路。香槟地区平坦的大地上有一处洼地，像是神明恶作剧挖出来的。驿站是一座长条样式的建筑，孤零零地在那里。

稍远处还有几栋建筑，但或许因为时间关系，和其他驿站比起来，往来的人比较少。

“……”

奇怪啊，路易想。两驾马车到了驿站，却不见早该到这的瓦罗里的身影。

瓦罗里本来就不会有什么大问题。很快传来马蹄声，来到路易的车窗旁报告情况。可是传来的却不是好消息。

“我到附近的村子转了一下，到处都没有人。”

“没有人是指？”

“轻骑兵小队没有来。”

瓦罗里说，夕阳的余晖照着他的脸颊，面色铁青。

事情的确让人惊讶。他们若到了篷特·德·索姆韦勒那就得救了。能见到舒瓦瑟尔·斯坦维尔公爵，还有从宫廷派到布耶将军身旁的心腹加格拉也应该一同在此守候。等路易的马车一到，就会通知各部队上前迎接。

同样因负责联络国境地带而受重用的还有莱昂纳德·昂提耶，此人是设计新奇发型的美容师。他也应该在此守候同样对新奇玩意拿手的王后。好不容易来到这里，一时间柏林马车如同送葬马车一般暗淡。

——这可糟糕了。

耳边听到的只有乌鸦难听的叫声。有骑兵四十的话，自然能听到马匹的嘶鸣声、踏步的蹄音。不，马那么大的动物若有四十匹的话，在听到声音前也能感觉到其存在。

篷特·德·索姆韦勒的静谧打消了期待，只留下恐怖。

——虽说如此，但不能惊慌失措。

路易开始拍拍手。虽然有意给众人鼓劲，但也并不打算勉强。他本身就是遇事不慌张的性格。

虽然有时被人恶意解读为缺心眼，但对路易来说，他自认为一遇到事就摇摆不定是难以胜任一国君主的。

“心情郁闷、唉声叹气也无济于事。”

路易接着下令，继续行进。是啊，出差错了。又出差错了。诸位，出差错也是在所难免的。

对自己的专断独行，路易感到很满意。事实上，也没有人反对他的决定。三名护卫毫不迟疑地行动起来，分别乘坐在两驾马车上的妇女孩子们也默默点头赞同。

她们眼中噙着泪水，哪怕如此但在遭遇不测风云之时，有一个人仍能岿然不动、果断决然，毫无疑问使她们感到安心，或者甚至有一种感动。

——也不看看我是什么人物。

我是路易十六，生来就是为了治理、领导这个国家的人，是当国王的人，路易在心里打趣地想到。突然他脑中掠过一个想法，自己从前不是法兰西国王路易十六。说不定，在开始这次旅程之时，自己才成为了与王者之位相称的人。

19

圣默努尔德

晚上七时零二分，两驾马车到达了一个叫奥尔瓦的驿站。

地处乡下，再加上时间关系，几乎看不到有人来往。好在能够更换马匹，虽然也能雇佣到新的车夫，但他反对继续旅程。

虽然已是夏至时节，但再过一小时天就黑了。与其走夜路，今天最好到此为止。着急的话明天早点出发会更快。

路易厌烦他的理由，理所当然地没有采纳。因为只要见到布耶将军的军队就安全了。以稳妥的方式缩短行进距离并没有什么意义。

——这也没有可住的客栈。

路易以管家杜兰的身份回应，我们的话可以在马厩旁睡一晚，但不能让克罗夫男爵大人也这样。路易以情理说服车夫到下一个驿站圣默努尔德，并答应他额外再给他一埃居作为谢礼。不过事与愿违。

再次踏上旅程后不久，就算路易也不得不开始反省车夫的反对意见有一定道理。离开香槟地区的平原，如今来到阿贡地区的丘陵之中。

路途上下坡多了起来，周围的景色也不见了葡萄田，到处都是森林。

道路状况当然也非常糟糕，断坡、大坑、泥路不断。车夫也在不断抱怨如此艰险的路途马都受不了。路易也十分担心马车的车轴有没有问题。

马匹可以更换，但柏林马车还能不能坚持下去？

路易显得越来越焦躁不安，口中嘀咕着他们面临的现实情况。

“究竟到哪才能见到布耶的接应军队啊。”

自欺欺人、装作没事的样子也差不多到极限了。此时路易高兴之余甚至不自觉地想要鼓掌。

晚上七时三十八分，一行人到达圣默努尔德。虽然天还没黑，但天空也已渐深紫。刚认为这里十分闲散，却出乎意料之外有人聚集，不免惊讶。

原来如此，圣默努尔德虽说比不上沙隆，但比篷特 · 德 · 索姆韦勒、奥尔瓦要大得多。众多建筑林立，悬挂着客栈、饭馆、酒馆等各色招牌。这里或许是前往阿贡最艰险之地前最后一个驿站。

眼前的热闹景象也就不难理解，这个时间正是热闹的时候，路易想。当马车正进入驿站的时候路易有了一个发现。

在“金色的太阳”的招牌下面。太阳早就西斜，但余晖还停留在一个装饰有夸张羽毛的紫铜色头盔上。定睛一看，能确认那是波旁王室规定的绿色军服。

——是龙骑兵。

在这个地方发现军人的话，只可能是布耶将军派来的，路易心想。他开心得不得了，虽然忍耐住没有拍手称快，但不禁探出车窗跟他搭话。

“军士，这里的驿站在哪儿？”

“什么？先生。喂，带着美人出行啊。”

路易也注意到龙骑兵的视线。坐在他背后的王后似乎在朝外面点头。

要是身份暴露了早该被发现了，心中尚且没有那么紧张。路易不过是以管家杜兰的身份回答，想再说点俏皮话。

“哈哈，太遗憾了，不是我的妻子。这是我伺候的女主人和其家人，还有女仆。”

路易耸耸肩，然后又问了一次驿站的方位。

“拉波尔特·德布瓦路上，在那边。”

指路的龙骑兵有一点德国口音。果真如此，布耶将军下面的士兵几乎都是外国佣兵。

“没错了。”

路易转向车厢，一脸欣喜。玛丽·安托瓦内特点头回应。虽然车里光线昏暗，但能感觉到所有人脸上都露出安心的表情。是啊，只是出了一点小差错。布耶将军没有违背约定，他确实派出了士兵。看看，就在那边。我们马上就会受到诚挚的保护。

“各位，一路辛苦了。”

虽然很小声，但路易还是忍不住说出了这样的话语，大有为旅程画上句号之意。因而，和瓦罗里汇合时，路易与其说是感到奇怪，不如说是怒火中烧。

先遣的护卫已经在圣默努尔德驿站备好了马匹和车夫。尽管看似顺利，但他此刻脸上难掩狼狈。

“发生什么事了？”

“那个，杜兰先生，实话说必须要抓紧了。”

“究竟发生什么了？”

“圣默努尔德的居民都极为不安，提心吊胆，想知道为什么有士兵来，是有什么大事发生吗，还是有不可告人的目的……”

“什么……算了，算了吧。先出发，马上集合所有士兵。”

“可是他们好像喝了不少，集合全员要花费一些时间。”

“岂有此理……”

路易想起了“金色的太阳”的招牌，那里应该是酒馆。那个指路的龙骑兵想来也有点微醺的样子。

“怎么会这样！怎么会这样！”

“现场指挥的军官解释说，我们到达的时间实在太晚，不允许喝酒的话会撑不住。”

路易无言以对。迟到超过四小时，他也不得不承认不能过分苛责龙骑兵。

想来也许篷特·德·索姆韦勒和奥尔瓦的情况也一样。士兵们等不及国王的到来，抑或因迟到太久而感到困惑，结果撤退了。

——但这能怪我吗?

路易还是无法不当回事，宽容地听之任之。遇到不像话的事，总想找人责备。

“现场的军官是谁?”

路易问道。瓦罗里回答说此人名叫但多旺男爵，他正在招呼集合士兵。

“他来了。”

顺着瓦罗里指示的方向，的确有身着绿色军装的人走近了。一共有三人，领头的便是刚才提到的但多旺男爵。

仔细一看，他们正小跑赶过来。瓦罗里，你在做什么？再不快点出发的话就完蛋了！

“瓦罗里，这两个人是你的同伴吗？一共三人吗？”

“那又如何？”

“瓦罗里，我不是说了让你脱下黄色的外套嘛。圣默努尔德正焦虑不安呢。”

“可突然叫我们脱了外套也未免唐突了。”

但多旺正要开口回应瓦罗里的抗议，但在他愤怒地出声前，另一个人先发话了。

20

头目

“莫非是孔代亲王？”

声音似乎是从驿站远处的人群中传来的。

在弄清说话人的身份之前，这个名字先令路易心头一震。孔代亲王是波旁王室的分支，也就是说血脉相连。路易正害怕着是不是身份暴露了，但叫出“孔代亲王”这个别人的名字也有点奇怪。

改了主意观察情况，吵吵嚷嚷的人群中继续说。

“即便不是孔代亲王本人，但一定是个逃亡贵族。”

“孔代亲王的军队是来迎接那家伙的吗？”

“喂喂，再这样下去，可不要开战啊。”

但多旺男爵紧张地插话说，不是的，不是，我们是受国境驻军派遣前来的。我们到此只是为了接应巴黎送来的军用资金。

“那么，穿着黄色外套的人是怎么回事？”

在一番对答之后，路易这下理解了。

“原来黄色是孔代亲王专用的颜色。”

正像这些人认为的一样，瓦罗里、穆斯捷、马尔丹的黄色外套在这里不会被当做邮差，而会被当成孔代亲王的手下。

让居民神经紧张起来的原因也正在于此。

孔代亲王也逃亡到国外了。在奥地利占领的比利时扮演着亡命贵族的首领。他作为反革命的首领妄图今后在法兰西卷土重来，因此国境地区一直对此非常不安，担忧他会联合外国军队一起发起进攻。

——这个地区好像也是孔代家族的领地……

定睛一看，人群中也开始骚动起来了。在每分每秒都变得更暗的天色里，也能发觉枪支细长的阴影。既然如此，那些握着镰刀、扛着锄头的人也绝不仅仅是刚干完农活要回家。其中甚至有几个联盟兵，穿着巴黎所谓的国民卫队的制服，由此可以判断，之前有人号召人们积极组织起武装力量来。

——焦虑不安也在所难免。

对于平民来说和平是他们最为关心的。只要是威胁到安定平和生活的事就是最大的恶。

离开篷特·德·索姆韦勒、奥尔瓦的士兵也不单单是放弃等待了吧。他们坚持守候的话居民会闹事，没有能快活聊天的酒馆，也就没那么容易留在原地了吧。

——但如果明白这一点，也是有办法对付的。

路易一边迎过声音高亢的但多旺，一边斜视坐立不安的瓦罗里。他想到，确实在民众看来安全才是最关心的事。但仅此而已。再就只有担心有没有饭吃。

——他们不关心政治。

也没有所谓的思想信条。孔代亲王率领军队威胁了和平，所以遭到憎恨。他是革命的斗士还是反革命的首领，这些都不重要。

——这样的话，不如表明自己真实的身份。

路易想到。表明自己不是孔代亲王，而是法兰西国王路易十六，是不是一下就能解决这点矛盾？

怎么说，这里也不是巴黎。在地方上还保留着对王室权威的认同。以法兰西国王路易十六之名保证当地的和平，这样下来还会有什么问题吗？

“怎么了，怎么了，究竟吵什么呢？”

又有另一个人讲话。但不像此前那些人紧张地保持一定距离，而是大步行进走上前来。

一个强壮的人近前，擦拭沾湿的手，看上去刚干完农活。年龄在三十左右，从他晒成紫铜色的脸上也能清楚地感觉到他是一个靠土地为生的人。但同时，周身显露出的强硬也带有一种本地头目的压迫力。

旁边的瓦罗里小声告诉路易，此人是圣默努尔德驿站站长让·巴蒂斯特·德鲁埃。方才与他交谈时，他说刚从田里回来，让他先把泥土清理干净。

——拥有自己的土地，是本地还算可以的名士嘛。

此人对于喜爱打猎的路易来说，并非看不惯的一类人。

德鲁埃扒开人群上前。怎么了，克里斯多夫，怎么拿出枪来了。喂，连热罗姆老头都来了。搞出这么大动静，可别搬起石头砸自己的脚啊。

这是在劝说众人，原来如此，路易想。

作为头目最讨厌的就是冲突。越是看起来有才干的人越想好好收场。

德鲁埃来到两驾马车旁边，先向上看柏林马车的顶盖。装了这么多行李啊。可不要小瞧阿贡山区的丘陵啊。马是肯定受不住的。

“旅行的话，到此为止不是更明智吗？”

在德鲁埃继续这样说着的时候，路易对自己说，这是关键时刻。决定胜与败的关键时刻。

路易同时下定决心。他当然不打算盲目行动。至少自称克罗夫男爵夫人一行前往法兰克福，若被要求的话也可以拿出伪造的通关文书。即便如此仍不允许通过的话，那时自己再光明正大地表明身份。

——朕乃法兰西国王路易十六。

正在这时，德鲁埃没了兴致，微微一笑，伴之以微小的手势。明白了，明白了。随便你们吧。

“只能更换马匹，换完就快点出发吧。”

“那么……”

瓦罗里还想确认时，德鲁埃反倒不耐烦起来。走，走，快给我走。

“路上的人由俺来劝说。你们不要插手。闹事的总之抱歉了。你们只要离开这里，俺都无所谓。”

路易心中唾弃道，平民就是这样的。果真是保障了日常的平稳便可以了。什么革命、反革命，想都不会去想。

——早知这样应该表明身份的。

路易不禁感到有点后悔，但他还是决定暂且装作无趣的管家杜兰，安全地离开圣默努尔德。

21

瓦雷纳

这次袭来的是无法忍受的睡意。

终于到了夜晚的旅程。柏林马车只借助角灯和月色在暗夜中沿着乡下道路前行。车窗外的景色像全部涂成黑色，什么也看不到，很快地意识也变得支撑不下去了。

毕竟疲劳逐渐累积。离开巴黎差不多快要一天了。过去的二十多小时，经过二十四座驿站，移动距离差不多有六十法里（约二百四十公里）。在马车上一直摇晃着前行，没理由不疲劳。

不必说，车厢里的孩子们、妇女们早就睡去。刚开始旅程之时神经连续紧绷，想必不到疲惫不堪的程度是睡不着的，但出乎意料地能睡个好觉。

恐怕由于没有担心了吧。基于对我这个家长完全的信赖吧。那我必须努力。

——我还不能睡觉。

路易告诫自己，可意识好几次变得迷离。他自己也认为或许可以放心了吧。

——布耶将军肯定正在行动。

晚上九时三十二分，一行到达克莱蒙-昂纳尔戈讷。虽然已夜深人静，但驿站有人。而且穿着法兰西王国的军装。

“在下龙骑兵师团的连队长。”

穿军装的人自我介绍。肯定是受布耶将军派遣的人。也有忠肝义胆的军人，尽管大为延迟，但只有这个连队长还顽强地坚守自己的使命。

可是兵团不在驿站。情况和圣默努尔德一样，是由于居民警惕起来了。克莱蒙配备的士兵数量有一百四十人，人数众多唯恐引起恐慌，所以分散驻扎在邻近的各个村落。连队长解释说。

“马上集合！”

对方提出，但路易拒绝了。不，谢谢。现在还要赶路。只更换马匹，立即出发。

“你去集合所有士兵，再从后面赶上。”

路易下了命令后立马出发，停车时间不过十分钟。路易的想法是，布耶将军的士兵正在行动了。在圣默努尔德、克莱蒙都得到了确认，已经毫无疑问。这样的话没有必要前呼后拥。

——没有从巴黎来的追兵。

当地的国民卫队没有横加阻止。问题只有居民的猜忌，那便不刺激他们。

当前最紧要的是要争分夺秒地抵达目的地蒙梅迪。否则就不是无法安心，而是无法安眠。作为这段旅程全程的责任人，不能睡觉。啊，我也很困了。

——躺在床上能够伸展手脚睡觉。

睡意也是旅程顺利的证明。随着夜幕降临，所有人话变得少了，一个接一个地发出睡息。摇晃的马车没有令人不快、影响睡眠的声音，甚至变成美妙至极的摇篮曲，旅途平安无事。甚至都引起路易的睡意，除此之外他还有一个问题，就是又对车夫不满。

在奥尔瓦雇佣的车夫和在圣默努尔德雇佣的车夫都不想走夜路。时间已近深夜，这次在克莱蒙雇佣的车夫一开始神情紧张、哭丧着脸。

当然这不是没有来由的。从克莱蒙出发没有选择通往梅斯的街道，而是选择经由瓦雷纳-昂纳尔戈讷、默兹河畔丹通往蒙梅迪的小道。这也是一条近路，但没有那么轻松。上坡路绵延不断，紧接着不知何时结束的下坡路，阿贡地区的丘陵比传说中更加难以征服。

路易始终担心柏林马车的车轴。虽说如此，但他内心还有几分乐观，即便马车坏了，也会有布耶将军手下在此巡逻的部队前来接应。

可是车夫并不买账。夜晚的旅程看不清路，驾驶马车得打起十二分精神。马也同样对于何时能放松、何时能停下战战兢兢。

“话说回来，到了指定的瓦雷纳，那里可没有驿站。”

就算没有其他车夫可以替换，再往前我也不去了。马匹也无法替换，再往前走的话很可能进退两难。路易想起车夫极力反对的样子，心里不免冷笑。

——那可能吗。

瓦雷纳的确没有驿站。但也可以临时设置。

布耶将军应该早就在那备好车夫和替换的马匹。而且在他寄来的信中承诺会派遣他的小儿子弗朗索瓦和副官雷格库尔伯爵，确保万无一失。

——所以不用担心。

当然即便这样解释，车夫也不会相信。解释说会有熟人不辞劳苦赶来这里协助，克罗夫男爵夫人是一位大人物，只会得到嘲讽的回应。

路易一边耸肩一边想到。不能明说全部情况，所以也没办法。对方不接受也在所难免。即便如此驿站还是准备好了，有人为我工作。实话说，我可是法兰西国王路易十六。

“情况有变。”

又是瓦罗里来报。

时间是晚上十一时零六分，马车停止时吓了一跳，赶忙确认了时间。

似乎又睡了一会。也记不清自己睡了多久，但即便时间不长，也睡得相当深沉。路易自己感到这是自己的过失，我还不能睡觉。我是一行人的领导者、责任人，是整个家族的父亲。

“情况有变。”

一个护卫灵巧地驾驭马靠近马车报告，他的职责是接近下一个驿站前先去做准备。既然瓦罗里来了，莫非？路易把脑袋伸出车窗。

隆起的小山地形上有斜长的影子，那应该是建筑的影子吧，到了村落了吧。有橙色的光在闪动，似乎还有深夜营业的小酒馆。

“已经到瓦雷纳了啊。”

“是的，杜兰先生。已经到了。但没有驿站。不光没有临时驿站，连替换的马匹都没有。”

好像有人哼了一声。一看，大概是车夫报以沉默的讥讽。路易对此当然感到恼火，可不露怒容接着说：

“我记得，临时驿站应该在瓦雷纳的‘上村’……”

这来自布耶将军的报告。路易提及此事，想要确认，在黑暗中观察，前方只能看到一条上坡路。但早先调查过的瓦罗里不加迟疑地回答。

“这里应该就是上村。马上要到上村的尽头了。”

瓦罗里掉转马头指着坡道说，这条坡道叫拉巴斯·克鲁路，是瓦雷纳的繁华大街。沿着此路到顶是圣让古教堂。再往前似乎是下坡路，在第一个十字路口右转有一条小河，过了桥便到了“下村”。

“意思是说，就是这里了吗？我还记得临时驿站的地点在上村头一处民家旁边，是在一棵大树底下。”

“是的，是那一座房子。那棵树应该是柏树，如您所见，什么都没有。”

再怎么仔细看也没有类似驿站的地方，路易也无法否认瓦罗里的话。虽说如此，接下来该怎么办呢？

——首先不要惊慌。

路易对自己说。也可能出了差错，自打一开始应该有此觉悟，那就好了。这是此次旅程得到的教训。责备别人也改变不了现实，唉声叹气、气急败坏反而只会坏事。

保持平静的原因可能在于，哪怕出了多少差错仍然相信布耶将军正在行动。他早晚会来的。这样一来，因小小出入而惊慌失措便有损于男人的体面。冷静地思考、得出最佳结论、准确地应对，这才是作为父亲应有的气量。

22

警钟

“让我下车。”

两驾马车停在瓦雷纳边缘，路易自己走路，沿着拉巴斯·克鲁路向前。路过本该有驿站的树下，径直来到第一座房子的门口，用手掌敲击大门。或许由于冬天雪大，大门造得很坚实。

一行人对于迟到没有任何辩解的余地。也许先前设置了驿站，但士兵等待得疲惫不堪就撤除了。但就算是这样，附近的居民也应该看到了，有可能留了口信。路易如此想到。

“我什么都不知道。”

从稍稍打开的房门内传来了愤怒的吼声。深更半夜地被叫起来，生气也是当然的。而且就在刚才，瓦罗里也问了同样的话。你们这些人真烦人啊。

“瓦雷纳没有驿站。”

“不，我是想问有没有替换的马匹，或者听说哪里准备了。”

“在前面。”

“前面指的是教堂那边……还是再往前的下村呢？”

“你们自己去看看。”

门哐当一下关上了。路易耸耸肩，决定先回到马车上。自己不能离开太长时间。那样家人会担心的。两个孩子虽然在睡觉，但妇女们似乎觉察到不安的气氛，在停车时醒来了。

瓦罗里提出沿着此路一直向前走。

“抱着试试看的想法先到下村吗？”

“是的。能看到那里有灯火，应该有还在营业的酒馆。”

“这可不行。”

反对的人是听到对话的马车车夫。我不干了，不会再向前走半步。一开始就约定好了只到瓦雷纳。你们说有驿站，我才答应的。

“不说这个，马已经筋疲力尽了。怎么也没法拉着马车走上下坡了。”

心脏会破裂的。车夫诉说一气，抱起胳膊，表现出不会再前行半步。路易大叹一口气，借着马车的角灯查看怀表。

晚上十一时十六分，到这里已经过去十分钟了。没出差错的话，应该是更换好马匹，差不多要出发的时间。该怎么办好呢，靠自己在拉巴斯·克鲁路上步行吗？到教堂问问看，还是下定决心直接到下村去，在瓦雷纳寻找一下看看呢？

“先生们自己步行的话请随意。但我不会再走半步的。”

“前面的马车不许动！”

路易惊讶地转头。深夜中，比回响的喊声先传来的，是靴子短促的震动。黑暗中扬起两列泛白的沙尘，似乎有两人骑马奔向这边。其中一人朝着柏林马车怒吼。

——是追兵吗？

刹那间路易战栗不已。但骑马的两个人都直接略过柏林马车。也没有做出任何干涉，沿着拉巴斯 · 克鲁路向前走了。刚才说马车不许动说不定也是听错了。

不管如何，路易只能目送逐渐远去的马匹背影。

“怎么回事啊？”

瓦罗里耸耸肩膀表示也不知道。可能是认错人了吧。也可能怒吼着让开、挡着路了之类的话。

“估计和我们没有关系。”

“瓦罗里先生说的对。怎么可能和我们有关系。”

不高兴的车夫仍然抱着胳膊，看起来像对那两个素未谋面之人生气了。

先不管那些，路易想来也觉得和自己一行无关是比较妥当的想法。可不免心生芥蒂，总觉得哪里不对劲，总觉得有自己没发觉的事。也许并不是认错人。

——而且我倒是觉得在哪里见过……

两个骑马的人其中一个好像见过……路易心中起了疑问，但并不确定。本来已是深夜，加上对方骑马飞驰，仅仅一瞬间看到了脸，说像也像说不像也不像。

“算了。人都走了，如今也没办法了。眼下最重要的是我们自己该怎么办……”

路易刚要说准备出发时把话咽回去了。因为瓦罗里的表情变了。连不和气的车夫眼神都稍显胆怯。话说回来，为何在深夜里还能看清对方的表情变化呢?

“那里。”

瓦罗里的手指向的是瓦雷纳的村落。这下连路易也惊呼。

“啊，真亮。”

坡路两侧连绵的建筑物窗户一个接一个地亮了起来。也有影子在摇动。还能感觉到有什么庞大的东西在移动。能听到传来巨大的叫喊声，但听不清内容是什么。

——是先前那两个骑马的人吗?

是他们叫醒了瓦雷纳的居民吗?路易如此想到，但在更加深入思考之前，不得不用手堵住两只耳朵。

深夜这么晚了，教堂的钟却响了。那响声令人毛骨悚然，仿佛在脑子里打钉子一般，毫无疑问这是警钟。

“发生什么事了?”

这么问瓦罗里，但他也什么都回答不了。唯一没有异议的是，发生了非常事件。不能在此坐视不理。

“总之先往前走吧。”

路易说道。这并非出于深思熟虑后做出的选择，也不是有什么预测或打算，能确定的只有必须行动起来，必须向前走。再怎么说，这样下去家人会感到不安。继续悠闲下去的话，孩子们也会醒来哇哇哭起来。

“先不管别的，去下村看看吧。磨磨蹭蹭下去说不定会卷入麻烦事，甚至离开瓦雷纳都会变得困难。”

路易一边说一边按着瓦罗里的肩膀回到马旁，另一方面拉住车夫的手。

从刚才一直不耐烦的车夫当然激烈地抗议。放开手，杜兰先生。不要这样，杜兰先生。这可不是开玩笑。坐着马车前往乱成一团的地方真是荒谬。

“不是因为马累了吧。”

“你说什么？”

“关键是乱成一团吧。不是因为马累了没法走了吧。这样的话，你没有理由拒绝出发了。即便如此仍要违抗雇主的命令的话，我明白了，这也没办法，我不会付钱的。”

“这……”

“你不想白干的吧。”

路易在得到车夫确切回答前把他推上车夫座。车夫长得矮小，路易个子五法尺半（约一百八十厘米），而且体格肥胖。要是硬来的话，本来车夫也无法抵抗。

“抓紧赶马车！”

柏林马车开始动了。路易从车窗伸出头查看，双轮马车已经在骑马的瓦罗里的引导下朝拉巴斯·克鲁路上飞驰。马尔丹骑马跟在其后。他们一下子就隐入房子的阴影之中，可这边的六匹马却慢腾腾没那么容易前进。

路易问车夫。

“怎么回事？快点！”

“马还是累了，老爷。”

“倒下了也没关系，快点扬鞭。”

“这是胡来……老爷，听好了，车夫的工作是……”

“穆斯捷，让他快点！”

路易命令车夫座上坐着的护卫。现在马上给他金币。

车轮嘎啦嘎啦的响声刺耳。好不容易开始快速行驶，柏林马车令人满意的性能完全发挥出作用。不是因为乘坐舒适。马车车体上下大幅摇晃，路易等人几次脑袋碰到天花板。但即便如此马车仍能继续行进。便宜马车的话应该早就侧翻了。

——车轴千万不要断了啊！

不知道是不是刚才的休息起了作用，牵引马都打起精神，拿出不畏上坡的气势持续奔跑。话说回来，瓦雷纳究竟发生了什么事呢？

沿途能看到人影纷纷。但大多是被警钟吵醒的居民，多数不清楚发生了什么事一脸困惑。这样一来也无法找到刚才骑马两人的踪迹。

——果真和我们没关系吗？

途中没有人阻止两驾马车经过。从柏林马车车身的倾斜方式便能知道，马车转眼间冲上坡顶。接下来往下走，然后在第一个十字路口右转，过了小河上的桥。

正在此时，坐在对面的王后玛丽・安托瓦内特突然扑入路易胸口。刹那间，虽然路易抱住了她，但不禁对身后怒喊。

“怎么了啊？”

坐在顶部车夫座的穆斯捷回答说。

“是路障。”

教会的石门前摆着人力车、椅子什么的，无法通过。路易叫起王后让她在对面坐好，从车窗探出头。

通过扬起的烟尘可以看到，走在前面的双轮马车停下了。前面堆放着手推车、木桶、粪桶之类的东西，可以称之为路障，的确堵住了去路。

护卫的报告不假。更准确地说，在明白过来绝非谎言之时，应该感到绝望吗？路易自己问自己。因为附近太亮了，点燃了许多火把。打从开始就打算把我们引诱到这里。

晚上十一时二十五分，路易确认了时间。此时警钟一直在响。头顶的钟楼一直哐哐作响，丝毫没有停止的意思。

教堂的前院里有几人聚在一起。有一人在查看双轮马车，正在询问什么。但更引起路易注意的是拴在外墙上的两匹骏马。

23

检查通关文牒

有两个人沾满尘土浑身发白，也在现场。

爱马噗噗地不停地发出鼻鸣，两人也大口呼吸，能看出来他们为了赶到瓦雷纳累得够呛。

到瓦雷纳的路程沿途艰险，当地人都对夜间赶路敬而远之，他们却在所不辞。

——可这是为了什么……

我们被埋伏了，落入这些人设置的陷阱，被抓住了。路易自问事实是否如此，可他还无法轻易接受眼前的情况。因为没有被捕的理由，没有理由被人盯上。

不难推测眼前发生的事。冷静下来想想立马就能明白。现在警钟仍在大声作响震得头痛，这就是最好的证据。

“有士兵在走动。注意点！”

骑马的两人刚飞奔到瓦雷纳，应该立马会引发那样的议论。

正因为地处传说流亡贵族卷土重来的国境地带，士兵招致这一带居民的反感。居民们平常就神情紧张，不愿看到和平被打破、日常的生活遭到破坏。篷特 · 德 · 索姆韦勒、圣默努尔德、克莱蒙都保持警惕，瓦雷纳这里情况也一样。

——要想设置临时驿站……

路易也想到，布耶将军的军团可能遭到了驱赶。瓦雷纳不放松警惕，要让士兵们打道回府。居民们正是做好了准备才能在深夜马上醒来。果然那两个骑马的人带来了新情报。

路易对于新情报的内容也有所判断。圣默努尔德的但多旺男爵、克莱蒙的达玛连队长计划率领麾下龙骑兵随后赶上。如此大的阵仗使得沿途居民心生疑窦。事态演变至必须通知瓦雷纳。

——如果是这样的话，我们没理由在此停留。

即使为保险起见进行随机检查，也不用担心会被长时间扣留。路易安慰自己，不会有事的。

人们离开双轮马车，朝柏林马车这边走来。包括浑身灰尘的两人在内，一共五六个人走近，但只有一人靠近车窗。

此人已至中年，有点驼背，看起来更加矮小。说话听上去好像之前睡得正熟被叫醒，贼眉鼠眼的脸上面露疲惫，连着打了两个哈欠。

他提着煤油灯照着车厢里，似乎先是确认准确人数，但仍不忘认真地点头打招呼。

“在下让·巴蒂斯特·索斯，是这里的副镇长。”

“索斯先生啊。您是瓦雷纳的副镇长啊。我是杜兰，坐在这边的这位是克罗夫男爵夫人，我受雇于男爵夫人担任管家。”

“这样啊。刚才问了前面的双轮马车，说女主人、管家都在柏林马车这边。让我来这边询问。所以要请克罗夫男爵夫人，啊，杜兰先生对吗，管家也没关系，能请你回答两三个问题吗？”

“由我杜兰来回答。非常愿意。”

“那么，看得出您一行正在进行长途旅行，首先想知道目的地是哪里？”

“法兰克福。”

“德国啊。莫非是外国人吗？”

“男爵夫人是俄罗斯人。两位小姐，加上侍女罗赛夫人也是俄罗斯国籍。其他人包括我，都是在巴黎雇佣的法国人。”

“原来如此，确实说着地道的法语啊。”

从索斯的回应中听不出带有特别的敌意、恶意。说话语气平淡，有时表现出不耐烦、想要草草了事的态度。果然如此，只是慎重起见命令我们停下。

“啊，那么，并不是怀疑，姑且请出示通关文牒可以吗？”

索斯继续说。路易又答道很乐意，从外套内里取出通关文牒。路易出于负责人的自觉亲自携带，但即便从管家的立场看，不离身也并不奇怪。

“请。”

“感谢配合。”

索斯接过文牒也不打开，先返回同伴处。估计众人要研究一番，但感觉他们没有继续交谈。眼看着他们一个接一个走动，他们越过路障间的间隙进入教堂的石门了。

黑暗中看不太清，但通过瞬间明亮又马上暗下来的火光，能够确定他们的行踪，应该是打开了坡下一栋建筑物的门。啊，我们的文牒不能拿到那么远去。

“没关系的。”

路易这次对着马车内说，想要安抚家人的不安。

警钟作响当然把所有人都吵醒了。年幼的王子因被吵醒而不高兴，图尔泽夫人犯了难。其余的众人都非常紧张。可以，没关系的。瓦雷纳的大乱并不是要来抓捕我们。只是附近的居民对于军队的出没异常敏感。敲响警钟的意思是为了防止意外，让所有人家锁好门，男人们准备好武器以备不测。

“不是针对我们。等明白过来我们只不过在旅行，他们就会马上放行的。”

说完这话，又感到“只不过是旅行”这种说法不是很合适。不，对外表现出“只不过是旅行”，必须以这个借口通过这里。我要说的是这个意思。至少其他人没有识破路易这种不合理的解释……

检查通关文牒花费了很长时间。期间警钟没有停止，瓦雷纳的居民接连起来朝教堂前聚集。他们发现了两驾马车停着，远远地盯着马车内看。

他们虽然保持着警惕，但面对的既不是士兵驻扎也不是盗贼大摇大摆，而只是平日里不常见的人，一行人分别乘坐两驾马车。这也是难免的事。

可就算是这样，这边可并不怎么愉快。特别是妇女们感到不自在。路易也不能就此袖手旁观。这下该我出面了，快点解决好。因为我不亲自出面，什么事都解决不了。

晚上十一时四十七分，路易再次下了马车。

他学着索斯等人的样子，避开手推车的推手，跨过马槽，钻过路障的间隙。都是房梁矮得快要碰头的矮房。穿过石门，一个挂着“金色手臂”招牌的房子隐藏在教堂的背后。

应该是酒馆之类的地方吧。原来如此，正适合男人们聚集。实际上在进去的时候能发现有几人正在交谈。

其中似乎也有嗓门大的人，时不时地听见说话声。以副镇长为首，瓦雷纳的家长齐聚一堂讨论对策。

这是做他们工作的绝好场合。

“可以打扰吗？”

路易在门口搭话。酒馆没有椅子，矮胖的一众人不得不站着交谈。他们同时转过头，只是一瞥。

“请再等一下。”

索斯回应说。接着重新开始讨论，没有意思要让路易参与进来。不出所料，讨论变得热火朝天，也没有能插嘴的机会。

虽说如此，但没有说让他离开、回到马车。路易本来也不是抢着操心的人，情况变成他一直站在门口听里面的人讲话。

24

协商

“没有什么可奇怪的。”

副镇长索斯对同伴继续说。是啊，那一行人的长途旅行也没什么特别之处。你指出时间问题，但和法兰西政治、流亡贵族什么关系都没有。因为克罗夫男爵夫人是俄罗斯人，要到国外去是理所当然的嘛。

“我不认为有必要硬是阻止他们。”

“喂，你就全部听信他们的说辞吗？”

说这话的人声音格外大。此人脖子粗、块头大。路易发觉这是刚才声音大到传出去的人。与此同时他不禁感到奇怪，好像在什么地方见到过似的……

——是那个骑马的人。

虽然脱了外套、也擦了脸颊的灰尘，和刚才判若两人，但路易意识到肯定是两人中的一个。

回想起不久前的记忆。路易感到在进入瓦雷纳之时见过他。只有一瞬间，还发生在黑暗中，说不定是自己多想了或者认错了，但似乎不必自嘲。

这样有照明能看得清楚，还是觉得见到过。不论晒成红铜色的脸也好，还有让人感到不可一世的目光，以及有棱角的下巴，此人的长相的确眼熟。

“那么是在哪见过的呢？”

路易真想拍打自己的脑袋，但更为久远的记忆实在想不起来了。

嗓门大的男人继续说。总之不能让他们通过。没要求他们出示文牒就放他们通过，这是驿站管理者失职，让他们跑了的话你要负责。我是被我们沙隆驿站站长逼来的。

“那是你和沙隆驿站站长之间的事。”

索斯耸耸肩。再加上这个，这样就可以了吧。

“你看，在这，这次验证了通关文牒。”

“这不是单单检查文牒就算了的事。”

“日期是一七九一年六月五日，法兰西国王路易十六和外交大臣蒙特莫兰也签署过了。”

“你能分辨署名的真伪吗？”

“要是这么找茬的话，连检查文牒也不用做了。不，事实上没有可疑之处。马车上的人数也和文牒一致，克罗夫男爵夫人和两个孩子、亲戚的女儿，再就是雇佣的管家一人、侍女三人、侍从三人。问询了目的地是法兰克福，也和文牒上的内容一致。”

“你的意思是能相信这些？”

“真搞不懂德鲁埃先生啊。”

索斯的话让路易一瞬间吃了一惊。德鲁埃这个名字自己也耳熟。可是在哪听到的呢。就是说自己和这个嗓门大的男人在哪见过。感觉不像很久之前的事……话说回来，印象里应该就在最近听过的……

在路易苦苦冥想之时，索斯岔开话题。能理解德鲁埃先生不希望蒙受损失的心情。

“快马飞奔至此已经很辛苦了。过去是龙骑兵是吗，总之有过从军经历，所以才能走夜路赶到这里。这放在平常根本不可想象。而且，圣默努尔德到瓦雷纳这儿沿途艰险。”

听到了地名，路易这下想起来了。对了，圣默努尔德的驿站站长。是那个头目样子的大块头。他或许平常随性惯了，所以不加盘问也没有检查，让我们轻松通过。原来如此，要说是失职的话也的确可以算得上。

——但事到如今为何……

路易越回忆德鲁埃相关的事越不明白了。不清楚他如今为何改变态度。也不可能是突然醒悟，不履行公仆的职务决不罢休吧。

当然如他本人所说，慌张的原因是被斥责怠慢职责。但责怪德鲁埃的沙隆驿站站长是为何呢？难不成真把我们当成孔代亲王的同伙了吗？是沙隆雅各宾俱乐部在闹吗？眼睁睁地放走人可谓事态严重。

“可这样足够了吧。”

说着索斯打了一个大哈欠。对啊，查验了文牒，已经可以了。俄罗斯贵族一行身份也明确了，这么深更半夜的，到此为止吧。

“是啊，管家杜兰先生也来了，我们把文牒还给男爵夫人，赶快回去睡觉吧。”

事已至此，圣默努尔德的驿站站长还是不肯就此罢休。更有甚者，把路易吓得心脏一紧。他稍向这边看过来，仿佛盯着路易不放。我从刚才瞥告过你们好几次了，那个人才是麻烦事呢。

“那人说不定是法兰西国王路易十六。”

路易倒吸一口气，甚至不能正常呼吸。

不是听错了。也并非暗示，而是明确地说出了名字。

——身份暴露了。

可这时的路易仍无法相信。而且不可能暴露的。圣默努尔德吵着说什么流亡贵族、孔代亲王等等，不应该得到国王出逃的消息。

“有马夫说在尚特里看到国王了。”

德鲁埃继续说。看起来是微服出访，据说的确到过尚特里。国王和家人在客栈乘凉，车夫亲眼所见。然后他又受雇于别人来到沙隆。在酒馆聊天的时候嘴巴没把门的，好像独家新闻似的。驿站站长听了脸色铁青，便马上通知圣默努尔德俺这里了。

“话说有士兵来过俺那。街上的人起哄说什么是孔代亲王的手下，但唯有俺想到了。那些家伙是正规军，如此说来是为了护卫国王的马车而来的。”

“可是那些士兵自称是驻守国境的军队，目的是为了保护从巴黎运来的军用资金。”

“那肯定是信口开河。我抓到一个少尉叫什么但多旺的人，关进了圣默努尔德的大牢里。正在严加审问，此时应该受不住全部招认了。”

“可德鲁埃先生你也还没有听到招认的事实吧。”

“我十万火急地从圣默努尔德出来的。沙隆的驿站站长催促要争分夺秒地抓到人，我和士兵朋友纪尧姆两人飞奔至此。”

“这样的话，士兵来此的真相就还无从谈起吧。”

他和索斯之间开始争吵。明白，明白，这么说虽然不好，德鲁埃先生，你所说的极其不确切。不过是从惊慌的沙隆驿站站长那里得到的不负责任的谣言而已。从尚特里来的车夫说不定只是在说大话。或许他真的看到什么人，认错了人，错当成陛下，要么就是其自认为见到了陛下。

“文牒的署名不说，那么陛下的真容又如何分辨清楚呢。”

路易看着两人一来一回，尽量不被周围发现地静静松了口气。这次还能顺利通关吗?

25

自问

尚特里是大败笔。

想来，并不是设想不到雇佣的车夫会四处散播消息。漫不经心地走漏了消息引得德鲁埃的追赶，这完全是无可辩解的失败。

但另一方面，幸运的是，有人又太过不小心了。稍识常理的人，比如索斯，哪怕听到传闻一般也会认为不可能，反而觉得传闻奇怪。

——坚持住啊。

索斯先生，坚持住啊。路易在心里为瓦雷纳的副镇长加油打气。靠他不费力气就能脱离眼前的窘境。德鲁埃事实上应该已经无法反驳了。在如此偏僻之地不可能认出国王。

可是，德鲁埃不让步。他暂时不再说话，是因为他正伸手从上衣里拿什么东西出来。

他似乎找到了，毫不客气地走向路易。路易定睛一看，他手里拿了一张纸，上面似乎印有什么。难不成是纸币？是议会决定发行的指券吗？

——完了。

路易想。他刹那间看见数字“五十”。面值五十里弗尔的指券上印有法兰西国王路易十六的肖像。

“这样分辨。”

德鲁埃步步紧逼。他将指券纸币的肖像拿到和路易的脸一般高。这是陛下头像，看啊，和这个人完全一模一样嘛。

索斯等在场的所有人左右来回看，对比画上的人和站在眼前的真人。

“你这么一说的确有点像……”

“哈哈，真够可以的。怎么连索斯先生您也开起了玩笑。”

我没有记错吧。您的名字是索斯对吧。路易一边应付一边表现出苦笑的神情。

完全无路可退。还好自己不容易外露心事，此刻的路易从未感到自己的优点如此难能可贵。

实际上路易心脏狂跳不已，仿佛要从嗓子眼跳出来似的。他虽然拼命抑制，但脸上仍要装出无可奈何的苦笑。

“哈哈，哈哈，说我和陛下一样，实在惶恐不安。”

“可是，杜兰先生……”

被继续追问的路易伸手制止。请等一下，我明白，我明白。

“实话说，我过去也被人这么说过。我自己虽然并不清楚，但似乎的确有说我长得像路易十六陛下的。过去也曾被人嘲弄过。”

这番表演或许看起来很自然，还有短时间内编造出了理由，连自己都佩服。没有血缘关系却相貌相似，世上有这样的事。话说，曾经在凡尔赛作为余兴节目带来相似的人给我看过。这是完全有可能发生的，至少与国王出现在偏僻的乡下比起来要更有说服力。顺势而为要比固执地加以否定更有利。

“你真的不是国王？”

德鲁埃接过话头问。他把指券靠得更近了些，但从口气上判断有所让步。如何，杜兰先生。要是说谎的话后果很严重。你要真是国王的话，我可不会放过你。

“要真是国王的话，你究竟要如何不放过呢？”

“这，你这家伙……”

“我要是真正的国王的话，怎么会容许你如此无礼，对不对？”

路易试着说。德鲁埃绿色的瞳孔微微晃动，他动摇了。这个人并非对真正的法兰西国王没有敬畏之心。

“开玩笑的。”

路易温和地推开指券纸币接着说。不是的，我不是什么法兰西国王。我不过是个管家罢了。

“我说啊，这个指券纸币。”

“怎么一回事？”

“其实我也相当困扰。而且，我开始被人作弄说长得像路易十六、问我是不是国王，就是在指券纸币发行之后的事。也就是说，与其说我长得像陛下，还不如说像那幅肖像画更贴切一些。”

路易耸耸肩，总结说。那幅肖像画似乎画得不怎么样。你要有机会一睹陛下真容，肯定不会吵着说和我长得像了。

“唔，杜兰先生的话也有一定道理呢。”

索斯重新掌控局面。深究的话，可能是这么一回事啊。

“杜兰先生，我再问一个问题。你们的旅程有经过尚特里吗？”

“的确曾路过。”

“你看，德鲁埃先生。”

索斯移开视线，大声地击掌。也就是这么一回事。从尚特里来的车夫也对比那个指券纸币，错将杜兰先生认成路易十六陛下了。这个错误一传十、十传百，招致了不少误解。

“流言添油加醋。”

“怎么会……”

德鲁埃刚要反驳却不作声了。

路易想，脸上要保持笑容。就要成功了，好歹成功蒙混过关。最后只剩返还文牒，还有撤除路障。能离开瓦雷纳的话，就等同于进入布耶将军的保护之下。这不过是些许差错，只要到了下村立刻能找到替换的马匹。

但事与愿违，重掌局面的索斯接着说的话并不像路易想象的那样。

“总之今天也没办法了。”

不管如何，镇长目前不在。我作为副手无法决定任何事。索斯所说的是在逃避责任。

想逃避沉重压力的心理本就和德鲁埃一样。深夜不顾艰险骑马飞奔至瓦雷纳，也是由于害怕因自己的过错而受到追究，与之相比，这点辛苦微不足道。

路易有点吃惊。然后他不得不思考。

——这就是公民吗?

夸口声称自己才是主权所有者，却不能为了社会、为了祖国、为了国民奉献自我。本质上懒惰随大流之辈能真正打起精神之时，不是想方设法克服困难的时候，而是消极逃避的时候。

——但说这话的我又该如何解释……

我是要逃跑吗？路易头一次问自己。

不，我出逃巴黎不假，我有明确的打算。而且目的本质上不是逃避。可前往蒙梅迪此行如何呢？难道不仅仅是想要从巴黎革命的困难中逃脱吗？

——身为一国之君的人……

在路易思考之时，索斯接着说，目前这种状况，总之等明早再说吧。今天休息吧。是啊，是啊，这么晚了什么也做不成。

路易回过神来说，等等，请等一下。

“您说明天，可我们正在赶路，希望你们能尽早让我们出发。”

“唔，我理解您的心情，杜兰先生。我既不是驿站站长，也不是镇长，允许还是不允许都不是我能决定得了的事。”

“但是，索斯先生。我们要如何等到明天呢？难不成要我们挤在狭小的马车里过夜吗？”

“不能吗？想继续旅行的话，这也不是做不到吧。”

“可是，那样的话……应该怎么说呢……”

“你会被克罗夫男爵夫人责怪是吗？嗯，这样的话，我明白了。那就请到寒舍。抱歉地方虽然不大，但总比露宿要好吧。”

“不，您太谦虚了。”

谢谢，路易表示感谢。

也许应该只剩下表示感谢这一个选择吧。他或许能站在我们一边，没办法轻易拒绝他的好意。

26

索斯的家

暂且回到圣让古教堂的前院，路易让家人下马车。同行的男男女女彼此相伴，钻过宽度只有一个成人大小空隙的路障，再次来到了拉巴斯·克鲁路。

经过那个“金色手臂”的招牌，继续沿着铺有圆石的路被带往左边。面前是一栋土壁外墙的二层房子，柱子之间用壁土填埋，整座房子感觉很细长，让人联想到威严的士兵。

——到了。

路易心里嘀咕。接受瓦雷纳副镇长的邀请，到底还是来了。明明想立马出发但却来到这了。

——算了，多少休息一会儿，这或许是神的安排。

路易决定积极看待。必须要争分夺秒地赶路，为了让他允许我们出发，接下来必须要巧妙地加以引导。虽然这一点没有变化，但再如何焦躁想着快一点，也不意味着能打开局面。

“真的非常狭小……”

索斯招呼着又重复一遍。

“不，给您添麻烦了。”

路易如同一个通晓人情的管家回答道。对方虽然表示过意不去，但屋子还很黑，也不知道是否狭小。借着索斯手上的烛台，路易最先看到的是挂钟上时针指向零时二十三分。

——应该正好是二十分才对。

路易确认了自己的怀表，正当他慢悠悠地心想，快三分钟，这挂钟不赖的时候，一下目瞪口呆。

——真的很狭小。

小到借着亮光也不知道该如何前进。

一边是置物架，另一边堆着数不清的木箱。索斯在中间畅通无阻地往里面走，可路易不知该如何追上他。

——我能过得去么？

路易低头看看，仿佛向自己肚子上的赘肉发问：难道不会卡住吗？而且，真的要挤进如此窄小的地方吗？柏林马车的车厢比这不是舒服多了吗？

路易想起这也许就是平民的住房，一时间抗拒感消除不少。如此惊讶不得体。我不是只知道宫殿的法兰西国王，而是通晓世情的管家，所以不能显露出迟疑的神色。

路易保持面无表情，微微低下头。玄关处小到不低头便过不去。当然并非对此有什么不满。只是想到王后、妹妹还有孩子们也要挤进这里，不免有种不愉快的感觉，好像自己的家人受到了侮辱。

——再者，有种臭烘烘的味道。

路易一边想是什么东西臭烘烘的，一边吸紧腹部向前走。随着进一步观察，他发现索斯房子的底层是一家店面。

他虽说是副镇长，但看起来要么是名义上的职位，要么不过是副业。他还有自己的买卖，应该是食品店吧。最先引起路易注意的，是切薄火腿的操作台上放着一团肉。

但再往前走，置物架上排列着无数的隔断，上面摆放着大小不一的蜡烛。

——是这个的味道吗？

路易想到，索斯应该主业是售卖蜡烛，同时也卖食品。路易总算能透口气了。

作为店铺使用的话，倒不难理解空间为何如此之狭窄。来到这买完东西马上就走，没人会抱怨空间狭小。

——休息的地方不是这里。

索斯指了指上面一层。请在那里休息。顺着他的指引一看，眼前的不知道应该叫做梯子还是应该叫做楼梯。

路易有点担心。眼前是前所未见的坡度，上下左右都狭小，看上去不怎么牢靠的木板一层一层排列通向上层。即使说这是楼梯，那也必须要像爬梯子一样左右手并用向上攀爬吧。

路易正在思考的时候，索斯做了示范。从屋顶有一根绳子垂下，应该是用手抓住它向上爬。

总算爬到二层，先上来的索斯正在和一个女人说话，应该是他妻子。身材娇小，要不看她难看的脸还以为是个孩子。你看我们家也没有多余的床啊。不是，他们只是休息一下。小姐可能困了，但至少大人们只是休息一下。

夫妻之间似乎达成一致了。索斯笑着向这边招手。

“快请吧。”

刚来到上层也没有多余的地方。虽然不是店面，但更像仓库，四处胡乱堆放着木箱。从味道推测应该是蜡烛的库存。索斯把路易带到更里面的一个房间。

“孩子们要睡觉的话，请用这张床吧。”

“多谢关照。那就打扰了。来啊，罗赛夫人。”

路易一招呼，玛丽·安托瓦内特抱着最小的孩子过来了。儿子迷迷糊糊地嘟囔着梦话，完全没醒过来。把他放在床上躺好，很快就能睡熟吧。

——只是被褥……

不指望有干净的。路易祈求至少不脏就可以了。他害怕有洁癖的王后会厌恶。

但玛丽·安托瓦内特没闹。她哄着还穿着女孩子衣服的儿子，给他盖好被子。只有图尔泽夫人找到索斯的妻子询问是否有更换的床单。从克罗夫男爵夫人的身份看，厚着脸皮提要求并没有不自然之处，但被对方以眼下找不到可以更换的为由回绝了。

“也没办法。”

路易嘀咕着想往前走。心想里面应该还有房间，在黑暗中摸索，但没找到通往新房间的门。只找到了一扇百叶窗，打开窗能看到夜空。月光照亮小小的庭院，似乎房子再没有其他空间了。

“那边请。”

从黑暗中冒出来沙哑的说话声，把路易吓了一跳。他四处看看好像没人，但眼皮底下一个驼背的老婆婆在移动，脚下发出沙沙的声音。应该连已经睡着的索斯母亲都吵醒了。

老婆婆走向旁边的房间，刚才那个存放蜡烛的仓库。

“杜兰先生请到这。先好好休息一下吧。”

索斯的声音也来自对面的房间。果真是这样吗？给我们提供的休息的地方就是刚才那个仓库一样的地方吗？

——并不是很窄小。

两托阿斯（约四米）见方都不到的房间能塞进多少人呢？烛台的火苗摇动，但黑暗仍占据上风，光亮不能覆盖全部地方。本来就放置了很多东西的地方再让更多人进来，路易睁大眼睛查看家人是否一个不少都来了。

负责照看孩子的三位夫人、玛丽·泰瑞丝公主、妹妹伊丽莎白都坐在靠墙的长椅上。护卫三个人占据圆形椅子。还有一个小桌子，上面堆放着木箱，已经端上了葡萄酒杯和面包。那里还有一把椅子，但来晚了的路易好不容易刚刚找到空间可以站立。

——一旦坐下的话……

再要站起身看上去很麻烦。周身的赘肉阻碍，身体四处碰撞，不论是否摆出奇怪的姿势，毫无疑问没法好好站起来。一想到这个路易就懒得坐下了。

27

诱惑

路易看到王后重新整理散乱的头发。

“累了吧？”

路易小声问她。没有，我还没关系。玛丽·安托瓦内特也小声回答，但不无介意周围的人，他们之间的对话里有点夫唱妇随的感觉。

看起来没有什么可以胡乱猜测的担心。玛丽·安托瓦内特也一直站着，她也和路易一样，刚才到旁边的房间哄睡孩子后晚到的。当然并没有路易关于肥胖的烦恼，但从旁边不难察觉她错过机会坐下的心情。

——瓦雷纳的人也挤在这里。

黑暗中观察，似乎有四五个人。

这样一来，比起拥挤不堪产生的不愉快，最先担心的是地板会不会承受不住。这房子哪怕恭维也很难称得上是豪宅，也不是用结实的石头建造的。虽然不是说材质差劲，但这是木造房子，而且老旧得走起路来吱呀吱呀响。

——这要如何放松下来。

路易并不想蛮横不讲道理地对索斯的一片好意挑挑拣拣，但他心里有苦难言。而且这样一来没办法得到放松，只求这帮人能够安安静静的。

“真是的，瓦雷纳可真让人大开眼界。”

什么都办不成。说这话的是德鲁埃。

圣默努尔德的驿站站长也跟到索斯家里。虽然并不清楚他为何会来、为何会被准许来等情况，但心中难以释怀的是，他刚才在酒馆又重新掌握了本已丧失的形势。

“可真臭啊。臭得要命啊。”

德鲁埃甚至用手不敬地比划，他指向的并不是蜡烛。喂，这个叫杜兰的人长得可真像啊。不仅仅与指券纸币上的路易十六相像。要是和真人放在一起的话，根本就是一模一样嘛。

——要是和真人同时出现的话，那我不就是假的么？

当然路易没有出声反驳。此人硬是说服他也没有什么意义，弄不好大声吵起来，说不定会吵醒旁边房间睡着的儿子。

——不仅如此，还有点累了。

关心妻子前，我自己是累了吧。会这么自问起来，也是因为手脚感到麻木了。尽管是暂时的，但似乎都没了力气。自己有种感觉，到刚才为止持续紧张的时间，因为转换了场地来到索斯家里，而被延长了。

反观仍然活蹦乱跳的德鲁埃越来越令人感到心烦。不，这人很难对付，应该保持警惕才对。

恐怕他认为到早上还有足够的时间吧。因而他也冷静下来。啊！真是的，什么都办不成。

“如果有人见过陛下真容那就另说了。”

德鲁埃为了卷土重来提出新提议。

“让我开了眼界了。瓦雷纳这个地方没有一个人了解凡尔赛啊。”

“喂，你不要小瞧我们啊。”

别太嚣张了，圣默努尔德的。不知道说话人的名字，应该是瓦雷纳的名士吧。另外一个本地人接着说。

“埃斯特先生的话应该知道的吧。”

“法官先生吗？他应该见过陛下的真容。”

“怎么回事，有人见过啊，谁啊？”

“有的，德鲁埃先生，瓦雷纳的法官杰克·埃斯特年轻时候曾进出过凡尔赛。”

“此话不假。他的妻子还负责王后饮食。”

“那快叫他来呀。”

德鲁埃一副挑拨的语气说。有几个人受其挑拨蠢蠢欲动，但被房子的主人索斯制止了。不要去，你们先冷静。

“不管如何，明天再说。今天先休息吧。埃斯特先生肯定正在睡觉。”

“没有吧。外面这么吵。”

表示反对的德鲁埃此话不假。

距离再怎么远，教堂的钟声现在还在响。接下来会有人醒来跑出去，但不会有人要睡觉。外面天气也不冷，全都出门了。即便身处这微暗的房间里也无法否认吵吵闹闹的状况。

“我明白了。”

索斯也承认。那就去看一下。除非他醒着，不许叫醒他强迫他来。

去叫杰克·埃斯特了。真是一波未平一波又起。

到底还是不能放松下来。王后不安地看着路易。他向她微微点头加以宽慰，接着路易以家长的责任感开始思考。

——进出凡尔赛的人各式各样。

自己不记得杰克·埃斯特这个名字。他不过是一个瓦雷纳这般的穷乡僻壤来的不足为道的法官，也不是什么近臣。

当然了，有的人哪怕是自己不记得，但对方见过自己所以记得清楚。这样的人也不少。法兰西的国王肯定受到万众瞩目。

——虽说如此，但记忆本身也各式各样吧。

如果只到过凡尔赛两三次的话，恐怕只不过远远地拜谒，因而记忆也会模糊不清。那就能坚称自己只是长得像。

像宣称的那样，埃斯特曾到过凡尔赛，假如他经常地出入的话，那情况就糟糕了。即使不记得埃斯特这个名字，一旦面对面，自己可能想起来原来此人就是埃斯特。如果是这样的话，那对方的记忆肯定也相当牢靠，对此必须要有心理准备。

——真到那时候就没法再蒙混过关了。

在这个前提下，路易继续自问。如果对方坚持说不是偶然相似的两个人，那自己坚决不承认反倒会加深嫌疑。当然也不会被放走。只要他们还怀疑我是路易十六就绝不放我们走。怎么会让我们坐上马车出发？哪怕到了明天早上……即便瓦雷纳的镇长回来了也……

——自己能做的事要属……

路易想到的只有一种办法。或者应该说是再次受到诱惑。等待法官埃斯特来的期间，路易在心里不禁想到。

——索性表明真实身份如何？

是否应该宣布朕乃路易十六呢？怎么说在此次旅程中自己的感觉并不坏。

国王的权威在地方上没有丝毫衰弱。甚至感觉作为国父的声望没有丝毫动摇，反倒是不敬的巴黎才是异常的。

——瓦雷纳应该也不例外。

善良却谨慎的索斯等人毫无疑问会立刻表示恭敬。挤在他家的其他名士也会跟随副镇长的吧。问题是德鲁埃，但他的家乡圣默努尔德也不会例外。就算是傲慢的驿站站长，见到国王之后究竟还能强硬到什么地步呢？

如此看的话

还是应该表明身份吧。宣布朕乃法兰西国王路易十六，光明正大地下命令，马上归还文牒，抓紧准备好马匹，我们必须要赶路了。路易这么想着，查看了怀表。

凌晨零时四十一分，杰克·埃斯特到达副镇长家。不知是出于法官职业的威严，还是因为爬上极陡的楼梯气喘吁吁，一开始他脸上明显不高兴。怎么了，这怎么了，索斯阁下。你让我认谁，说是让我辨认国王陛下？

“乡下地方怎么会发生如此荒唐之事？”

“好了，你是埃斯特先生吧，总之请你看清楚。”

说话的不是叫他前来的副镇长，而是态度仍然嚣张的德鲁埃。他亲自到房门口迎接，甚至一下抓住法官的胳膊强行拉扯他往里走。是这个人。此人名叫杜兰，自称是受克罗夫男爵夫人雇佣的管家，但他真实的身份是……

“咦，咦……”

“怎么了，埃斯特先生。”

“这是陛下……”

声音如同悲鸣一般。埃斯特瞬间说不出话来，然后像跳起来一样嗖地一下退到房门口。虽然距离不远，但他双膝跪地做出臣服的姿势。陛下，哦，啊，陛下，不，那个，祝愿法兰西国王路易十六陛下晚安。

28

宣言

只能听见一直敲响的钟声。

怎么还在响，路易如此才注意到有点焦躁不安。

沉默持续着。索斯家里的众人大气不敢出。

“是真的吗？法官先生。”

索斯战战兢兢地问。他看上去不敢相信似的，也向路易求证。此话当真吗？杜兰先生。

得益于擅长面无表情的路易甚至露出微笑。真是开玩笑啊，索斯先生。眼下表演要比刚才更加需要努力。

“正如你称呼我的那样，我是杜兰。怎么会是国王陛下。我不过是克罗夫男爵夫人雇佣的管家而已。”

“雇佣的管家，不胜惶恐。不，在下真的不胜惶恐。副镇长先生你刚才太无礼了。”

被埃斯特一插嘴，索斯诚惶诚恐的样子也开始变得非同一般了。气氛不再像刚才为止般和缓，如今他表情看上去快要哭了，明明身在自己家却好像没有容身之地似的。

其他在场的人见此情景，脸上都变得生硬起来。连仍然强势的德鲁埃也不例外。

“没有错的。自称为杜兰先生，可真让人不胜惶恐啊。”

正在此时，圣默努尔德的驿站站长膝盖颤抖。或许由于此前无礼的表现，之前的惶恐如今更加倍了吧。啊，这也难怪。国王身为国父现如今仍然受到敬畏。

“这是玩笑啊，只是偶然相像。”

路易仍旧小心处之，重复佯装不知的表演。看起来也不是不能再继续坚持下去。他对瓦雷纳的埃斯特法官像猫头鹰一样的脸没有印象。

恐怕并非与他亲切地交谈过。他不过是远远看过一眼的芸芸众生之一罢了。再者，他的头发已经有点发白，是个老人了。

德鲁埃颤抖地继续说。喂，法官先生，请你再确认一遍，应该不是长得像吧。

“如这位杜兰先生所说，我承认存在偶然相像，或许只是和指券纸币上路易十六的画像相似，但情况应该并非如此吧。的确和本人一模一样。换句话说，毫无疑问这就是陛下本人。”

“不，你等等，要是这么说的话……”

埃斯特皱起眉头。他抬起膝盖，颤颤巍巍地站起身，毫无顾忌地走近，不礼貌地直视路易。不，等下，等一下。要说有人偶然相似，也不是不可以。说到底我出入凡尔赛是很久以前年轻时候的事了。当时陛下刚刚即位，想来，那时陛下刚过二十岁不久吧。

“那时候年轻的国王如果上了岁数应该是这种感觉，我刚才丝毫不怀疑地认为如此。可是我并非近来见过陛下。”

唔，果真只是偶然相似吧。唔，陛下不可能来到这种乡下地方。在埃斯特说不清楚时，屋子里的气氛也缓和下来。正因为一度神情紧张，放松之后的众人无不感到安心。

路易思考着趁现在能对他们施加影响吗。算了吧，我怎么可能是路易十六。不要因为这么荒唐的事浪费彼此的时间了。话说回来，差不多可以把文牒还给我们了吧。

正在路易筹划准备说这话时，索斯早一步总结道，不管怎么说，都不应该着急下结论。

“明天再说。总之，等明天吧。镇长不回来的话什么事都没法开展。”

又来了，路易感到为难，无法与他协商。和眼前的人是不是路易十六没有关系，在索斯副镇长看来，眼下最紧迫的是把责任转嫁给镇长。

“可索斯先生，这么荒唐的事，还用得着劳烦镇长吗？”

“也许吧，杜兰先生。但实话说镇长是个什么都要做主的人。”

“这么回事啊。”

“嗯，怎么都得到明天了。”

“镇长什么时候能返回？”

“我说了，明天。”

“明天的话，是何时呢？”

“不清楚准确返回的时间。”

“上午吗？还是要到下午呢？”

“我说了，我不知道。只是听说是明天。”

索斯以抱歉结尾，他并无恶意。但那样的话事情会更加麻烦了吧。路易仅用指尖摸出怀表，瞥了一眼表盘。

凌晨一时零三分，出发至此已经过去超过二十四个小时了。

——无路可走啊。

路易在心里叫苦。也差不多应该考虑如何应对从巴黎赶来的追兵了，危险迫在眉睫。

离开巴黎是在六月二十一日凌晨零时。杜伊勒里宫发现国王一家不见踪影，应该会是在国王例行起床的时间，即上午七时。

那会引发大风波，拉斐德、巴伊等人通知国民制宪议会应该是在七时半。接下去不管是仅由那些做主的人下通缉令，还是由议员全员讨论出对策，最快的情况下，议会派出追兵的时间应该是八时。

就是说路易和家人至少比他们早了八小时。

对于议会来说也不容易确定我们的路线。只能向过往可能逃亡的路线分别派遣追兵，所以很可能漏掉横穿香槟地区的路线，更不可能查明最终的目的地是蒙梅迪。即便查出来了，但从沙隆开始经由克莱蒙-昂纳尔戈讷、瓦雷纳-昂纳尔戈讷的近路会更加棘手。

——比他们领先十小时的路程。

路易做了估算。这样一来会如何呢?

我们到达瓦雷纳是在二十一日晚上十一时。从巴黎赶来的追兵最早会在二十二日上午九时到达。

不，等等。

我们在途中浪费了不少时间。在路边的森林休息一会，在驿站的客栈里乘凉，结果还撞车了，修理马车花费一个多小时。将这些全部去掉，追兵马不停蹄赶路的话将早到两小时。还是只比他们快八小时，他们会在上午七时到达。

——或许会更早?

我在尚特里的驿站暴露了身份。同行的车夫将消息散播到各地，或许追兵确定路线会出乎意料的快。就算不确信那一定是国王一家，也不会善罢甘休。反而只要稍有可能肯定会派马追踪。

说到马，巴黎赶来的追兵应该不会用大型马车。分别轻装简从快马加鞭，毫无疑问比马车快。想来想去，他们应该会比预计再早到两小时吧。

——那就是凌晨五时赶到吗?

左思右想想到这的路易不免自我嘲笑。不能光想着发生最坏的情况。虽然追兵不是没有可能在天亮前赶到，但光考虑这个焦急得要命，反而会弄巧成拙、功亏一篑。

——也不能放松警惕，不派追兵的话……

议会一定会发布通缉令。虽然对于身为执行权的最高长官、政府的最高权力人的国王不能实施抓捕，但巴黎没有敬畏之心。说不定会不顾对国王应有的敬意做出不逊之举。

“地方上不同。仍然尊敬国王，或者说是畏惧。”

路易终于忍不住出声抱怨。不用等早上，追兵一定会赶到瓦雷纳这里。现在不是能边吃午饭边悠闲地等待镇长返回的时候。

“怎么了？杜兰先生。”

索斯问道，路易抬头。对方的眼神里能看出畏惧和敬意。估计他心中有数了吧。如果眼前真是陛下的话，又会感到心神不安。

“不，啊，是这么回事。”

“什么？”

“我正是诸位的国王。”

路易承认道。朕乃法兰西国王路易十六，同行的有王后和家人。请诸位以至今法兰西人对国王报以的敬意来同样对待我们。

沉默再次降临。或许因为事出突然，众人需要一点时间理解路易的宣言。可一旦明白过来，随之带来不小的冲击。

听到了衣服摩擦的声音。走近趴在路易的脚边亲吻他的鞋尖的是缩成一团的老太婆。啊，陛下，这可是无上光荣。能亲眼一睹陛下真容已经死而无憾了。

“神啊，真的来迎接我们了……”

索斯年过九十的老母亲生于路易十四的时代，那是被称为“太阳王”的称霸欧洲的上上任法兰西国王。

主要参考文献

・J・Ch・プティフィス 『ルイ十六世』(上下) 小倉孝誠監修 玉田敦子/橋本順一/坂口哲啓/真部清孝訳 中央公論新社 2008 年
・J・ミシュレ 『フランス革命史』(上下) 桑原武夫/多田道太郎/樋口謹一訳 中公文庫 2006 年
・R・ダーントン 『革命前夜の地下出版』 関根素子/二宮宏之訳 岩波書店 2000 年
・R・シャルチエ 『フランス革命の文化的起源』 松浦義弘訳 岩波書店 1999 年
・J・オリユー 『タレラン伝』(上下) 宮澤泰訳 藤原書店 1998 年
・G・ルフェーヴル 『1789 年—フランス革命序論』 高橋幸八郎/柴田三千雄/遅塚忠躬訳 岩波文庫 1998 年
・G・ルフェーブル 『フランス革命と農民』 柴田三千雄訳 未来社 1956 年
・S・シャーマ 『フランス革命の主役たち』(上中下) 栩木泰訳 中央公論社 1994 年
・F・ブリユシュ/S・リアル/J・テュラール 『フランス革命史』 國府田武訳 白水社文庫クセジュ 1992 年
・M・ヴォヴェル 『フランス革命と教会』 谷川稔/田中正人/天野知恵子/平野千果子訳人文書院 1992 年
・B・ディディエ 『フランス革命の文学』 小西嘉幸訳 白水社文庫クセジュ 1991 年
・E・バーク 『フランス革命の省察』 半澤孝麿訳 みすず書房 1989 年
・J・スタロバンスキー 『フランス革命と芸術』 井上堯裕訳 法政大学出版局 1989 年
・G・セレブリヤコワ 『フランス革命期の女たち』(上下) 西本昭治訳 岩波新書 1973 年
・スタール夫人 『フランス革命文明論』(第 1 巻～第 3 巻) 井伊玄太郎訳 雄松堂出版 1993 年
・A・ゾブール 『フランス革命と民衆』 井上幸治監訳 新評論 1983 年

・ A・ソブール 『フランス革命』(上下) 小場瀬卓三/渡辺淳訳 岩波新書 1953年
・ G・リユーデ 『フランス革命と群衆』 前川貞次郎/野口名隆/服部春彦訳 ミネルヴァ書房 1963年
・ A・マチエ 『フランス大革命』(上中下) ねづまさし/市原豊太訳 岩波文庫 1958～1959年
・ J・M・トムソン 『ロベスピエールとフランス革命』 樋口謹一訳 岩波新書 1955年
・ 安達正勝 『物語 フランス革命』 中公新書 2008年
・ 鹿島茂 『情念戦争』 集英社インターナショナル 2003年
・ 野々垣友枝 『1789年 フランス革命論』 大学教育出版 2001年
・ 高木良男 『ナポレオンとタレイラン』(上下) 中央公論社 1997年
・ 河野健二 『フランス革命の思想と行動』 岩波書店 1995年
・ 河野健二/樋口謹一 『世界の歴史15 フランス革命』 河出文庫 1989年
・ 河野健二 『フランス革命二〇〇年』 朝日選書 1987年
・ 河野健二 『フランス革命小史』 岩波新書 1959年
・ 柴田三千雄 『フランス革命』 岩波書店 1989年
・ 柴田三千雄 『パリのフランス革命』 東京大学出版会 1988年
・ 芝生瑞和 『図説 フランス革命』 河出書房新社 1989年
・ 多木浩二 『絵で見るフランス革命』 岩波新書 1989年
・ 川島ルミ子 『フランス革命秘話』 大修館書店 1989年
・ 田村秀夫 『フランス革命』 中央大学出版部 1976年
・ 前川貞次郎 『フランス革命史研究』 創文社 1956年

◇

・ Anderson, J. M., *Daily life during the French revolution*, Westport, 2007.
・ Andress, D., *French society in revolution, 1789－1799*, Manchester, 1999.
・ Andress, D., *The French revolution and the people*, London, 2004.
・ Artarit, J., *Robespierre*, Paris, 2009.
・ Bailly, J. S., *Mémoires, T. 1－T. 3*, Paris, 2004－2005.
・ Bessand-Massenet, P., *Femmes sous la Révolution*, Paris, 2005.
・ Bessand-Massenet, P., *Robespierre: L'homme et l'idée*, Paris, 2001.
・ Bonn, G., *Camille Desmoulins ou la plume de la liberté*, Paris, 2006.

- Bordonove, G. , *Talleyrand* : *Prince des diplomates*, Paris, 1999.
- Carrot, G. , *La garde nationale*, *1789 - 1871*, Paris, 2001.
- Castries, Duc de, *Mirabeau*, Paris, 1960.
- Chaussinand-Nogaret, G. , *Louis XVI*, Paris, 2006.
- Desprat, J. P. , *Mirabeau*: *L'excès et le retrait*, Paris, 2008.
- Dingli, L. , *Robespierre*, Paris, 2004.
- Félix, J. , *Louis XVI et Marie-Antoinette*, Paris, 2006.
- Gallo, M. , *L'homme Robespierre*: *Histoire d'une solitude*, Paris, 1994.
- Gallo, M. , *Révolution française*: *Le peuple et le roi*, *1774 - 1793*, Paris, 2008.
- Gallo, M. , *Révolution française*: *Aux armes*, *citoyens !* , *1793 - 1799*, Paris, 2009.
- Hardman, J. , *The French revolution sourcebook*, London, 1999.
- Haydon, C. and Doyle, W. , *Robespierre*, Cambridge, 1999.
- Lalouette, J. , *La séparation des églises et de l'État*: *Genèse et développement d'une idée*, *1789 - 1905*, Paris, 2005.
- Lever, É. , *Louis XVI*, Paris, 1985.
- Lever, É. , *Marie-Antoinette*, Paris, 1991.
- Lever, É. , *Marie-Antoinette*: *La dernière reine*, Paris, 2000.
- Livesey, J. , *Making democracy in the French revolution*, Cambridge, 2001.
- Marie-Antoinette, *Correspondance*, *T. 1 - T. 2*, Clermont-Ferrand, 2004.
- Mason, L. , *Singing the French revolution*: *Popular culture and politics*, *1787 - 1799*, London, 1996.
- McPhee, P. , *Living the French revolution*, *1789 - 99*, New York, 2006.
- Ozouf, M. , *Varennes*, *La mort de la royauté*, Paris, 2005.
- Rials, S. , *La déclaration des droits de l'homme et du citoyen*, Paris, 1988.
- Robespierre, M. de, *Œuvres de Maximilien Robespierre*, *T. 1 - T. 10*, Paris, 2000.
- Robinet, J. F. , *Danton homme d'État*, Paris, 1889.
- Saint Bris, G. , *La Fayette*, Paris, 2006.
- Schechter, R. ed. , *The French revolution*, Oxford, 2001.
- Scurr, R. , *Fatal purity*: *Robespierre and the French revolution*, New York, 2006.
- Tackett, T. , *Becoming a revolutionary*: *The deputies of the French National

Assembly and the emergence of a revolutionary culture (1789 – 1790), Princeton, 1996.

· Tackett, T., *Le roi s'enfuit: Varennes et l'origine de la Terreur*, Paris, 2004.

· Talleyrand, Ch. M. de, *Mémoires ou opinion sur les affaires de mon temps*, *T. 1 – T. 4*, Clermont-Ferrand, 2004 – 2005.

· Tourzel, L. É. de, *Mémoires sur la révolution*, *T. 1 – T. 2*, Clermont-Ferrand, 2004.

· Vovelle, M., *1789: L'héritage et la mémoire*, Toulouse, 2007.

· Vovelle, M., *Combats pour la révolution française*, Paris, 2001.

· Vovelle, M., *Les Jacobins: De Robespierre à Chevènement*, Paris, 1999.

· Walter, G., *Marat*, Paris, 1933.

· Waresquiel, E. de, *Talleyrand: Le prince immobile*, Paris, 2003.

· Zorgbibe, Ch., *Mirabeau*, Paris, 2008.

First published in Japan in 2008 by SHUEISHA Inc., Tokyo.
Simplified Chinese translation rights in China arranged by SHUEISHA Inc.
through THE SAKAI AGENCY and BARDON-CHINESE MEDIA AGENCY.

图字：09－2018－082号

图书在版编目(CIP)数据

法国大革命物语.3,国王出逃/(日)佐藤贤一著；赵明哲译.—上海：上海译文出版社,2021.10
ISBN 978－7－5327－8610－7

Ⅰ.①法… Ⅱ.①佐…②赵… Ⅲ.①长篇历史小说—日本—现代 Ⅳ.①I313.45

中国版本图书馆CIP数据核字(2021)第171892号

法国大革命物语3:国王出逃
[日]佐藤贤一 著 赵明哲 译
责任编辑/常剑心 装帧设计/柴昊洲 封面插图/刘少龙

上海译文出版社有限公司出版、发行
网址：www.yiwen.com.cn
201101 上海市闵行区号景路159弄B座
上海市崇明县裕安印刷厂印刷

开本 890×1240 1/32 印张 10.5 插页 2 字数 146,000
2022年1月第1版 2022年1月第1次印刷
印数：0,001—5,000册

ISBN 978－7－5327－8610－7/I·5310
定价：69.00元